DAS KLEINE TRAUMCAFÉ

ZITRONENDUFT IN POSITANO

ELLA KNOPF

1

ZITRONENDUFT IN POSITANO

Eine salzige Meeresbrise streichelt meine Haut, kühlt sie erfrischend, da keine einzige Wolke am tiefblauen Himmel Schatten spenden könnte. Nur vereinzelte Möwen erzeugen in nach Futter suchenden Flugmanövern über meinem Kopf die Illusion von einem schattigen Plätzchen.

Lächelnd lausche ich dem Rauschen der Wellen, die rhythmisch den feinen Sandstrand küssen und die eine oder andere Kostbarkeit in Form von Muscheln oder einer geheimnisvollen Flaschenpost preisgeben. Wer mag wohl der Absender sein und was erhoffte er sich mit seinem Brief, den er mit schwarzer Tusche auf pergamentähnlichem Papier niederschrieb? Vielleicht verfasste er ein Gedicht aus Liebe, ob ihm seine Angebetete verfiel oder nicht. Vielleicht ist es auch die erste Seite eines nie vollendeten Romans – immerhin waren viele Künstler und Autoren nach Positano gekommen, als sie ins Exil flüchteten. Es könnte auch eine Zeichnung sein. Eine Schatzkarte. Oder ein Familienrezept für den besten Limoncello ganz Kampaniens.

Ich erinnere mich an den Geschmack des Limoncellos, den ich vor langer Zeit probieren durfte. Mir ist, als würde ich ihn jetzt gerade verköstigen dürfen, während um mich herum die Dolce Vita wahrhaftig gelebt wird.

Ich breite meine Arme aus, als wolle ich mit meinen Fingerspitzen den Wind einfangen, ihn bitten zu bleiben und mir die Geheimnisse des Ozeans zuzuflüstern. Ich will gerne lauschen, zuhören und verstehen, was mir das Meer zu sagen hat …

»Katrin?«

Es kennt meinen Namen? Ich bin überrascht und blinzele, doch das war ein Fehler. Denn nun werde ich leider aus meiner herrlichen Tagtraumwelt gerissen und finde mich an meinem Schreibtisch wieder.

Hamburg, Schloßallee 227b, vierte Etage, nahe der Alster und mit einmaligem Blick auf die gegenüberliegende Häuserwand. Beton. Grau. Ein verirrter Schmetterling, der längst bemerkt hat, dass die kleine Pflanze in unserem Büro nur aus Plastik besteht und durch das geschlossene Fenster nicht zu erreichen ist. Er flattert weiter und findet hoffentlich eine Blume, auf der er verweilen kann.

Hier, im Verlagsbüro der Unternehmensgruppe Mööve, gibt es leider nicht viel, was mich tatsächlich an Positano erinnert. Der kleine Tischventilator vor mir, der tapfer seit Stunden hin- und herschwenkt, erwischt ab und an das Fischbrötchen, welches hier seit ein paar Minuten liegt und mir tatsächlich ein Gefühl von Meer verschaffte, während ich auf den mir gegenüber an der Wand hängenden Kalender blickte.

August 2021 – Positano – 31 Tage mit allerlei rot eingekringelten wichtigen Ereignissen und einem Haufen Klebezettelchen, welche das malerische Foto dieses traumhaften Urlaubsparadieses präsentieren.

Mein Blick schweift zu Line, die mich fragend ansieht und mir dabei irritiert entgegenblinzelt, während der Ventilator mein Haar wie in einer dramatischen Shampoowerbung von den Schultern wirbelt und mir abermals der köstliche Duft meines Mittagessens entgegenfliegt.

Ich blinzele zurück und hoffe, dass sie mir keine Frage gestellt hat und jetzt eine intelligente und scharfsinnige Antwort darauf erwartet.

»Meeting. Jetzt.« Line hebt erwartungsvoll die Brauen, während ich erschrocken auf die Uhr meines Computerbildschirmes starre. *Schon so spät?* Hastig greife ich mir das Brötchen und beiße hinein, schalte zeitgleich den Ventilator aus und erhebe mich – und da soll noch einer sagen, wir Frauen würden es nicht in Perfektion beherrschen, multitaskingfähig zu sein.

Mit vollen Backen, kauend und einem Stapel ausgedruckter Unterlagen folge ich Line, die mich mit wichtigen Neuigkeiten überschüttet: »Franzi hat gesagt, dass sie von Melanie gehört hat, dass Marco zu Robert gesagt hat, dass Regina von Tonja erfahren hat, dass die Geschäftsleitung unzufrieden mit unseren Klickzahlen ist!«

Ich schlucke mein Mittagessen runter. »Wer ist denn Tonja?« Auf diese Frage hin ernte ich einen verwirrten Blick meiner Kollegin, die wohl selbst keine Ahnung hat, sich das aber nicht anmerken lassen möchte.

»Die Zahlen sind schlecht, darum das Meeting!« Line wirkt angespannt und fährt sich mit ihren langen, dünnen Fingern und den frisch manikürten Nägeln durch ihr blondes Haar. Das macht sie immer, wenn sie nervös ist.

Unsere Kollegen sitzen bereits im Meetingraum, der mit einer Glaswand vom Großraumbüro getrennt ist, in welchem sich die Redaktion aufhält. Line und ich teilen uns allerdings mit ein paar anderen Kollegen ein kleineres Büro den Gang hinunter, das ursprünglich als Lagerraum genutzt wurde. Seit der Expansion durch das Aufkaufen von zwei kleineren Verlagen haben wir uns auch intern vergrößern müssen.

Frau Fleckenstein steht bereits an der Leinwand und hantiert mit der Fernbedienung herum, während Fabian das tut, was ein engagierter und höchst ambitionierter Praktikant eben so macht, wenn die Chefin mal wieder keinen Plan davon hat, wie sie Laptop und Beamer miteinander verbinden soll. Erst als er Line und mich sieht, bringt er die Kiste zum Laufen, sodass wir uns unbemerkt an den ovalen Tisch setzen können.

Beinahe die gesamte Etage ist anwesend, nur ein paar wenige haben sich noch nicht blicken lassen.

»So, ich will dann mal anfangen, es scheinen ja fast alle da zu sein.« Frau Fleckenstein lässt ihren strengen Blick über die Menge wandern, danach drückt sie einen Knopf auf ihrer Fernbedienung, und das erste große Bild erscheint auf der Leinwand. Fabian bleibt vorne sitzen und wartet auf seinen nächsten Einsatz.

»Wie Sie alle den Tabellen und farbigen Balken entnehmen können, hinken wir mit unseren Online-Accounts meilenweit der Konkurrenz hinterher. Vergleichbar große Verlagshäuser haben auf ihren Social-Media-Seiten bis zu zehnmal mehr Likes, Herzen und Kommentare. Unsere Postings für Bücher und Magazine müssen so durch Werbeanzeigen gepusht werden. Jemand eine Idee?«

Beharrliches Schweigen. Jeder der hier Anwesenden weiß natürlich, dass Kritik gegenüber den Entscheidungen der Geschäftsleitung oder Abteilungsleitern wie Öl ins Feuer gießen ist.

Eine halbe Stunde später können wir wieder gehen. Mir rauscht der Kopf, was nicht nur an der aufgestauten Hitze hier im Büro liegt.

»Wenigstens soll die Klimaanlage gleich repariert werden.« Line ächzt auf und tupft sich mit einem Taschentuch die Achseln trocken, während ich meinen mintfarbenen Ventilator wieder einschalte und mich – dank des halb angebissenen chens – wieder berieseln lassen kann. Das hat nun Ende, da ich es leider entsorgen muss. Wir brauchei einen Büro-Kühlschrank.

Line setzt sich mir gegenüber und blickt enttäuscht auf ihre geleerte Wasserflasche. »Bin gleich wieder da.«

Ich nicke und gehe auf unseren Hauptkanal auf Instagram. Viele Herzen bekommen wir tatsächlich nicht. Auf dem letzten Bild sind es sogar nur zwölf. *Das ist ja erbärmlich.*

Ich öffne ein paar andere Seiten von Mitbewerbern, wo es deutlich euphorischer zugeht. Beinahe hätte ich selbst ein paar Herzen verteilt, denn die Bilder sind wunderschön und laden zum Plaudern ein. Es gibt sogar Videos und kleine Rätsel, Gewinnspiele und Fragerunden.

Als ich zurück auf unsere Seite gehe: Ebbe. Wie an der Nordsee. Ja, das ist wirklich enttäuschend. Zuständig für die Seiten sind unsere beiden unterbezahlten Praktikantinnen, die sich lieber in der Kaffeeküche aufhalten als am Schreibtisch.

Line kehrt zurück und neckt mich mit einer eiskalten Flasche Wasser, die sie mir gegen den Oberarm drückt. Ich schrecke zusammen und komme gleich zum Thema: »Ich glaube, ich weiß, woran es liegt, dass wir online so unbeliebt sind.«

Line bleibt neben mir stehen, trinkt etwas und blickt auf meinen Bildschirm. »Ach ja?«

»Ja, schau doch mal. Das sind alles Stockfotos, langweilige noch dazu. Hier, das letzte zum Beispiel ist ein Bild vom Strand mit einer Frau im roten Bikini, Cocktail in der Hand und ein schlecht reinkopierter Flamingo.« Dann zitiere ich die Bildüberschrift: »Wir wünschen einen schönen Urlaub.« Ich verdrehe die Augen und meine: »Das ist total langweilig, das Bild würde ich auch nicht herzen. Niemals rot und rosa miteinander kombinieren, das beißt sich. Man animiert mit dem Text nicht mal unsere Follower dazu, mit uns zu interagieren oder gar Beiträge zu teilen. Die Zahlen sinken, kein Wunder. Die Menschen wollen unter-

uten werden, echte Bilder sehen, die von Personen vor Ort geschossen wurden.« Ich scrolle etwas nach unten und öffne einen Werbepost für einen Liebesroman: »Blauer Himmel. Sonne. Strand und Meer. Würden wir nicht alle gerne nach Italien fahren, um dort Urlaub zu machen? Mit diesem schönen Liebesroman könnt ihr euch den Strand von Positano ins Wohnzimmer holen.« Ich stoße einen genervten Seufzer aus. »Das klingt furchtbar. Blauer Himmel? Wie wäre es mit einem blauen Himmel, frei von Wolken, warmen Sonnenstrahlen und feinem Sandstrand, der sich zwischen die Zehen schummelt. Weißen Muscheln, die im kristallklaren, türkisfarbenen Wasser wie versunkene Schätze des Ozeans aufblitzen ...« Ich gerate ins Schwärmen.

»Das klingt einladend!« Frau Fleckenstein hat sich herangeschlichen und uns belauscht. Besser gesagt: mich. Denn Line nimmt Reißaus und macht unserer Abteilungsleiterin Platz, die mit vor der Brust verschränkten Armen dasteht und ihre Augen verengt, während sie dabei auf den Bildschirm starrt. Anschließend lässt sie ihren Blick über meinen Schreibtisch schweifen, der prall gefüllt mit Andenken aus Positano ist.

»Mh.« Sie lässt kurz ihre Nase tanzen, während sie die Lippen spitzt und Zeige-, Mittelfinger und Daumen aneinanderreibt. Dabei klimpern ihre Armketten mit den dicken Steinen aneinander und die blitzblank geputzten Brillengläser mit dem dicken schwarzen Rahmen funkeln mir entgegen. »Der Text. Es ist der Text. Es klingt in der Tat langweilig. Gewöhnlich. Und wir sind nicht gewöhnlich. Wir sind außergewöhnlich. Zumindest sollten wir das sein.« Ihr fragender Blick bringt mich dazu, eifrig zu nicken. »Wo bekommen wir bessere Bilder her? Schlagen Sie eine Kooperation mit Influencern vor? Wir finden sicher ein paar reisewillige junge Frauen, die ein paar Bilder machen können.«

»Ich bin eine reisewillige junge Frau.« Als ich das sage, hebe ich meine Hand, wie damals in der Schule. »Es ist schon ein paar Jahre her, seit ich zuletzt in Positano war, aber ...«

»Sie arbeiten hier, da bleibt Ihnen nicht viel Zeit, um nach Italien zu fahren«, ist ihre zermürbende Antwort darauf.

»In einer Woche habe ich Urlaub.« Eigentlich war Balkonien angesagt, da die Autoreparatur und eine neue Waschmaschine meine Träume von Italien zunichtegemacht haben. Aber ich bin ja ein kleiner Fuchs. »Zeit hätte ich, und Influencer sind teuer.« Teurer als ich, das ist ihr hoffentlich bewusst.

»Sie fahren nach Positano?« Überrascht legt sie ihre Stirn in Falten, als beide Brauen schwungvoll nach oben huschen. Das scheint ihr gerade recht zu kommen.

»Ich wollte, aber wir sind in der Hauptsaison. Die Hotels sind größtenteils ausgebucht und kostspielig. Allerdings wäre es natürlich ein großzügiges Angebot seitens der Unternehmensgruppe, wenn mir die Möglichkeit gegeben werden könnte, vor Ort meiner Arbeit nachzugehen.«

»Aber es ist Ihr Urlaub?« Natürlich hakt sie noch einmal nach, während ich trunken von der Vorstellung bin, doch noch zu meinem Glück zu kommen.

»Selbstverständlich würde ich beides miteinander verbinden, viele Fotos und Videos machen, die Texte dazu schreiben …« *Hoffentlich beißt sie an!*

»Das ist nicht Ihr Fachbereich.« Sie wirkt skeptisch, blickt dann jedoch wieder auf meinen Schreibtisch und dreht sich um, wo sie jedoch nur die beiden leeren Schreibtische unserer spurlos verschwundenen Praktikantinnen vorfindet. »Ich rede mit Herrn Möwe darüber. Nur die Hotelkosten? Für eine Woche?«

»Ich fahre mit meinem Wagen runter, bezahlte Spritkosten wären prima.« So könnte ich mit mehr Gepäck anreisen und wäre auch vor Ort flexibel.

Sie nickt und verspricht: »Ich kläre das für Sie.«

Ungläubig sehe ich unserer Abteilungsleiterin hinterher, die den Raum verlässt. Anschließend blicke ich zu Line, die ein »Woah!« ausstößt und ebenso wie ich kaum fassen kann, dass ich mit dieser dreisten Aktion durchgekommen bin, ohne auf der Stelle gefeuert zu werden.

»Was war das denn?«, fragt Line entsetzt und eilt wieder zu mir. Während mein Herz noch immer ganz schnell schlägt, krame ich in der obersten Schublade nach ein paar Fruchtbonbons. Ich brauche jetzt Zucker, sonst überstehe ich die Wartezeit nicht.

»Das war nur so eine Idee …«

»Das wäre unglaublich, wenn dir die Geschäftsleitung deinen Urlaub in Italien finanzieren würde. Ich meine, ein paar Bilder nebenbei machen ist ja keine Arbeit.« Davon ist sie überzeugt, aber ich weiß es besser. Natürlich ist das Arbeit. Das perfekte Foto zu schießen kann mitunter Stunden dauern. Aber solange *ich* nach Positano komme, ist mir alles recht.

2

BELLA ITALIA

Nach einer fast 14-stündigen Autofahrt von Hamburg nach Verona – mit Übernachtung in einem wunderschönen Hotel – geht es am nächsten Tag nach Positano. Acht Stunden später entdecke ich die ersten Schilder: Nur noch wenige Kilometer, dann erreiche ich mein Ziel.

Kaum zu glauben, dass mir dieser Urlaub tatsächlich bezahlt wird. Und nicht nur das: Er wird mir als Arbeitszeit angerechnet! Drei Übernachtungen in einem Hotel direkt am Meer, inklusive Fahrtkosten. Erst als ich über die italienische Grenze fuhr, konnte ich mich tatsächlich darüber freuen, denn dann war es zu spät, um mich zurückzupfeifen.

Ich durchfahre Neapel und sehe einige Flugzeuge starten und

landen – dank meiner Angst zu fliegen, war ich keine vier Stunden unterwegs, sondern fast 22 Stunden. Ich bleibe lieber am Boden.

Als ich Pompei durchquere, kann ich bereits die Spitzen der *Monti Lattari* erkennen, den sogenannten Milchbergen. Ich kann mich noch gut daran erinnern, wie ich als junges Mädchen dachte, dass die Berggruppe mit Milch gefüllt ist. Erst später erklärten meine Eltern mir, dass der Name daher rührt, dass sich Milchziegen auf den Wiesen und Weiden befinden.

Ich schalte die Klimaanlage aus und öffne das Fenster, damit mir der frische Wind in den Nachmittagsstunden entgegenwehen kann. Seitdem ich nicht mehr auf der deutschen Autobahn unterwegs bin, wurde ich stark entschleunigt – aber das empfinde ich als äußerst angenehm.

Wie gut es hier doch riecht. Ich sauge die frische, salzige Meeresluft ein und komme nicht umhin, auch hier die Landschaft zu betrachten, die mich seit vielen Kilometern in Staunen versetzt. *Macchie-Büsche*, so weit das Auge reicht, Kakteen in beachtlichen Größen und Formen, mit lilafarbenen Blüten, dazu das weite Spektrum der Oliven- und Zitronenbäume, welche die Landschaft in den schönsten Grün- und Goldtönen tunken. Gelber Hornklee, so weit das Auge reicht, dazu Palmen in Groß und Klein, welche die dahinterliegenden, beige- und terrakottafarbenen Häuser zu verstecken scheinen. Wie schön es doch sein muss, hier leben zu dürfen …

Es fällt mir schwer, mich auf die Fahrbahn zu konzentrieren. Glücklicherweise ist der Verkehr sehr ruhig, und bald habe ich mein Ziel erreicht.

Reklametafeln reihen sich leider auch aneinander und trüben den Anblick der herrlichen Flora und Fauna ein wenig, aber ich lasse mich davon nicht beirren.

Ich fahre weiter und lasse Pompei hinter mir. Dank des guten Wetters kann ich viele Kilometer weit sehen und erhasche einen ersten Blick auf den Ozean. Noch liegt er weit entfernt, aber sobald ich die Milchberge umfahren habe, bin ich da …

Am Fuße der Bergkette ist der Eingang zu einem Tunnel, der durch den Berg führt. Mauern – mit grobem Natursteinen errichtet – sind mit Pflanzen überwuchert, als würden sie den Weg in eine andere Welt weisen. Etwa sechs Kilometer geht es nun durch die Dunkelheit. Nur gelbes, künstliches Licht und die roten Bremsleuchten der Fahrzeuge vor mir weisen mir den Weg. Ich bin erleichtert, als ich den Tunnel in *Vico Equense* verlasse und endlich wieder Tageslicht zu sehen bekomme.

Verschlungene Straßen führen mich mitten durch die Stadt. Links von mir der dicht bewachsene Berg, rechts von mir das Meer. Allerdings befinde ich mich noch auf der falschen Seite der Bergkette.

Ich fahre langsamer, da ich das Flair der *Amalfiküste* in mich aufsaugen will – was hervorragend funktioniert. Wie ein ausgetrockneter Schwamm bin ich dankbar über jeden Tropfen Kulisse, der sich um mich herum erstreckt.

Bunte Kleidung, die so typisch für diese Region ist, hängt zum Trocknen an Wäscheleinen der Häuser, welche direkt an der Straße erbaut wurden. Hier zählt jeder Zentimeter Platz.

Die zumeist weißen und pastellfarbenen Häuser haben abgeblätterte Fassaden – auch dieser Ort lebt vom Tourismus. Fleißige Arbeiter sind bereits frühmorgens auf den Beinen, damit sie in der Winterpause vom Ersparten ihre Familien versorgen können.

Mein Weg führt mich viele Serpentinen entlang, durch *Meta* hindurch nach *Piano di Sorrento* und *San Pietro*, wo ich endlich den *Golf von Salerno* bestaunen kann. Das *Tyrrhenische Meer* erstreckt sich vor mir wie ein türkisfarbener Seidenteppich, gewoben aus Träumen und der Fantasie unschuldiger Kinder und bestickt mit Abertausenden Diamanten, welche das heiße Sonnenlicht reflektieren.

An einer kleinen Aussichtsplattform, auf der ein kleiner Verkaufsstand mit frischen Zitronen und Orangen steht, gibt es nur Platz für zwei weitere Fahrzeuge. Ich muss anhalten – nicht nur, um den Ausblick zu genießen, sondern auch um die ersten

Zitronen zu kaufen, an der Schale zu riechen und dem Verkäufer ein üppiges Trinkgeld zu spendieren.

Mit einem Beutel Zitronen auf dem Beifahrersitz geht es weiter. Vorbei an hohen, bewachsenen Felswänden und steilen Klippen, die mich noch ein Stück weit begleiten werden. Als mir ein Bus entgegen kommt, bleibt mir kurz das Herz stehen, denn viel Platz habe ich hier nicht, um auszuweichen.

Immer mehr Verkaufsstände an Aussichtspunkten tauchen auf, inklusive Touristen und Einheimischen, welche sich hier versammeln und anschließend auf ihren Vespas oder in ihren Fahrzeugen weiterfahren. Nach weiteren Serpentinen und einem entgegenkommenden Bus reihen sich Autos wie an einer Perlenkette auf. Sie stehen dicht an dicht auf meiner Fahrseite und sind verlassen.

Endlich: *Positano, ich bin da!*

Unzählige Häuser stehen eng beieinander, wie auf einer riesigen Treppe mit Hunderten Stufen, vom Berg bis zum Strand hinunter. Sie strahlen in den schönsten Pastelltönen und werden mit saftigem Grün umschmeichelt. Doch von nun an wird es eng, richtig eng.

Kein Wunder also, dass die meisten Einheimischen und Touristen zu Fuß oder mit einer Vespa unterwegs sind. Durch die engen, verwinkelten Straßen kommt man so deutlich leichter vorwärts als mit meinem kleinen Stadtflitzer. Ich bin froh, ein kleines Auto zu fahren, mit einem größeren hätte ich hier definitiv Probleme.

Nach etwas Sucherei finde ich mein Hotel, das sogar eine Tiefgarage für seine Gäste anbietet. Als ich noch in Hamburg war und die Buchungsbestätigung per E-Mail erhielt, sind mir fast die Augen rausgefallen. Zu Hochzeiten ist es hier fast unbezahlbar, außer man besitzt einen Verlag und kann es sich leisten, in einer

Villa mitten in Hamburg zu leben. Zum Glück muss ich das nicht bezahlen.

Mit meinen Italienischkenntnissen komme ich an der Rezeption weit, auch wenn ich ein wenig eingerostet bin, was die Aussprache einiger Worte anbelangt. Zwar spricht hier so gut wie jeder fließend Englisch, aber ich liebe die italienische Sprache von ganzem Herzen.

Mein Zimmer ist schnell bezogen, die Koffer ausgepackt. Die Zitronen lege ich auf den kleinen Beistelltisch, der hier noch Platz gefunden hat. Dafür, dass das Zimmer 300 Euro die Nacht kostet, ist es winzig hier. Aber ich will mich nicht beschweren, sondern endlich nach draußen und durch die Stadt schlendern. Etwas essen, zum Strand gehen und natürlich viele Fotos und Videos machen. Diese können wir später als Hintergründe für Instagram oder Fotomontagen benutzen.

Vielleicht wird aus mir ja eine Art Reisejournalistin? Im Winter könnten sie mich nach Kanada oder Norwegen schicken und im Frühjahr nach Neuseeland. Ich schüttele den Kopf. Nein, dafür müsste ich fliegen, und das kommt nicht in Betracht.

Bevor ich das Hotel verlasse, gehe ich duschen und schlafe beinahe auf dem Bett ein. Es war aber auch ein langer Tag und eine lange Fahrt. Gut, dass ich auf vielen Strecken aus dem Auto heraus filmen konnte. So ein kleines Stativ mit Saugnäpfen lohnt sich – heute Nacht kann ich sicher schon ein Video zusammenschneiden. Oder ich schlafe. Ja, vermutlich werde ich tief und fest schlafen.

Es ist kurz vor 18:00 Uhr, als ich mich nach draußen wage.

»Kühler ist es noch nicht, es ist genau so heiß wie zur Mittagszeit, als ich noch in der Nähe von Rom war.« Mit Sonnenhut und Sonnenbrille, einem weißen Tanktop und luftigem Wickelrock bekleidet blicke ich auf meine Füße. Es hat sich gelohnt, die

Zehennägel weiß zu lackieren. In den Sandalen sieht das echt super aus.

»Warum Positano? Ich meine, Rom ist doch viel schöner. Oder Venedig. Aber Positano? Ich habe davon noch nie etwas gehört, ehe ich dich traf.« Ja, ich kann mich gut daran erinnern, dass Line bei jedem neuen Andenken, welches ich im Internet ersteigern konnte, große Augen gemacht hat.

»Kindheitserinnerungen. Ich war als junges Mädchen jeden Sommer mit meinen Eltern hier. Und einmal mit Freundinnen, kurz nach meinem Abitur. Aber danach nicht mehr.« Verlorene Zeit.

»Warum nicht?«

»Ständig kam etwas dazwischen. Während des Studiums hatte ich kein Geld, und ich wollte nicht, dass meine Eltern für meinen Urlaub bezahlen. Nach dem Studium, im ersten Jahr bei Mööve, zog ich in eine neue Wohnung. Der Urlaub war perfekt dafür, so konnte ich mich um alles kümmern. Im Folgejahr machte ich mit meinem Freund Schluss. Da er den Urlaub gebucht hat, ist er mit seiner neuen Flamme hingefahren. Im vorletzten Jahr ist meine Nichte getauft worden und meine Cousine hat geheiratet. Dafür musste ich nach Flensburg fahren. Falsche Richtung. Tja, und letztes Jahr, du erinnerst dich?«

»Wasserschaden?«

»Richtig. Ich musste aus der Wohnung raus. Drei Monate Hotel, bis alles trocken war.« Wenigstens war das nah am Verlagshaus, sodass ich keinen weiten Arbeitsweg hatte. »Und dieses Jahr hätte es beinahe auch nicht geklappt, da der Wagen in die Werkstatt musste und ich eine neue Waschmaschine brauchte. Ich habe also alles auf eine Karte gesetzt, um herkommen zu dürfen.«

»Was ja gut geklappt hat. Jetzt ärgere ich mich, dass ich nicht mitgefahren bin. Ich hätte sagen müssen, dass du die Fotos nicht alleine machen kannst.« Line lacht.

»Ich war über 22 Stunden unterwegs, du wärst sicher bis nach Neapel geflogen. Das spart natürlich einiges an Zeit. Vielleicht können wir ja nächstes Jahr gemeinsam fliegen?« Allein in den Urlaub zu fahren ist immer etwas blöd. Es fehlt die Begleitung. Vor allem, wenn man in ein Restaurant geht oder etwas Schönes entdeckt, kann man es mit niemandem teilen.

»Bei Rom wäre ich sofort dabei. Also, wenn ich mir die Bilder bei Google so ansehe ... es ist schon ganz hübsch dort. Schöne, bunte Häuser. Aber viel Platz haben die ja nicht gerade?«

»Das macht den Charme aus«, erkläre ich ihr und merke an: »Vor etwa 20 Jahren hat man hier in Italien eine Bewegung gegründet, in der es darum geht, eine erhöhte Lebensqualität in Dörfern und Städten zu erzielen. Viele größere Städte, wie wir sie aus Deutschland kennen, haben ein großes Stresslevel. Die Work-Life-Balance ist gestört. Es geht nur noch ums Arbeiten. Wir stehen alle unter Stress und genießen unser Leben nicht. Hier ist es anders. Man genießt jeden Tag, und das wird durch diese Bewegung gefördert. Cittàslow nennt sich das Ganze.«

»Also, stressfreieres Arbeiten und Leben? Und dann?« Line wirkt irritiert, während ich eine schmale Gasse mit steiler Treppe erreiche. Ich sollte mich lieber an den Hauswänden abstützen. Die etwa 50 Stufen sind höchstens einen Meter breit, und auf dem Weg nach unten stehen Blumentöpfe mit Kräutern und Pflanzen darin im Weg. Solange ich nicht vorhabe, mir den Hals zu brechen, sollte ich Line abwürgen.

»Das Leben schätzen lernen. Den Augenblick genießen, der uns geschenkt wurde. Es geht nicht nur ums Arbeiten, sondern auch um die Landwirtschaft oder die Gastfreundlichkeit. Lies dir das mal im Internet durch, das ist echt spannend. Aber ich muss jetzt auflegen, da ich zum Strand will, um Fotos zu schießen.«

»Ich wäre jetzt auch gerne am Strand ...«

»Der Timmendorfer ist doch nicht weit weg. So wie du fährst, bist du in einer Stunde da.« Und da in Hamburg ebenfalls über 30 °C sind, dürfte sie ein ähnliches Urlaubsfeeling haben wie ich gerade.

»Mal sehen. Amüsier dich gut und schick mir Fotos von

deinem Abendessen, ja? Ich will noch etwas mehr neidisch werden, damit du einen Grund hast, mich zu bemitleiden.«

Ich muss lachen und hauche in den Hörer: »*Spaghetti alle Vongole.*«

»Ich habe keine Ahnung, was das sein könnte, aber es klingt köstlich!«

»Pasta mit Meeresfrüchten. Ich schicke dir später Bilder, versprochen.« Wir verabschieden uns. Ich stecke das Handy in meine Umhängetasche und stütze mich mit beiden Händen an den Häuserwänden ab. Stufe um Stufe kann ich so nach unten gehen. Sie sind uneben, ich muss aufpassen, wohin ich trete. Hier und da gibt es Ausbuchtungen mit Fenstern, die mich einen kurzen Blick in die Häuser erhaschen lassen, Leitern, die in eine Etage höher führen, und viele Blumentöpfe mit farbenprächtigen Pflanzen und frischen Kräutern darin. Auch Abzweigungen auf Terrassen, dazu viele Bäume, die sich ihren Weg durch aufgesprungene Steinflächen gebahnt haben. Viel Grün lässt diese kleine Stadt atmen, wie eine Lunge der Natur, in der Menschen wohnen dürfen. Wir sind hier die Gäste, nicht umgekehrt.

Ein Katzenpärchen hat es sich im Schatten gemütlich gemacht. Sie kuscheln miteinander, scheinen zu schlafen. Natürlich muss ich sie fotografieren und filmen. Auch von der Treppe und den Pflanztöpfen mache ich Dutzende Bilder. Bei meinem Orientierungssinn werde ich diese bezaubernde Gasse vermutlich nie wiederfinden.

Bis zum Strand runter benötige ich fast zwei Stunden. Eigentlich sind es nur etwa 200 Meter Luftlinie, aber ich finde so viele wunderschöne Motive, dass ich nicht anders kann, als jeden Zaun, jede Katze, jede Blume und jeden Pflanztopf aus den verschiedensten Winkeln zu knipsen. Mal mit meinen Händen darauf, mal ohne. Mal mache ich ein einfaches Video, um auch die Geräuschkulisse einzufangen, mal ein Panoramavideo, wo ich von den Häusern bis zum Meer filme.

Als ich den Strand erreiche, bin ich von Touristen umzingelt. Pärchen, die ebenso Fotos machen, und ein paar Influencer, die mit ihrer Kamera verwachsen scheinen – so wie ich gerade. Ein paar Kinder, die Sandburgen bauen, neben ihren Eltern, die an ihren Handys herumspielen.

Lächelnd schreite ich durch den Sand und stecke mein Smartphone in die Tasche. Auch die Sandalen ziehe ich aus und verknote sie an dieser. Mit andächtigen Schritten und in Begleitung einiger Menschen und Möwen, die auf die bestmögliche Gelegenheit warten, einen Snack zu ergattern, schreite ich durch den Sand. Er ist so schön warm und weich, gibt nach, lässt mich ein wenig in ihm versinken.

Das Rauschen der Wellen lockt mich, wie Gesang von Meerjungfrauen, die mich auf den Ozean zugehen lassen. Sie wollen mir ihre Welt zeigen. Ihre Schönheit. Zumindest stelle ich mir das gerade vor. Es lässt mich lächeln, während der sanfte Wind durch mein langes, blondes Haar streichelt, wie die liebenden Hände eines Partners, den ich mir so sehr an meine Seite wünsche. Ich blinzele dieser Schönheit entgegen, die sich meinen Augen darbietet, atme den salzigen Duft der Küste ein, der unvergleichbar ist …

Mein Herz müsste schneller schlagen, weil ich so aufgeregt bin. Endlich bin ich am Ziel. Schritt für Schritt nähere ich mich den Wellen, welche den Sandstrand streicheln. Das warme Nass lässt mich erschaudern, als es mich bis zu den Knöcheln umspielt.

Für einen Moment schließe ich meine Augen, breite die Arme aus und ertaste mit den Fingerspitzen den Wind. Ich will ihn nicht einfangen, vermag ihn auch nicht zu zähmen. Er lässt mich nur wissen, dass er hier ist. Bei mir. An meiner Seite. Behutsam streichelt er über meine Haut, schummelt sich unter meine Kleidung und verschafft mir eine angenehme Erfrischung. Es ist, als wollten Wind und Ozean mich zum Tanz einladen, doch ich lehne ab. Ich kann nicht tanzen, aber ich liebe es, zuzusehen, wenn etwas derartig Schönes so perfekt miteinander harmoniert.

Das kristallklare Wasser funkelt mir entgegen, als würde das Meer lachen – und ich empfinde ebenso Freude. Mein Herz schlägt ruhig. Sanft. Ich komme zur Ruhe.

Meine Atmung verlangsamt sich, und mit jedem Zug komme ich mehr zu Kräften. Erst jetzt spüre ich, was es heißen könnte, entschleunigt zu leben. Ohne Smartphone. Ohne Job. Ohne Verpflichtungen.

Einfach nur am Meer stehen, den Sand zwischen den Zehen spüren, dem Wind gewähren, meinen Körper zu streicheln, den Wellen zu lauschen und aufhören zu denken.

Ich will nur fühlen.

Und jetzt gerade fühle ich eine Menge …

3

DER MANN MIT DEN TÜRKISGRÜNEN AUGEN

Es wird kühler, seit die Sonne den Himmel in ein schönes Rot getaucht hat. Doch das angenehme Gefühl bleibt, während ich im Sand sitze und aufs Meer hinausschaue.

Natürlich ist mir bewusst, dass die Erde rund ist, aber wenn ich so in die Ferne blicke, habe ich das Gefühl, dass es unendlich weit reicht und kein Mensch je das Ende zu Gesicht bekommen würde.

Ein paar Bote mit Touristen und Fischerboote kreuzen das Panorama, eines legt gerade am Steg an, ein anderes ist kurz zuvor abgefahren.

Ich will hier nicht weg. Eigentlich könnte ich doch diese Nacht am Strand verbringen? Ich hätte Lust darauf, einfach hier sitzen zu bleiben, dem Rauschen der Wellen zu lauschen, den Sand unter mir zu spüren und in den Himmel zu blicken. Der Mond ist bereits sichtbar, und bald werden sich Abertausende Sterne hinzugesellen. Sternbilder erscheinen, wie schon Tausende Jahre zuvor. Und während sich das Universum kaum verändert hat, ist diese Welt im Wandel. Jeden Tag. Jede Sekunde. Doch die Sternbilder bleiben bestehen …

Ich fühle mich beobachtet und wage einen Blick zur Seite. Ein junger Mann sieht zu mir und scheint sich ertappt zu fühlen. Er wendet seinen Blick von mir ab und sieht auf das Meer hinaus, während ich ihn neugierig beobachte.

Die Hose hat er an den Beinen hochgekrempelt, bis zu den Knöcheln steht er im Wasser. Beide Hände stecken in den Hosentaschen. Das weiße, offene Hemd weht sanft im Wind. Darunter trägt er nichts weiter, soweit ich es erkennen kann.

Dunkles, leicht lockiges Haar lässt sich ebenso vom Wind streicheln.

Sein Blick ist neutral, soweit ich es von hier aus erkennen kann. Er dürfte etwa fünf, sechs Meter von mir entfernt stehen, aber näher am Wasser als ich. Er drehte sich sogar ein Stück zu mir herum, oder habe ich mir das nur eingebildet?

Neugierig sehe ich zur anderen Seite, doch da gibt es nur ein paar Pärchen, die langsam ihre Sachen einpacken. Kinder sind keine mehr anwesend. Und ich bin ihm am nächsten.

Ich schaue wieder hinaus auf den Horizont, behalte ihn aber im Auge … und siehe da: Erneut dreht er sich zur Seite und beobachtet mich.

Lächelnd erwidere ich seinen Blick. Er sieht aus wie ein Italiener, also nicht wie ein typischer Tourist aus Deutschland, Frankreich oder England. Italiener haben diesen typischen Charme, dieses Charisma, das unverwechselbar in Europa ist.

Er sieht gut aus, ist genau mein Typ. Ich habe nichts gegen einen kleinen Flirt im Urlaub …

Er schmunzelt und sieht danach wieder aufs Meer hinaus. *Ich habe dich erwischt, mein Lieber. Was machst du nun?*

Nach einem Moment wendet er sich zur Seite und geht auf mich zu. Sein Blick ist fragend und auf mich gerichtet.

»Tourist«, fragt er mich auf Englisch. An seinem Akzent erkenne ich, dass er tatsächlich Italiener ist.

»Zur Hälfte. Ich mache hier Urlaub, aber ich bin auch wegen der Arbeit hier«, antworte ich ihm auf Italienisch, was ihn überrascht lächeln lässt.

»Dein Italienisch ist gut, hast du Familie hier?«, möchte er wissen und setzt sich zu mir in den warmen Sand.

»Nein, ich komme aus Deutschland. Als ich noch klein war, kamen wir im Urlaub her. Ich bin fasziniert von Positano und habe daher fleißig geübt, damit ich mich hier verständigen kann«, kläre ich ihn auf.

»Und jetzt arbeitest du hier?« Ich glaube, ich habe das nicht gut erklärt. Einige Worte fehlen mir leider, um mich perfekt ausdrücken zu können. Ich verstehe Italienisch besser, als ich es selbst spreche.

»Ich bin Redakteurin für einen Verlag in Hamburg. Ich wollte etwas über Positano schreiben und kam her, damit ich viele Fotos und Videos machen kann. Aber als ich das Meer sah, konnte ich nicht anders, als die Kamera wegzupacken und die Ruhe zu genießen.« Ich blicke wieder auf den Ozean hinaus und atme tief durch. »In Hamburg ist das Leben so stressig. Niemand hat Zeit. Immer geht es nur um die Arbeit und darum, von Termin zu Termin zu hetzen. Wir vergessen zu leben.« Ich sehe wieder zu ihm und lächele. Er erwidert dies. Dann meine ich: »Es ist so angenehm hier in Italien. Ein ganz anderes Lebensgefühl als in Deutschland. Wenn ich hier bin, habe ich das Gefühl, endlich zu begreifen, was es bedeutet zu leben.«

» Cittàslow.« Der geheimnisvolle Fremde scheint genau zu wissen, wovon ich rede. »Jeden Tag komme ich für etwa eine Stunde hier her, beobachte die Wellen und genieße die Ruhe um mich herum.« Kurz sieht er zur Seite, ehe er wieder zu mir schaut und meint: »Natürlich variiert das von Monat zu Monat, je nachdem, wie viele Touristen gerade anwesend sind. Aber über die Jahre habe ich gelernt, diese auszublenden und im Takt der Wellen zu atmen.«

»Im Takt der Wellen?«

»Kommt eine Welle auf dich zu, atmest du langsam ein. Zieht sie sich ins Meer zurück, atmest du aus, als würdest du das Wasser mit deiner Luft sanft in den Ozean zurückschieben.«

Wir beide blicken wieder Richtung Sonnenuntergang. Ich will es versuchen und konzentriere mich auf das warme Nass …

Minuten vergehen, in denen wir einfach nur so dasitzen, atmen und kein Wort sagen. Es ist so angenehm, die Zeit auf diese Weise zu nutzen.

»Ich habe gerade wunderschöne Erinnerungen. Es tut gut, in ihnen zu schwelgen.« Hoffentlich habe ich jetzt nicht die Stille zerstört, in der wir beide uns befinden.

»Erinnerungen sind wichtig. Sie sind unsere selbst kreierte Bibliothek. Wir entscheiden, welche Bücher in ihnen verweilen dürfen und welche nicht.« Er stützt seine Unterarme auf die Knie und beugt sich dabei ein Stück vor, dann erhebt er sich und klopft sich den Sand von Hose und Hemd.

»Hast du schon etwas gegessen?« Erst dachte ich, dass er vielleicht gehen möchte und ich ihn vermutlich nie wiedersehe, aber das klingt mir nach einer Einladung.

»Ich wollte mir gleich ein gutes Restaurant suchen und Spaghetti alle Vongole bestellen.« Als ich das sage, reicht er mir seine Hand, die ich gerne annehme. Freundlicherweise hilft er mir aufzustehen, und ich habe Gelegenheit, seine Berührung zu genießen.

»Was für ein Zufall, denn ich kenne das wohl beste Restaurant ganz Positanos, das dieses Gericht anbietet.«

»Ich liebe Zufälle.« Ich kichere und klopfe mir den Sand vom Rock. Leider muss ich nun auch seine Hand loslassen, aber der Gedanke mit ihm zu Abend zu essen, macht das wieder wett.

Wir gehen über den Sand in Richtung der umliegenden Restaurants und Hotels. Das sind natürlich die teuersten, denn sie zählen zu den Touristen-Hotspots mit bestem Blick aufs Meer. Zudem sind sie gut besucht. Als wir den Strand verlassen, zieht er sich seine Sandalen an, die er an einem Tor abgestellt hatte. Ich streife mir meine ebenso über, obwohl es ganz angenehm war, barfuß zu gehen – nicht aber auf Steinboden.

»Du lebst hier?« Ich würde gerne mehr über ihn erfahren, zum Beispiel wie er heißt.

»Ich wurde hier geboren. In den Ferien ging es zu Verwandten nach Neapel und Rom, das war wie ein Kulturschock.« Er lacht und blickt dann zu einem einladenden Restaurant etwas weiter oben. »Das ist es. Das Grosso. Hotel und Restaurant in einem Haus. Errichtet von Luciano Grosso, der es in den 30er-Jahren erbaut hat. Damals war Positano noch ein ärmliches Fischerdorf. Es dauerte bis in die 50er-Jahre, als die ersten Touristen kamen, bis sich das Geschäft wirklich lohnte.« Geschichtsstunde inklusive gutem Essen. Ich glaube, dieser Abend wird atemberaubend ...

»Das klingt faszinierend.« Ich folge seinem Blick zu einem strahlend weißen Gebäude mit weißem Metallbalkon und rosafarbener Blumenpracht. Die Terrasse ist teilweise mit Pergolen aus Metall überdacht, weißes Leinen schützt tagsüber die Gäste vor Sonnenbrand. Pflanzen und Blumen ranken sich um die Stäbe, während Lichterketten für eine atemberaubende Stimmung sorgen. Noch sind wir aber nicht am Ziel. Wir müssen zuvor einige verschlungene Wege, Gassen und Stufen erklimmen, ehe wir es erreichen.

»Und dein Job ist es, Touristinnen in das Restaurant zu

locken?« Mein Lächeln macht ihm hoffentlich deutlich, dass ich flirte und dies kein Angriff sein soll.

»Das mache ich nur bei jungen Damen, die mein Interesse wecken …« Eine spannende Aussage. Er reicht mir seine Hand, da ein paar unebene Stufen unseren Weg kreuzen. Glücklicherweise ist es noch nicht dunkel, ich wäre hier allein hoffnungslos verloren.

»Dann hast du sicher jeden Abend viel zu tun?«, frage ich und hebe erwartungsvoll meine Brauen.

»Nicht jede weiß die Atmosphäre des Ozeans zu schätzen.« Seine Antwort gefällt mir.

»Ich habe dich noch gar nicht nach deinem Namen gefragt, ich heiße Katrin.« Es klingt so hölzern, als ich das sage. Aber ich will unbedingt wissen, wie der Fremde heißt.

»Luca.« Mein Herz pocht ein wenig schneller, als ich weiß, wie er heißt.

Positano ist sehr steil. Nach unten zum Strand zu gehen ist leicht, aber die vielen Stufen und Wege nach oben zu laufen anstrengend. Luca scheint damit gar keine Probleme zu haben, während ich meine Faulheit ein wenig verfluche. Den einen oder anderen Fahrstuhl hätte ich auslassen können, um etwas fitter zu sein.

Als wir das Grotto erreichen, bin ich von der Blumenpracht überwältigt. Vor allem die Aussicht auf den Strand und das Meer macht diese Lage so perfekt.

Es gibt einen Außenbereich mit einigen Tischen nahe dem Restaurant, gleich neben dem Eingang. Ein großgewachsener Zitronenbaum weckt meine Neugier. Am Tag wird er sicher angenehmen Schatten spenden.

Doch noch etwas rückt in mein Sichtfeld: Direkt am Rande dieser einladenden Terrasse, die mit Pflanzkübeln und einem Blumenmeer Touristen einlädt zu verweilen, gibt es ein Geschäft. Eine Lichterkette präsentiert den Namen: *amore al limone*.

Dieser Name ist mit weißen Buchstaben handgeschrieben auf

eine Holztafel verewigt worden. Es wirkt alt und passt so gar nicht zu dem modernen Hotel-Restaurant, in das Luca mich nun führen möchte.

Doch irgendetwas zieht mich magisch zu diesem kleinen Geschäft, bis …

»Katrin?« Als er meinen Namen mit diesem schönen Akzent ausspricht, bin ich wieder ganz sein.

»Ja, ich komme …« Noch einmal blicke ich zu dem Geschäft, das außen ein paar Regale aufgebaut hat. Limoncello kann man dort kaufen – den köstlichen Zitronenlikör, der in dieser Region sehr bekannt ist. Seife mit Zitronenduft und allerlei Köstlichkeiten. Da muss ich morgen unbedingt vorbeischauen!

Ich folge Luca in das Gebäude. Es wirkt sehr modern und gehoben. Die Atmosphäre ist ruhig, einladend und äußerst angenehm. Dazu ist es erfrischend kühl, aber nicht zu kalt. Kellner bedienen Gäste, und ich erhasche einen ersten Blick auf die köstlichen Speisen.

Mir fällt auf, dass ihn einige der Angestellten freundlich grüßen. Vielleicht hat er heute frei? So leger, wie er gekleidet ist, kann er keine Gäste bedienen.

Ich bin direkt an Lucas Seite und betrachte den Innenraum des Restaurants. Hohe Decken mit Stuck, elegante Verzierungen im Bereich der Fenster und des offenen Balkons in der ersten Etage. Diesen hatte ich vom Strand aus gesehen – er liegt über der Terrasse.

Doch Luca führt mich durch das Restaurant hindurch Richtung Küche.

»Möchtest du im Restaurant speisen oder vom besten Koch ganz Positanos verköstigt werden?«

Na, was für eine Frage. »Wenn ich Gelegenheit habe, von ihm bekocht zu werden, wähle ich natürlich den besten Koch der Stadt.« Das ist nicht rein zufällig er selbst? Ich ahne es.

»Glücklicherweise ist er heute zugegen und kann dir zugleich den schönsten Ausblick auf den Ozean präsentieren.« Ja, das klingt ganz danach, als sei er der Koch. Vor allem, wenn man sein spitzbübisches Lächeln dazu sieht.

Ich folge ihm durch eine Tür. Wir befinden uns nun in einem Gang, weitab von Gästen oder Personal. Mein Herz pocht noch immer ganz wild, als er eine dunkle Tür öffnet und ich mich im nächsten Augenblick in einem Apartment wiederfinde …

»Hier wohnt also der Koch?«, frage ich und sehe mich staunend um. Nur wenige Möbel stehen hier in der offenen Wohnküche. Dunkles Holz trifft auf edle Ästhetik aus schwarzem Leder. Dazu ein Panoramafenster mit Blick auf das Meer.

»Und er kann es kaum erwarten, dich mit Gaumenfreuden zum Lächeln zu bringen.« Luca geht in die Küche und wäscht sich seine Hände, während ich zwischen Wohnbereich und Kochinsel stehen bleibe und mich dann auf einen der Barhocker setze, sodass ich ihm gegenüber der Kochinsel zusehen kann.

»Kann ich dem Koch helfen?«, frage ich und lege meine Tasche auf den Hocker neben mir ab.

»Du kannst den Wein auswählen.« Das klingt nach einem guten Deal.

Luca trocknet sich die Hände und stellt vier Weingläser direkt vor mich, die er jeweils mit wenigen Schlucken füllt. Drei Weißweine und einen Rotwein. Den Letzteren rühre ich nicht an, da ich weiß, dass das Gericht mit Weißwein zubereitet wird.

»Pinot Grigio« ist meine Wahl, nachdem ich alle drei probiert habe.

»Ausgezeichnete Wahl.« Er gießt den Inhalt des Rotweines weg und schenkt sich in einem neuen Glas ebenfalls etwas vom Pinot Grigio ein, riecht daran und kostet. Dann nickt er und stellt sein Glas wieder beiseite, ehe er sich das Hemd zuknöpft und eine Schürze anlegt.

»Die Vongole habe ich bereits gewaschen. Du hast Glück, ich wollte sie heute tatsächlich kochen.« Er holt diese aus dem Kühlschrank und stellt sie neben die Herdplatten, die sich ebenfalls auf der Kochinsel befinden. »Zuerst das Olivenöl. Extra Virgin. Eine gepresste Knoblauchzehe und fein geschnittene Stiele von glatter Petersilie.« Ich beobachte, wie er die Zutaten zubereitet und in eine große, hohe Pfanne gibt.

»Es duftet jetzt schon köstlich.« Ich schließe meine Augen und genieße den appetitlichen Geruch. Als ich wieder hinsehe, wundere ich mich, dass er einen Löffel Wasser hinzugibt. »Wasser?«

»Ja, das hilft dabei, dass der Knoblauch nicht anbrennt. Das möchte ich vermeiden.« Als Nächstes setzt er einen hohen Topf mit Wasser auf und gibt grobes Meersalz hinzu, nachdem es kocht. Fasziniert betrachte ich ihn und sein Können.

»Die Linguine werden nur etwa sieben Minuten gekocht, sie sollen später in der Sauce das Aroma aufnehmen.« Während die Pasta im Wasser ist, gibt er die Vongole in die Pfanne und übergießt sie mit einer ganzen Tasse Weißwein. »Das lassen wir jetzt ziehen.« Luca holt bereits zwei Teller hervor und deckt den Tisch. Ich beobachte ihn dabei und kann nicht anders, als mir jede seiner Bewegungen genau anzusehen. Er wirkt so selbstsicher und entspannt. Man merkt, wie viel Freude er hat, jemanden zu bekochen.

»Der Inhaber des Grosso ist aber sehr spendabel, wenn er seinen besten Koch hier wohnen lässt«, merke ich an. Luca kommt zurück und überprüft das Essen, rührt in der Pfanne und wäscht sich erneut die Hände.

»Einige Mitarbeiter haben hier Apartments. Sie sind nicht groß, aber funktional. Ich brauche nur eine gute Küche, ein Bett zum Schlafen und ein Bad.«

»Dass du die Küche zuerst nennst, spricht Bände.« Ich trinke noch einen Schluck Wein und erzähle ihm daraufhin: »Meine Wohnung in Hamburg ist winzig. Die ganze Stadt nutzt jeden Meter, der ihr zur Verfügung steht. Es ist eng und die Natur wird immer weiter zurückgedrängt. Zwar gibt es hier und da ein paar Bäume und außerhalb der Innenstadt auch etwas mehr Bepflanzung, aber das kann man nicht mit Positano vergleichen. Niemand zupft hier Unkraut. Es wächst einfach und sieht wunderschön aus.«

»Bist du in Hamburg aufgewachsen?«

»In Lübeck, aber da ich nicht als Konditorin arbeiten konnte, habe ich Germanistik studiert und bin letztlich in der Redaktion von Mööve gelandet.« Als ich das sage, hebt er neugierig die Brauen. »Ich wollte eigentlich Konditorin werden, da ich gerne backe. Aber meine Eltern haben mir das ausgeredet. Es sei ein Beruf, der einem nicht das Leben finanziert.« Ich blicke traurig in mein Weinglas und leere es dann. »Jetzt habe ich einen Job, in dem ich gut verdiene, aber ...« Ich seufze leise auf. »Ich habe nette Kollegen, und der Job macht Spaß.«

»Aber?« Luca holt die Vongole aus der Pfanne und legt sie auf einen bereitgestellten Teller. Anschließend gibt er die Nudeln aus dem Wasser in ein Sieb. Grob abgetropft landen diese nun in der Pfanne.

»Ich frage mich, wie es weitergehen soll. Wo sehe ich mich selbst in fünf Jahren? Oder zehn? Sitze ich dann noch immer in diesem kleinen Büro, bin bei Meetings und hetze von A nach B? Was wird sich verändern?« Mir fällt mein Schreibtisch wieder ein. »An der kleinen Trennung zwischen den Schreibtischen – sie ist etwa 60 Zentimeter hoch – hängt ein Kalender mit Bildern aus Positano. Und Postkarten. Das ganze Jahr über sehne ich mich danach, herzukommen. In den letzten Jahren kam leider so einiges dazwischen, sodass ich in Deutschland bleiben musste.« Vielleicht liegt es am Wein: »Als ich heute ans Meer ging, war ich im ersten Moment unendlich froh, aber dann auch sehr traurig. Denn mir wurde bewusst, dass ich wieder zurück nach Deutschland muss.«

Luca schenkt mir etwas Wein nach und sagt: »Jetzt bist du hier. Genieße den Abend, und wenn du morgen wieder traurig wirst, überlegst du, was du ändern könntest.« Ein guter Plan.

Lächelnd proste ich ihm zu, und er erwidert dies. Danach

schwenkt er gekonnt die Pasta in der Pfanne und gibt eine ganze Tasse Nudelwasser hinzu, was mich überrascht.

»Damit die Pasta weicher wird?«

»Dadurch wird die Sauce kreiert. Das gekochte Wasser beinhaltet Stärke, die nun mit dem Öl fusioniert.« Er zeigt mir, dass es immer cremiger wird, je mehr er die Nudeln schwenkt. Anschließend holt er etwa 80 Prozent des Muschelfleisches aus den Schalen und gibt sie dazu. Fasziniert betrachte ich, wie das Gericht immer mehr Form annimmt.

»Als hättest du Sahne hinzugegeben.« Unglaublich. »Ich kann zwar backen, aber im Kochen bin ich eine Niete.«

„Das Geheimnis ist die Stärke im Wasser, die Linguine haben viel davon abgegeben. Darum ist es wichtig, eine gute Qualität einzukaufen." Zum Schluss kommt die klein gehackte Petersilie, die feinen grünen Blätter werden direkt in das Gericht untergehoben und verleihen ihm eine herrliche Farbkombination. Er zwinkert mir zu und dreht die Pasta anschließend auf, ehe er sie auf eine lange Platte gibt und diese mit Sauce, Muschelfleisch und geöffneten Vongole dekoriert. Am Ende gibt er noch den feinen Rest der gehackten Petersilie oben drauf und präsentiert mir das Gericht, von dem gut und gerne fünf Personen satt werden können.

»Das sieht fantastisch aus«, schwärme ich. Luca bringt die Platte zum schwarzen Esstisch, stellt sie in die Mitte und rückt meinen Stuhl zurecht. »Ein wahrer Gentleman«, meine ich und kichere verlegen. Wer hätte gedacht, dass ich am Strand so einen heißen Mann kennenlerne und er mich auch noch privat bekocht?

Luca schenkt mir noch etwas Wein nach, anschließend sich selbst. Der Esstisch ist für zwei Personen ausreichend, sodass wir nah beieinander sitzen. Er füllt meinen Teller mit dem köstlichen Gericht und gibt danach etwas auf seinen.

»Buon appetito.« Wir heben unsere Gläser, stoßen erneut an und essen anschließend. Ich bin begeistert, es ist köstlich!

Der Abend ist noch lange nicht zu Ende. Nach dem köstlichen Essen verwöhnte er mich noch mit etwas Eis und anschließendem Gespräch auf seiner Couch mit Blick auf den Sternenhimmel. Das Meer kann man um diese Uhrzeit nur noch erahnen, aber die vielen Sterne und der leuchtend helle Mond zaubern die perfekte Kulisse für einen romantischen Abend.

»Ich habe mir so oft ausgemalt, wie schön es werden würde, wenn ich endlich wieder hier her komme. Aber dass der Abend so herrlich endet, hätte ich niemals für möglich gehalten.« Ich stelle mein geleertes Weinglas neben seines auf den Wohnzimmertisch und sehe zu ihm. »Kann ich morgen, wenn du in der Küche arbeitest, ein paar Fotos und Videos machen? Ich denke, das wäre eine fantastische Erweiterung für unsere Leser. Und sicher lockt es auch ein paar Touristen an.«

»Der Abend muss nicht vorbei sein.« Luca legt seinen Arm auf die Rückenlehne der Couch und betrachtet mich charmant.

»Ich hatte nicht vor zu gehen, wenn die Nacht anbricht.« Meinen Nachtisch habe ich zwar schon bekommen, aber für einen zweiten habe ich noch eine Menge Platz.

»Ich habe nichts dagegen, wenn du morgen ein paar Videos in unserer Küche drehst. Kostenfreie Werbung für unser Hotel und Restaurant ist immer willkommen.« Da er dies so formuliert und nicht zuvor Rücksprache mit seinem Vorgesetzten halten will, gehe ich davon aus, dass er entweder sehr gute Beziehungen zu diesem hat, dass öfter solche Anfragen kommen, oder er mich ein klein wenig bezüglich seines Status angeflunkert hat. Wenn Köche und Mitarbeiter so schöne Apartments neben den Hotelzimmern bewohnen dürfen, wäre das ein großer finanzieller Verlust für das Grosso. Ganz besonders in der Hauptsaison.

»Wirst du dort sein?«, frage ich und rücke etwas näher, sodass ich meine Hand auf seinen Oberschenkel legen kann.

»Solange du willst«, ist seine Antwort, ehe er sich ein Stück zu mir neigt und mich sanft küsst. Es ist ein unschuldiger, süßer Kuss. Erforschend und voller Neugier. Ich meine noch etwas Wallnusseis zu schmecken und den Weißwein. Eine gewagte Mischung, die mich wohlig seufzen lässt.

Nein, dieser Abend ist noch lange nicht vorbei, er fängt gerade erst an. Und wenn ich ihm in seine wunderschönen türkisgrünen Augen blicke, habe ich das Gefühl, das Meer zu küssen. Das Meer und seine unendlichen Geschichten voller Magie und Abenteuer.

4

DAS AMORE AL LIMONE

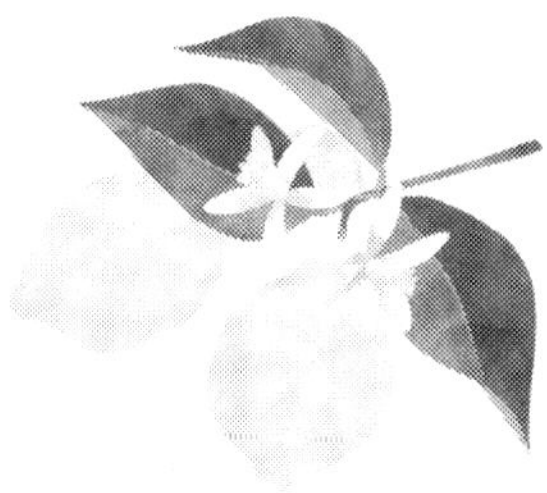

Als ich am nächsten Morgen erwache, blinzele ich ein wenig überrascht, denn Luca liegt neben mir. Nackt. Es dauert einen kurzen Moment, ehe ich mich an unsere letzte, gemeinsame Nacht erinnere, die mich am Morgen strahlen lässt.

Er kocht nicht nur voller Leidenschaft, er liebt auch leidenschaftlich, intensiv und genussvoll. Ich seufze leise auf, als ich an unsere gemeinsame Zeit denke, bin mir kurz darauf aber bewusst, dass dieser Urlaubsflirt nun vorbei ist. Es war schön. Wundervoll und einmalig. Aber nun ist es Zeit zu gehen. Ich will keine von diesen Frauen sein, die sich in den Mann vom Strand verlieben, der vermutlich jeden Abend eine andere in seinem Bett hat. Touristinnen, die seinem Charme erliegen, gibt es hier wie Sand am Meer.

Ich bin nicht böse darum, denn ich wusste, worauf ich mich eingelassen habe.

Auf Zehenspitzen stehle ich mich ins Badezimmer und versuche, so leise wie nur irgend möglich zu sein. Glücklicherweise hat er einen tiefen Schlaf, sodass ich anschließend meine Kleidung vom Boden aufsuchen kann. Mit ihr habe ich eine Spur vom Wohnzimmer bis in sein Schlafzimmer gelegt, wie einst Hänsel und Gretel es mit Brotkrumen taten. Dazwischen liegt seine Kleidung, die ich unberührt lasse.

Ein letzter Blick zurück, gefolgt von einem hauchzarten Luftkuss, danach verlasse ich sein Apartment. Ich bin mir noch nicht ganz sicher, ob ich heute Abend wirklich noch einmal ins Grosso gehen soll, damit ich ihn beim Kochen filmen kann. Es wäre seltsam, ihm nach dieser Nacht zu begegnen, denn er könnte es auch als aufdringlich empfinden. Vielleicht hat er gestern Abend nur zugestimmt, um mich bei Laune zu halten.

Die Tür zum Hotel hin ist geöffnet. Verwunderte Blicke der Angestellten treffen mich, als ich durch die Tür komme. Ich grüße sie und erhalte freundliche Antworten darauf, doch die Blicke sprechen Bände.

Ich stehle mich wie eine Diebin aus dem Grosso und bin erleichtert, dass ich es nach draußen geschafft habe. An diesem herrlichen Morgen ist es noch angenehm kühl draußen, aber man spürt bereits die wärmenden Sonnenstrahlen, welche die Steine, Häuser und Blumen berühren.

Ich strecke mich und fülle meine Lungen mit der salzigen Meeresbrise, die gemischt mit Zitronenduft eine wahre Wohltat ist. Moment. Zitronenduft? Zwar ist die Amalfiküste für ihre Zitronen berühmt, aber so intensiv habe ich den Duft gar nicht in Erinnerung. Ich sehe mich um und entdecke das *amore al limone*. Dieses wunderschöne kleine Büdchen direkt neben dem Hotel-Restaurant. Die schwere, alte und rustikal wirkende Holztür ist geöffnet, und wenn ich mich nicht irre, dann kommt dieser köstliche Duft von dort. Neugierig komme ich näher und betrachte abermals den großen Zitronenbaum, der dem *amore al limone* Schatten spendet. Man könnte diesen kleinen Verkaufsladen beinahe übersehen, da er buchstäblich im Schatten des großen und imposanten Grotto liegt.

Als ich die Tür beinahe erreicht habe, höre ich, wie es drinnen klappert. Der Geruch intensiviert sich, je näher ich dem Stübchen komme. Es duftet herrlich nach Zitronenleckereien. Ist das etwa doch eine Backstube?

Laut meinem Handy ist es erst kurz nach 8:00 Uhr und die ersten Touristen machen sich auf an den Strand. Die Liegen, die bereits mit Handtüchern belegt sind, gehören vermutlich Deutschen. So typisch, selbst an einem entlegenen Fleckchen Erde wie diesem hier.

Ich luge neugierig in das kleine Geschäft hinein und sehe eine alte Dame am Verkaufstresen stehen. Dieser befindet sich hinten im Geschäft. Sie packt gerade eine Torte in einen Karton. Niemand sonst ist in dem Laden. Nur sie.

»Guten Morgen, junge Frau.« Sie lächelt und sieht kurz zu mir auf. Es ist ansteckend. Ich strahle und komme etwas näher.

»Guten Morgen. Ich wurde von dem leckeren Duft angelockt.«

»Das ist der Plan, schön zu sehen, wenn er aufgeht.« Dann betrachtet sie mich neugierig und fragt: »Dein Italienisch ist gut, aber der Akzent kommt mir nicht bekannt vor.«

»Ich komme aus Deutschland und mache nur etwas Urlaub hier.« Als ich das sage, lacht sie und bettet die nächste Torte sanft in einen bunten Karton.

»Nur etwas Urlaub? Ihr jungen Menschen seid immer auf der Flucht. Komm her und hilf mir, Kindchen.« Sie winkt mich heran, und ich helfe gern. Als ich näher komme, bemerke ich, dass sie doch deutlich älter ist, als ich aus der Entfernung angenommen habe. Ihre Arme, Hände und das Gesicht sind in tiefe Falten gelegt. Und als sie lächelt, hüpfen diese auf und ab. Ihre Augen sind kaum zu erkennen, da ihre Schlupflider sie wie Bettdecken zu verstecken scheinen. Eine Brille trägt sie nicht, dafür das schneeweiße Haar zu einem hübsch geschwungenen Dutt. Ihre Kochschürze verrät, dass ich es hier wohl mit einer Bäckerin zu tun habe, und ein kurzer Blick auf die Theke, dass diese zauberhaft aussehenden Torten wohl ihrem Geschick nach entsprungen sind.

»Das sieht köstlich aus«, stoße ich begeistert aus und frage: »Wie kann ich helfen?«

»Das riecht und schmeckt auch köstlich«, verbessert sie mich und lacht wieder. Sie hat so eine herzliche, ehrliche Art, wie nur Großmütter sie haben.

»Meine Hände sind eigentlich ganz ruhig, aber heute zittern sie ein wenig. Ich bekomme keine Schleife gebunden.« Ja, das kann ich sehen. Vier Kartons stehen bereit, aber mehr als einen Knoten hat die Dame nicht ziehen können. Ich binde die Schleifen, sodass es hübsch aussieht.

»Sehr geschickt. Aber kein Ring am Finger. Warum?« Sehr direkt ...

»Danke, aber vom Schleifebinden allein bekomme ich noch keinen Mann an den Altar«, antworte ich ehrlich und stelle die Kartons in eine große Styroporkiste, da sie auf diese zeigt, während ich ihr antworte.

»Sie werden gleich abgeholt. Die umliegenden Hotels freuen sich, wenn sie frische Zitronentorte bekommen.« Sie nimmt sich ein Schnapsgläschen und hält es mir hin. Kurz zögere ich, doch dann nehme ich das Gefäß an mich und staune, als sie eine Flasche Limoncello öffnet und mir eingießen möchte. Likör um 8:00 Uhr in der Früh? In Italien ist wohl alles möglich. Und ich kann jetzt nicht ablehnen.

»Probieren.« Natürlich. Ich koste davon und schließe meine Augen.

»Unverkennbar. Köstlich.« Warum will mich hier jeder abfüllen? Kaum begegne ich jemanden, habe ich ein Gläschen Alkohol in der Hand.

Sie lacht wieder und meint: »Traditionelles Rezept. Frag mich aber nicht nach der Geheimzutat. Die ist geheim. Das nehme ich mit ins Grab.« Sie ist etwas wackelig auf den Beinen, doch ich sehe ihr an, mit welcher Leidenschaft sie hier alles im Griff hat. In die Styroporbox legt sie ein paar Blätter Papier und darüber Kühlakkus. Erst jetzt schließt sie den Deckel und klebt auf alle vier Seiten einen Sticker.

»Ist das dein Geschäft?«, frage ich und sehe mich neugierig um. Es dürften etwa 30 bis 40 Quadratmeter sein. Regale stehen dicht an dicht und sind mit Postkarten und Anhängern geschmückt. Türkisfarbene Wände, die seit langer Zeit nicht gestrichen wurden, harmonieren farblich hervorragend dank all der goldgelben Zitronenprodukte.

»Ja, seit fast 75 Jahren«, antwortet sie mir stolz und nimmt kurz auf einem Hocker neben der Kasse Platz.

Überrascht blinzele ich ihr entgegen und frage: »Schon so lange?«

»Ich bin 96 Jahre alt, mein liebes Kind.« Während ich staune, erzählt sie weiter: »Mit Anfang 20 habe ich das Geschäft eröffnet, es war eines der ersten in Positano. Zuerst gab es Limoncello, Kuchen und Gebäck. Die Fischer und Arbeiter aus umliegenden Dörfern haben es gerne gegessen. Später kamen Touristen. Doch in den letzten Jahren wurde es immer wichtiger, dass alles luxuriös und außergewöhnlich ist.« Sie sieht sich in ihrem Geschäft um, streichelt über den Holztresen, der viele Macken und Einkerbungen aufweist, lächelt und sagt: »Das *amore al limone* ist nicht modern genug, um junge Menschen wie dich herzulocken.« Sie schaut zu mir und meint lächelnd: »Du denkst jetzt sicher, dass ich mich zur Ruhe setzen soll, nicht wahr?«

»Möchtest du das denn?«, ist meine Gegenfrage. Ich sehe mich dabei weiter um, entdecke Zitronenmarmelade, gut duftende Seifen und allerlei leckeres Gebäck in den Auslagen. »Dieser kleine Laden ist mit so viel Liebe und Herzblut eingerichtet, ich kann mir gut vorstellen, dass es nicht einfach ist, sich von heute auf morgen zur Ruhe zu setzen, wenn man jeden Tag etwas so Wundervolles kreiert, das man liebt.«

»Ich müsste das Geschäft modernisieren, aber ich bringe es nicht übers Herz«, gesteht sie mir und erhebt sich dann. »Komm, ich zeige dir die Backstube.« Da sage ich natürlich nicht nein. Ich gehe ihr hinterher und bemerke natürlich, dass sie Probleme hat, aufrecht zu stehen. Jeder Schritt scheint sie zu schmerzen. Aber sie kämpft.

Durch eine Tür gelangen wir in die übersichtliche Backstube. Sie ist klein, aber funktional eingerichtet. Es gibt einen alten Ofen und viele Regale, dazu eine Arbeitsfläche und unzählige Dosen, Zitronen und auch ein paar Bücher.

»Das Herzstück«, hauche ich begeistert und schließe für einen Moment meine Augen, damit ich den köstlichen Duft einsaugen kann.

»Ich wollte noch ein paar Zitronenkekse backen. Du kannst mir helfen.« Sie deutet auf die Schüsseln und sagt: »Aber zuerst muss abgewaschen werden. Danach bereiten wir den Teig zu.« Da sage ich nicht nein. Hier kann ich sicher noch einiges lernen und ... es fühlt sich richtig an. So ein kleines Stübchen wollte ich früher auch eröffnen. Nur trieb mir meine Familie diesen Traum aus. Sie haben es nur gut gemeint, dessen bin ich mir bewusst, aber jetzt hier zu stehen, fühlt sich an wie die Erfüllung meines Schicksals.

Ich reinige die Schüsseln und anschließend die Arbeitsfläche, während Paola, wie sie sich mir vorstellte, die Zitronen wäscht.

»Als Erstes brauchen wir den frischen Abrieb von Zitronen. Heute machen wir nur eine kleine Menge. Vier reichen aus, sie werden ausgepresst, aber wir verwenden nur die Hälfte vom Saft für den Teig.« Ich nicke und höre gut zu, beobachte ihre geschickten Hände. Präzise bearbeitet sie die Zitronen und gibt den feinen Abrieb in ein Glasschälchen. Anschließend presst sie zwei der Zitronen aus. Den Saft gibt sie in ein Porzellangefäß. »Als

Nächstes vermengen wir die feuchten Zutaten. Das ist ganz wichtig. Acht Eier, 500 Gramm weiche, gute Butter, dann jeweils die Hälfte vom Zitronenabrieb und Zitronensaft.« Ich sehe ihr weiter zu und nicke. Sie vermengt alle Zutaten mit einem Schneebesen, bis eine homogene Masse entsteht. »Nun gebe ich schrittweise 50 Gramm Vanillezucker und 450 Gramm Zucker hinzu. Manchmal etwas mehr, wenn die Zitronen besonders groß sind und viel Saft abgeben.« Behutsam wiegt sie alles ab. Sogar der Vanillezucker ist in einem Vorratsglas. Ich erkenne die Vanillestangen, die ihr Aroma im Zucker abgeben, sehr gut.

»Du machst viel nach Gefühl?«, frage ich nach und erkläre: »Keine grammgenauen Zutatenmengen?«

»Bei den Keksen geht das schon in Ordnung, und ja, ich mache vieles nach Gefühl, wobei es sicher auch an der Erfahrung liegt. Mit den Jahren weiß man, wie der Teig aussehen und sich anfühlen muss, damit er perfekt gelingt.« Als Nächstes vermengt sie zwei Kilo Mehl und 66 Gramm Backpulver in einer Schüssel. »Faustregel: 16,5 Gramm Backpulver für 500 Gramm Mehl. Das kann man sich gut merken, nicht wahr?« Sie lacht und siebt schrittweise das Mehl-Backpulvergemisch in den feuchten Teig. Immer wieder macht sie eine Pause und verknetet alles miteinander, bis alle Zutaten vermengt sind. »Nun das Beste.« Sie teilt den Teig in vier große Portionen auf und klopft ihn mit den Händen glatt. »Das wird dir schmecken.« Alle vier Haufen werden in Folie gewickelt und landen im Kühlregal. Dann holt sie vier andere heraus und erklärt: »Diesen Teig habe ich heute Nacht vorbereitet. Er konnte bereits durchziehen und kühlen.« Den ersten Klumpen verarbeitet sie länglich zu einer großen Rolle, schneidet ihn dann in etwa drei mal drei Zentimeter große Stückchen. Diese formt sie einzeln mit der Hand zu Kugeln. »Ich habe vier Rezeptvarianten. Die erste ist der einfache Zitronenkeks. Die Kugeln drücke ich auf dem Backblech platt. Die Oberfläche bekommt dann leichte Risse. Sie schmecken hervorragend zu Tee oder Kaffee.« Das vorbereitete Backblech ist schnell gefüllt und beiseite gestellt. »Die zweite

Variante wird nicht mit der Handfläche eingedrückt, sondern vorab mit etwas Zitronenabrieb geschmückt, und dann nimmt man dieses Glas und drückt das Muster der Unterseite hinein.« Es ist ein einfaches Trinkglas, mit einem hübschen Muster auf der Unterseite. Durch das Pressen wird der Zitronenabrieb in den Teig gedrückt. »Die anderen Varianten zeige ich dir, wenn die Kekse gebacken sind. Sie werden danach weiterverarbeitet.« Backblech drei wird wie Backblech eins vorbereitet, und bei Backblech Nummer vier nimmt sie erneut das Glas, aber ohne zuvor den Zitronenabrieb hineinzudrücken. Alle vier Bleche landen im vorgeheizten Ofen. »170 Grad Umluft, zehn Minuten. Aber du musst die Kekse immer im Auge behalten. Wenn sie etwas dünner oder dicker sind oder das Rezept leicht verändert ist, kann die Backzeit variieren.«

»Und was machst du mit dem dritten und vierten Blech?«

»Du bist neugierig, das gefällt mir. Und du beklagst dich nicht, machst sogar sauber, obwohl ich dir das gar nicht gesagt habe.« In der Tat schwinge ich bereits wieder den Putzlappen.

»Zu Hause backe ich auch gern. Eigentlich wäre ich gerne Konditorin geworden, aber ...« Ich will sie nicht mit meinen ehemaligen Problemen belasten. »Ich liebe es, zu backen. Eine saubere Küche ist das A und O.«

»Wohl wahr!« Sie lacht wieder und setzt sich kurz auf den Hocker, verschnauft und blickt dann auf ihre Hände. Nach einer kurzen Pause erhebt sie sich wieder und wäscht sie sich.

»Bei dem dritten Blech machen wir eine Zitronenglasur aus Zitronensaft und Puderzucker. Garniert wird diese mit dem restlichen Abrieb. Und das vierte Blech ist raffiniert. Jeweils zwei Kekse werden mit Zitronenmarmelade bestrichen und dann zusammengedrückt.« Lächelnd schließt sie die Augen und seufzt wohlig auf. »Seit fast 75 Jahren verwende ich dieses Rezept.«

»Und du verkaufst sie dann hier im Laden?«, möchte ich wissen und wasche die Schüsseln und den Schneebesen ab.

»Einen Teil, ja. Aber das meiste fülle ich in Tütchen oder

Blechdosen. Die umliegenden Geschäfte bieten sie dann auch an. Die Touristen kaufen lieber dort als bei mir.«

»Das Grosso lenkt sehr vom *amore al limone* ab«, gebe ich zu.

»Ja, das ist wohl wahr ...« Sie wirkt etwas traurig und setzt sich wieder, bis eine Stimme aus dem Verkaufsbereich unsere Aufmerksamkeit erweckt.

»Wo bist du?« Als Paola den Mann hört, atmet sie schwer durch und flucht ein paar unschöne Worte. Aus der ruhigen, liebevollen Dame ist eine aufgebrachte Frau geworden, die mit geballten Fäusten die Backstube verlässt.

»Wagst du dich wieder her? Dich soll der Teufel holen!«

»Ich wollte nur ...«

»Scher dich weg!«

Ich sollte besser eingreifen, denn das klingt nicht gut! Ich wage mich aus der Backstube hervor und sehe, wie diese kleine Dame mit erhobenen und schwingenden Fäusten auf LUCA zusteuert! Was? Er ist der Kerl, der sie so in Rage bringt?

»Die Anwälte kommen heute und ...«

»Soll auch sie der Teufel holen! Und jetzt raus hier!«

Als Luca mich jedoch sieht und sich unsere Blicke treffen, ist er für einen Moment so irritiert, dass er sprachlos ist.

»Katrin?«

»Raus hier, du Bastard!« Sie schafft es, Luca zu vertreiben, der rücklings aus dem Laden geht.

»Jetzt beruhige dich, ich wollte dich nur informieren, dass die Anwälte heute gegen 10:00 Uhr kommen und auch mit dir sprechen wollen. Es ist nur ein Gespräch.«

»Mit etwas Glück fallen sie eine Klippe runter und werden vom Ozean verschluckt!« Paola mag Luca also ganz und gar nicht. Verstanden.

»Es ist wohl besser, du gehst«, mische ich mich ein und überhole Paola, als ich auf Luca zusteuere.

»Was machst du hier?«, will er wissen und blickt zwischen Paola und mir hin und her.

»Dich aus dem Geschäft werfen.« Eine alte Dame, die sich so aufregt, bekommt sonst noch einen Herzinfarkt. Und sie wird sicher nicht ohne Grund so wütend auf ihn sein.

»Ich bin ja schon draußen.« Luca versucht, ruhig zu bleiben, auch wenn ich ihm anmerke, wie zerknirscht er ist.

»Und betrete mein Geschäft nie wieder!«, flucht sie.

»Verdammt, was hast du angestellt?«, will ich wissen und dränge Luca ein paar Meter weiter Richtung des Grosso.

»Das geht dich nichts an. Was machst du überhaupt hier?«, will er wissen.

»Das geht dich auch nichts an«, kontere ich frech. Wenn er mir nichts sagen will, sage ich auch kein Wort.

»Du warst heute früh einfach verschwunden. Ich dachte, du bist in dein Hotelzimmer zurückgekehrt«, wirft er mir nun vor und ergänzt: »Ich bin nur überrascht, dich hier anzutreffen.«

»Ich wollte etwas kaufen, mehr nicht«, rede ich mich heraus und sage dann: »Besser du gehst jetzt. Sie hat sich sehr aufgeregt.«

Luca gefällt die Sache nicht und ruft dann: »10:00 Uhr, denk bitte an den Termin!« Dann wendet er sich von mir ab und geht ins Grosso zurück. Mir fällt erst jetzt auf, wie vornehm er eigentlich gekleidet ist. Wie ein Koch wirkte er nicht auf mich ...

Was wird hier eigentlich gespielt?

5

IM REZEPT-HIMMEL

Ich muss ein paar Mal tief durchatmen, ehe ich zu Paola ins *amore al limone* zurückkehre. Sie sitzt an der Kasse auf ihrem Hocker und hat die Hände gefaltet, zittert.

»Er ist weg.« Hoffentlich beruhigt Paola das ein wenig. Ich gehe zu ihr hinter die Kasse und sehe, wie sie schwer durchatmet. »Was ist denn nur vorgefallen?«

»Seit ein paar Jahren will er das *amore al limone* kaufen, damit er es abreißen und daraus eine Erweiterung für das Grosso bauen kann.« Autsch. Aber Moment mal? Luca will es kaufen? Ich dachte, er ist nur der Koch? Also hat er mich angelogen.

»Er ist der Inhaber?«, frage ich vorsichtig nach.

»Ja, ihm gehört das Grosso. Er ist Erbe ...« Doppel-Autsch. Das ist also sein Hotel-Restaurant, und er versucht, Paolas Geschäft zu zerstören. Wer 75 Jahre lang hier lebt und arbeitet, Herzblut in das steckt, was er liebt, der gibt das nicht so einfach auf. »Immer wieder kommt er vorbei und will es kaufen, aber ich sage immer wieder Nein. Er versteht einfach nicht, was es mir bedeutet. Ich würde daran zerbrechen, wenn ich mitansehen müsste, dass es weg ist.« Ihre traurigen Augen betrachten mich. »Ich habe nur noch das *amore al limone*. Ich werde es nicht aufgeben.« Dann erhebt sie sich und sagt: »Die Zitronenkekse. Ich werde sie aus dem Ofen holen.« Wenige Sekunden später ertönt die kleine Eieruhr aus der Backstube. Sie hat es im Blut. Sie kennt ihr Geschäft und weiß genau, wie alles hier funktioniert.

Ich bleibe zurück und sehe mich noch einmal hier um. Ja, es ist alt und auch ein wenig zerfallen, aber darum geht es nicht. Dieses Geschäft ist wie ihr Baby, und das gibt sie nicht einfach so her.

Ich folge ihr in die Backstube und frage: »Kann ich dir noch bei etwas helfen?« Mir ist nicht wohl dabei, sie jetzt einfach so zu verlassen. Paola nimmt schweigend die Kekse aus dem Ofen und stellt diese zum Abkühlen zur Seite. »Ich bleibe gern«, versichere ich ihr.

»Du könntest die Glasur machen.« Ich merke ihr an, wie aufgewühlt sie noch immer ist, sodass ich gerne bereit bin, ihr weiter zur Hand zu gehen. Manchmal sind es die kleinen Gesten, die einem fremden Menschen den Tag verschönern können.

Stunden vergehen, in denen mir Paola ein paar neue Rezepte erklärt. Sie lässt sogar mich auswählen, was ich als Nächstes umsetzen möchte. So zaubern wir weitere Kekse und köstlichen Zitronenkuchen, die kurz darauf von ein paar Angestellten umliegender Restaurants abgeholt werden.

»Ich beliefere jedes Restaurant in ganz Positano. Bis auf das Grosso.« Sie rümpft die Nase. Nach einem Glas Wasser, ein paar

Gläschen Limoncello und Dutzenden Zitronen, die wir ausgepresst und abgeschält haben, kann sie endlich wieder lächeln.

»Verständlich, wenn ihr im Streit miteinander liegt.« Ich bin wirklich verwundert, dass Luca eine alte Dame derartig drangsaliert. Und ich bin enttäuscht, dass ich ihn falsch eingeschätzt habe.

»Du kanntest seinen Namen.« Ihr entgeht aber auch nichts. Sie betrachtet mich kurz und meint dann: »Er hat den Charme seines Vaters und seines Großvaters. Es ist schwer, diesem nicht zu erliegen.« Ihr Blick ist ein wenig vorwurfsvoll, während ich mich durch das Rezeptbuch blättere und so versuche, diesem unangenehmen Thema aus dem Weg zu gehen.

»Ich kann mir schon denken, warum du so früh hier warst.« Sie hört nicht auf. Mit Schweigen komme ich wohl nicht weiter.

»Ich dachte, er sei ein guter Mann«, gebe ich zu und hoffe, dass wir weiter backen können. Zwischendurch kamen immer wieder ein paar Touristen, die Limoncello, Seifen, Marmelade und Tortenstücke gekauft haben. Vor allem nutzen sie aber den Lieferservice in ihre Länder. Paola nimmt die Bestellungen entgegen, verpackt die Köstlichkeiten und lässt die Pakete abends von der Post abholen. So brauchen die Touristen nichts mit ins Flugzeug oder in ihre Autos zu nehmen. Ein angenehmer Service.

»Oh, das ist er. Zu Frauen. Und er ist ein guter Chef. Das Hotel und auch das Restaurant laufen gut. Die meisten Touristen bringt mir das Grosso, weil sie vom Duft angelockt werden, so wie du.« Endlich lächelt sie wieder, auch wenn ich verwundert darüber bin, dass sie doch ein gutes Wort über Luca verliert, nachdem sie ihn zum Teufel gewünscht hat.

»Aber er hat keine guten Werte. Kein Herz. Er denkt nur ans Geschäft. An Geld. Nicht an Zitronen.« In jedem anderen Örtchen wäre diese Aussage wohl seltsam aufgefasst worden, nicht aber in Positano. Nicht, an der herrlichen Amalfiküste. »Wer hier geboren wird, wer hier aufwächst, der muss ein Herz aus Zitronen haben. Der muss sie spüren. Sie verehren. Sie lieben. Aufrichtig. Mit Leib und Seele. Mit Genuss.« Sie faltet ihre Hände, als wenn sie beten würde. »Aber er versteht es nicht. Er versteht es einfach nicht.« Sie wirkt unglücklich und verzweifelt.

»Ich könnte versuchen, mit ihm zu sprechen«, biete ich ihr an. Sie tätschelt meinen Unterarm und blättert anschließend weiter in ihrem Rezeptbüchlein herum.

»Such dir etwas aus, was du lecker findest. Das backen wir dann.« Themenwechsel. Verstanden.

»Dieser hier klingt superlecker, ich liebe es, wenn der Tortenboden weich und fluffig ist. Dazu eine köstliche Zitronen-Buttercreme …«, schwärme ich und seufze wohlig auf, da ich mir bereits das Endergebnis vorstelle.

»Eine interessante Wahl«, stößt sie verwundert aus und meint dann: »Ich dachte, du würdest etwas Einfacheres wählen.« Ihr Lächeln verrät mir, dass sie meine Wahl jedoch stolz macht.

Leider werden wir unterbrochen, denn Luca ist zurück. Nicht wie angekündigt gegen 10:00 Uhr, sondern kurz nach 13:00 Uhr.

»Wir sind da. Kommst du bitte?«

Als Paola seine Stimme hört, will sie gleich wieder lostoben, doch ihre geballten Fäuste erschlaffen und sie setzt sich auf den Hocker. Kopfschüttelnd sitzt sie da und atmet schwer durch.

»Ich jage ihn zum Teufel, lass mich nur machen.« Na, der kann was erleben. Paola will mich noch aufhalten, aber ich stürme aus der Backstube und fixiere Luca wütend, der zwei Anzugträger im Schlepptau hat. Erneut ist sein Blick überrascht, was mich jedoch kein bisschen wundert.

»Mit mir hast du wohl erneut nicht gerechnet, was? Lass Paola in Ruhe. Sie hat NEIN gesagt, das musst du akzeptieren. Sie lässt sich sicher nicht von zwei Anwalts-Heinis einschüchtern. Es reicht! Verlass sofort das *amore al limone* und betrete es nie wieder!« Ich mag zwar klein und zierlich sein, manchmal schimpfen wie ein kleiner Rohrspatz – wie meine Mutter gerne meint –, aber wenn ich für eine wichtige Sache eintrete, bin ich wie ein Löwe.

»Misch dich bitte nicht ein, das ist eine Sache zwischen ihr und mir. Eine ...« Allerdings wird Luca nun unterbrochen, da Paola das Schlachtfeld betritt. Ihr schönes, kleines *amore al limone* gilt es zu verteidigen. Da darf sie nicht fehlen.

»Du musst mich schon eine Klippe hinunterstoßen! Gierig und geizig wie der Vater und Großvater!«, schallt es aus der kleinen Dame heraus. Ich geselle mich zu ihr und stemme beide Hände in meine Hüften.

»Lies dir wenigstens durch, was die Anwälte aufgesetzt haben.« Luca nimmt ein zusammengeheftetes Dokument an sich. Es dürften gut und gerne 20 bis 30 Blatt Papier sein, die zuvor in einem dunkelblauen Schnellhefter lagen. »Ganz in Ruhe. Aber lies es, bitte.«

Zu meinem Erstaunen schweigt Paola und geht mit ruhigen Schritten auf Luca zu. Dann nimmt sie die Blätter entgegen, blickt auf die erste Seite und dann wieder zu ihm.

»Eine Schande. Das, was du vorhast, ist eine Schande. Du verrätst alles, was diesen Ort ausmacht. Seine Werte. Hoffnungen. Träume. Die Zitronen. Luca, du verrätst die Zitronen!« Sie rollt die Seiten zu einem Rohr zusammen und holt mit diesem aus. Dann schlägt sie auf Luca ein, der sofort zurückweicht und die Anwälte nach draußen scheucht.

»Scher dich weg! Schämen solltest du dich! Schämen!«

»Lies es!«, bittet Luca mit ruhigem Ton und wehrt sich nicht gegen Paolas Angriff. Ich eile zu ihr und lege meine Hände auf ihre Schultern.

»Luca wollte gerade gehen.« Ich werfe ihm einen wütenden Blick zu, aber wenigstens beruhigt sich Paola nun etwas und hört auf, nach ihm zu schlagen.

Paola ist am Boden zerstört. Es dauert eine Weile, bis es ihr wieder besser geht. Die Unterlagen hat sie im Ofen verbrannt und kein Wort mehr dazu gesagt.

Sie bedient ein paar Touristen, während ich ihr Badezimmer in der ersten Etage aufsuchen kann. Ihre Wohnung befindet sich nämlich direkt über dem *amore al limone*. Klein, aber liebevoll gestaltet. Aber die schmale Treppe war selbst für mich schwer zu erklimmen. Wie schafft sie das nur in ihrem Alter? Sie ist zwar rüstig und voller Energie, aber diese versiegt schnell ...

Als ich die Treppen wieder hinuntergehe, muss ich mich am Haltegriff festhalten. Stürzen wollte ich hier nicht. Da stellt sich mir doch die Frage: Wie soll sie das in den nächsten Monaten und Jahren schaffen, so ganz allein? Und was wäre, wenn Luca bewusst ist, dass Paola hier stürzen und sich verletzen könnte? Vielleicht will er das *amore al limone* ja nur kaufen, damit sie sich nicht verletzt? Mh. Es war nur so ein Gedanke, aber er macht Sinn. Luca blieb ruhig und freundlich. Er wirkte sogar besorgt um Paola. Würde ein eiskalter Geschäftsmann so mit einer alten Dame umgehen wie er? Ich bin mir nicht mehr ganz sicher ...

»Da bin ich wieder«, sage ich und erreiche die Backstube. Dort wasche ich meine Hände und Unterarme, lege die Kochschürze wieder an und bin bereit für eine leckere Zitronentorte mit Buttercreme.

»Morgen. Morgen ist ein guter Tag, um weiterzubacken.« Paola räumt ihr kleines Büchlein weg und schaltet den Ofen aus. Sie hat die Arbeitsfläche bereits gereinigt und erklärt: »Ich werde das Geschäft jetzt schließen, aber später mache ich es wieder auf. Mittagsruhe. Das brauche ich jetzt dringend.«

»Verstehe. Natürlich.« Sofort lege ich die Schürze wieder ab und sage: »Eigentlich müsste ich auch arbeiten, nachdem ich heute Nacht gar nicht in meinem Zimmer war ...« Noch während ich lache, hebt sie wissend die Brauen. Sie ahnt es sicher schon, was soll ich es noch verbergen?

»Sein Vater und sein Großvater waren auch solche Charmeure. Sie konnten eine Frau dazu bringen, sich in sie zu verlieben – mit nur einem Lächeln oder durch ihre bloße Anwesenheit.« Sie setzt sich wieder auf ihren Hocker und schwelgt in Erinnerungen:

»Sein Großvater Luciano war ein wunderschöner Mann. Groß. Hübsch. Und was für Augen.« Sie lächelt und hebt anschließend mahnend den Zeigefinger: »Aber ein Teufel!« Ich lausche gerne ihrer Erzählung. »Er wusste genau, was für eine magische Anziehungskraft er auf Frauen hatte, und er genoss es. Doch bei einer Frau konnte er nicht landen. Er biss sich die Zähne an ihr aus!« Sie formt mit beiden Händen Mäuler einer Raubkatze und lacht herzlich dabei. »Er hatte keine Chance bei ihr. Sie blieb hart und widerstand seinen Avancen. Er schenkte ihr Blumen. Pralinen.« Dann hebt sie die Brauen und flüstert: »Er kaufte ihr einen Zitronenbaum. Das hat ihr Herz leider erweicht und dann hat sie sich auf ihn eingelassen.« Ein tiefer Seufzer entgleitet ihr. »Sie war eine Legende in Positano. Das Mädchen, das Luciano widerstehen konnte! Doch bei Zitronen wurde sie schwach.« Ein weiterer Seufzer. »Sie wurde schwanger, bekam einen Sohn. Marcello. Schon im Kindesalter wusste jeder, dass er Lucianos Sohn war. Die gleichen Augen. Das gleiche Lächeln. Der gleiche Teufel. Als er älter wurde, benahm er sich wie sein Vater. Kein Mädchen war sicher vor ihm und später keine Frau.« Klingt nach einer spannenden Zeit …

»Und dann?«, möchte ich wissen.

»Du bist so neugierig. Aber das ist gut.« Paola lacht und erzählt gerne weiter: »Und dann kam eines Tages eine Tochter aus gutem Hause nach Positano. Sie besuchte ihre Familie hier und verliebte sich in Marcello.« Paola verdreht die Augen und meint: »Dummes Kind. Sie verlor ihr Herz an ihn und schenkte ihm einen Sohn.«

»Luca.«

Paola nickt. »Heute lebt sie in Neapel, und Marcello starb an einem Herzinfarkt. Zwei Jahre ist das nun her. Luciano erlitt ebenfalls einen. Beide wurden keine 60 …« Sie blickt auf ihre Hände und faltet sie. »Luca wird ein ähnliches Schicksal ereilen. Er ist wie sein Vater. Wie sein Großvater. Immer nur die Arbeit. Tag und Nacht. Da nützt es auch nichts, jeden Abend an den Strand zu gehen und das Meer zu beobachten.« Sie weiß sehr gut über ihn

Bescheid. Macht sie sich etwa Sorgen um – wie sie ihn nennt – den *Teufel*?

Ich verabschiede mich von Paola und sehe noch, wie sie das Geschäft schließt. Anschließend gehe ich zurück in mein Hotelzimmer, dusche dort und suche mir ein hübsches Restaurant, wo ich zu Mittag essen kann. Danach mache ich weitere Fotos am Strand und von Positano. Ich versuche, die Häuser und die Atmosphäre einzufangen, Postkartenmotive zu finden, die sich verdammt gut auf Instagram oder sogar Buchcovern machen könnten.

Am Strand finde ich sogar die Möglichkeit, mit einem Fischerboot auf das Meer zu fahren. Die Männer sind sehr freundlich und erzählen mir ein paar unheimliche Mythen über Meerjungfrauen und Seeungeheuer, während ich tolle Fotos und Videos machen kann.

Sie erzählen mir auch von nahe liegenden Höhlen und Grotten, die man mit dem Boot besichtigen muss, das landet natürlich gleich mit auf meiner Liste.

Gegen 18:00 Uhr kehre ich zurück zum *amore al limone*, doch es ist noch immer geschlossen. Ob es zwischenzeitlich geöffnet war? Oder erst später wieder für Touristen zugänglich gemacht wird?

»Wolltest du zu Paola oder zu mir?« Lucas Stimme erschreckt mich. Als ich mich herumdrehe, steht er dort, mit geöffnetem Hemd und einem zögernden Lächeln auf den Lippen.

»Zu Paola, aber sie hat das Geschäft nicht wieder aufgemacht.« Dann werde ich mich jetzt wohl nach einer anderen Beschäftigung umsehen müssen.

»Ich wollte zum Strand.« Das klingt beinahe wie eine Einladung. Ich bin unsicher, ob ich ihm überhaupt antworten soll. »Der gestrige Abend mit dir hat mir sehr gefallen.« Es ist ja nicht so, als wäre er nicht auch für mich schön gewesen. Doch da gibt es so viele *Aber*, dass ich sie gar nicht zählen könnte.

»Ich will noch etwas arbeiten.« Das klingt doch nach einer perfekten Ausrede?

»Wenn du möchtest, kannst du danach ins Grotto kommen. Ich koche, was immer du willst, und du kannst es filmen.« Das wären gute und wichtige Aufnahmen, aber ...

»Warum willst du Paola das *amore al limone* wegnehmen?« Ich gehe ein paar Schritte auf ihn zu und frage mich, ob seine Antwort wohl ehrlich sein wird.

»Würde das deine Meinung über mich noch ändern?« Luca ahnt, dass sie aktuell nicht besonders positiv ist.

»Sie ist 96 Jahre alt, und ihre Rezepte sind der Wahnsinn. Ich konnte von vielem probieren. Die Kekse, die Kuchen. Torten. Der Limoncello«, schwärme ich und seufze auf. »Das *amore al limone* darf nicht abgerissen werden, nur um für ein paar Parkplätze herzuhalten. Das ist bescheuert. Das Geschäft ist ihr Lebenstraum!« Ich deute auf das voll besetzte Restaurant und frage ihn: »Das Grosso läuft gut. Ich schätze, ihr seid ausgebucht.«

»Darum geht es nicht. Aber das geht dich nichts an.« Luca will mir also nicht erzählen, was ihn wirklich antreibt.

»Willst du Paola nur vertreiben oder willst du ihr helfen? Ich habe gesehen, wie steil ihre Treppe ist. Es ist nicht leicht für sie, in die erste Etage zu gelangen. Und wenn es abgerissen wird, ist auch ihre Wohnung weg.« Wo soll sie dann hin?

»Ich will sie nicht vertreiben. Was erzählt sie dir bitte?« Luca wirkt zerknirscht.

»Das geht dich nichts an.« Ja, ich bleibe stur. Was er kann, kann ich schon lange. Ich verschränke meine Arme vor der Brust und werfe ihm einen vernichtenden Blick zu.

»Wie du gerade selbst gesagt hast, die Treppe ist steil. Die Wohnung baufällig. Es ist an der Zeit, diesen Teil abzureißen, bevor noch jemand verletzt wird.«

»Schiebst du diese Begründung nur vor?« Er sollte jetzt besser ehrlich sein.

»Es ist ein wichtiger Grund. Der andere ist …« Schon klar.

»Geld. Selbst an einem Ort wie Positano dreht sich immer alles nur um Geld. Sogar jemand wie du, der nicht nur Koch, sondern Besitzer des Grosso ist, hat nichts anderes im Sinn als Geld.« Ich seufze auf und flüstere: »Enttäuschend.« Dann gehe ich an ihm vorbei. Ich will noch einmal ins Hotel, um mich umzuziehen. Sicher werde ich ein anderes Restaurant finden, wo ich Fotos und Videos erstellen kann.

Nach einem herrlichen Abend mit leckerem Essen und jede Menge Material im Kasten schlafe ich verdammt gut in meinem Hotelzimmer. Auch wenn ich jetzt lieber bei Luca wäre und eine zweite, herrliche Nacht mit ihm verbringen würde. Warum ist er nur so stur? Und wie kann ich Paola helfen?

Am nächsten Morgen verlasse ich früh das Zimmer und erreiche das *amore al limone*, welches mich bereits mit seinem köstlichen Duft anlockt.

Paola steht im Verkaufsraum und befüllt ein Regal mit neuen Limoncello-Flaschen.

»Guten Morgen«, grüße ich sie und fühle ihr gleich mal auf den Zahn: »Ich war gestern noch einmal hier, aber das Geschäft hatte leider geschlossen.«

Paola wendet sich lächelnd zu mir und winkt mich an sich heran: »Guten Morgen, Katrin. Komm her und füll das Regal auf, sonst denken die Kunden noch, ich hätte nichts mehr auf Lager.«

»Gern.« Die Flaschen sind schnell einsortiert, während Paola sich kurz setzen muss.

»Gestern habe ich lange geschlafen. Und nachgedacht. Ich war zu betrübt, um zu öffnen. Doch heute Nacht hatte ich Lust, ein paar Liter Zitronencreme zu kochen. Mit glasiertem Zitronenabrieb.« Sie schwärmt: »Ich habe dir ein Gläschen aufgehoben. Das musst du probieren.«

»Zitronencreme?« Ich horche auf. »Unbedingt. Ich wäre so gerne dabei gewesen …«

»Die umliegenden Restaurants waren begeistert, sie möchten gerne mehr. Wenn du Lust hast, können wir noch welche machen. Ich stelle sie dann über Nacht in den Kühlschrank.«

»Sehr gern!«

»Und danach deine gewünschte Torte. Das schaffen wir heute.« Paola strahlt, und mir geht ebenso das Herz auf. Eigentlich wollte ich nicht fragen, aber … es wäre fantastisch, ein paar Fotos und Videos zu machen. Doch ich entscheide mich dagegen. Ich will das hier genießen und nicht für ein paar Likes und Klicks den Augenblick zerstören.

Wir gehen gemeinsam in die Backstube, ich lege meine Schürze an, und danach waschen wir uns die Hände. Das Rezept liegt bereits aufgeschlagen im Buch auf dem Tisch. Doch zuvor darf ich von dem Gläschen probieren, welches sie für mich kalt gestellt hat. Ein Gaumenschmaus. Das muss ich unbedingt nachmachen!

»Als Erstes müssen von zehn Zitronen die Schalen fein abgerieben werden. Danach vermengen wir ein Kilo Zucker mit 500 Milliliter Zitronensaft.« Ich tue, was sie mir sagt, reibe die Schale ab und gebe alles in ein Glasschälchen. Anschließend hole ich den Zucker und presse die zehn Zitronen aus, die aber ganze 800 Milliliter ergeben.

»Den Rest heben wir auf. Ich könnte noch mehr Limoncello machen!« Paola lacht laut los und nimmt auf ihrem Hocker Platz, während ich mich austoben darf.

»Jetzt alles schön miteinander verrühren. Den Zucker, den Saft und den Zitronenabrieb. Der Zucker soll etwas Zeit haben, sich aufzulösen, bevor die Eigelbe und die ganzen Eier hinzugefügt werden.« Verstanden. Ich sehe immer mal wieder prüfend zu ihr, bis Paola nickt. Dann kommen zehn Eigelbe und 20 ganze Eier hinzu. Die flüssige Konsistenz ist herrlich goldgelb. Laut Rezept muss die Flüssigkeit nun über einem Dampfbad erhitzt werden, aber die Menge ist gewaltig.

»Du kannst den Inhalt der Schüssel aufteilen. Am besten durch vier.« Dann deutet sie auf die zwei Standmixer und den Kühlschrank: »Während das Wasser zum Kochen gebracht wird, kannst du 2,5 Liter Sahne steif schlagen.« Solche großen Massen bin ich gar nicht gewohnt. Normalerweise macht man im privaten Bereich ja eher kleine Portiönchen. Und das alles hier macht sie normalerweise ganz allein? Absoluter Wahnsinn, in ihrem Alter …

Ich gebe jeweils 500 Milliliter in jeden der beiden Standmixer und lasse sie arbeiten, dann setze ich das heiße Wasser auf und teile die goldgelbe Masse in vier Schüsseln auf. Küchenwaage sei Dank. Die steif geschlagene Sahne kommt abgedeckt in den Kühlschrank, und die Masse wird durch ständiges Rühren mit dem Schneebesen erwärmt.

»Wenn am Rand weißer Schaum entsteht, mit kleinen Bläschen, ist die Temperatur perfekt. Nicht mehr, es darf nicht verbrennen. Schön schlagen und rühren, bis die Konsistenz etwas dunkler in der Farbe wird und in etwa so dickflüssig wie Apfelmus wird.« Alles klar. Ich passe gut auf und koordiniere zugleich die Sahne. Immerhin muss ich fünf Portionen schlagen und zeitgleich kalt schlagen. Zwischendurch kommen noch ein paar Touristen, die Paola bedient, und wo ich allein bin.

Wie zum Teufel schafft sie das nur allein? Selbst ich, mit meinen jungen Jahren, gerade 28 geworden, bin angespannt. Wie wird das erst mit 96 sein, sollte ich je dieses Alter erreichen?

Paola kehrt zurück, während ich die Sahne in eine und die Zitronencreme in die andere Schale gebe. Die Sahne wird wieder kalt gestellt – denn ich würde gerne etwas ausprobieren, wovon ich Paola überzeugen möchte.

»Sehr schön. Jetzt kannst du 400 Gramm weiche Butter in die Creme rühren. Dadurch wird sie glänzend und geschmeidig und sie kühlt schneller ab.« Sie setzt sich wieder und beobachtet neugierig, was ich mit der Creme mache.

»Die Sahne und die Creme werden miteinander vermengt, wenn die Creme abgekühlt ist. Das füllen wir dann in Spritzbeutel. Die werden von den Restaurants abgeholt und später in Gläser gefüllt und dekoriert.« Und genau das finde ich so schade …

»Wenn du eine Kühltheke im Verkaufsraum hättest …«

»Zuviel Arbeit. Das schaffe ich nicht.« Leider hatte ich das befürchtet.

»Und wenn du jemanden einstellst? Eine fleißige Helferin?« Ich hoffe, sie versteht mich nicht falsch, denn ich habe mein Leben in Hamburg.

»Es ist schwer, jemanden zu finden, der Zitronen genau so liebt wie ich. Irgendwann werde ich sterben. Vielleicht morgen. Vielleicht in einem Jahr oder erst wenn ich 120 bin.« Sie nimmt es mit Humor. »Es wäre schön, im Schlaf zu sterben, mit einem guten Limoncello auf dem Nachttisch und einem Traum aus meiner Jugend.«

»Gibt es etwas, das du in deinem Leben bereust?«

»Nein.« Diese Antwort kam blitzschnell.

»Wirklich gar nichts?«

»Selbst Dinge, die ich tat und darüber geflucht habe, haben mich letztlich zu dem Menschen gemacht, der ich heute bin. Ich bin hier und heute nur im *amore al limone* und spreche mit dir, weil ich nichts in meinem Leben anders gemacht habe.« Ein schöner Gedanke. »Aber du bereust so einiges. Du bist unglücklich.«

Während ich die Butter in der Creme verrühre, nicke ich. »Meine Eltern haben es nur gut gemeint. Sie wollten, dass ich keine arme Konditorin werde, die nachts arbeiten muss und kaum etwas verdient. Sie wollten, dass ich studiere und es besser habe. Ja, ich verdiene gut, aber …« Ich will mich nicht beklagen. »Hier zu stehen und all diese leckeren Rezepte auszuprobieren ist eine Wohltat. Wenn ich in Positano leben würde, könntest du sicher sein, dass ich jeden Tag hier wäre, um mit dir zu backen.« Und das meine ich ganz ehrlich.

»Dann habe ich doch gar nichts mehr zu tun?« Paola lacht und strahlt mich an. Ihre Augen funkeln, und ich muss achtgeben, dass ich nicht ein paar Tränchen vergieße.

»Nächstes Jahr komme ich wieder her. Ich werde dann mindestens zwei Wochen bleiben und nicht nur drei Nächte.« Ich seufze leise auf und meine: »Morgen früh fahre ich zurück nach Hause, mit einer Übernachtung in Verona. Und übermorgen bin ich zurück in Hamburg.« Mir gefällt der Gedanke nicht. »Heute muss ich noch eine Bootsfahrt in die umliegenden Höhlen machen und in ein paar Restaurants und Hotels gehen, um Fotos zu schießen …« Ich blicke traurig auf die köstlich aussehende Creme. »Wenn wir die Torte gemacht haben, muss ich leider zurück ins Hotel und meine Sachen holen, damit ich noch etwas arbeiten kann.« Zwar habe ich Unmengen an Material gesammelt, aber ich brauche noch mehr.

»Das klingt doch wunderbar. Genießen wir die Zeit, die wir mit den Zitronen verbringen dürfen.« Paola erhebt sich und wirft einen Blick in die große Schüssel. Dann nickt sie und sagt: »Jetzt kannst du die Sahne unterheben.« Allerdings will ich mich nicht ganz an das halten, was sie mir aufträgt.

Zuerst hole ich die Sahne aus dem Kühlfach und nehme dann drei kleine Schüsseln. Dort löffele ich jeweils etwas von der Zitronencreme und Sahne hinein, in der dritten gebe ich beides hinzu und vermenge es grob, sodass eine gelb-weiße Masse mit einem Marmoreffekt entsteht. Paola beobachtet mich interessiert, sagt und fragt mich aber nichts. Anschließend nehme ich zwei Gläschen und fülle die reine Zitronencreme, die Sahne und das Gemisch in drei Spritzbeutel. Unten gebe ich etwas von der reinen Zitronencreme hinein, darauf das Gemisch und dann eine Schicht Sahne. Das wiederhole ich drei Mal, bis ein köstlich anmutendes Schichtsystem die Gläser verzaubert. Oben garniere ich die Sahne mit etwas Zitronenschalenabrieb und frischen Pfefferminzblättern.

»Das stelle ich noch kalt, so schmeckt es sicher am besten. In der Zwischenzeit vermenge ich den Rest miteinander, damit die Restaurants es morgen abholen können.« Ich mache mich ans Werk, natürlich unter ihren wachsamen Augen. Als ich alles gut miteinander vermengt habe, fülle ich elf große Spritzbeutel ab und beschrifte diese mittels Zettelchen.

»Jetzt bin ich aber gespannt«, sagt sie, nachdem ich alles im Kühlregal verstaut und die beiden Gläser hervorgeholt habe. Ich reiche ihr einen langen Löffel und nehme mir ebenfalls einen. Sie betrachtet das Glas von außen und stößt ein »Sehr hübsch« aus, ehe sie probiert.

»Etwas zu viel Zucker, was meinst du?«, frage ich selbstkritisch.

»Ich hätte es selbst nicht besser machen können.« Ein großes Lob, was mich strahlen lässt.

Ich reinige die gesamte Küche, während sie wieder ein paar Touristen bedient. Zeit für die Torten haben wir noch – das will ich auf keinen Fall verpassen.

Andächtig streiche ich über den schwarzen Ledereinband des etwa DIN A5 großen Büchleins. Hardcover. Und sehr alt. Die Innenseiten sind vergilbt, aber man sieht deutlich, wie achtsam sie damit umgegangen ist.

»Es ist mein größter Schatz«, sagt Paola, als sie mich erwischt, wie ich es andächtig betrachte. Ich fühle mich ein wenig ertappt, doch Paola scheint meine kleine Schwärmerei rein gar nichts auszumachen. »Als junges Mädchen habe ich ein anderes gehabt und später, als ich Mutter wurde. Dieses legte ich an, als mein Enkelsohn auf die Welt kam. Es ist also schon 29 Jahre alt.« Sie lacht leise und betrachtet die blitzblank geputzte Küche.

»Zitronentorte. Das wird dir schmecken.« Sie wirkt etwas

wehmütig auf mich und gerät ins Plaudern, während ich das Rezept in ihrem Büchlein suche. »Mein Enkel liebt Zitronentorte. Und Zitronenkekse. Er liebt Zitronen, aber er gibt es nicht zu. Als er noch klein war, hat er immer viel genascht. Jeden Tag war er hier mit mir im Laden und hat Verkäufer gespielt, die Touristen beraten, und manchmal rannte er bis zum Strand runter, um sie in mein Geschäft zu bringen.« Während sie das erzählt, formen ihre Lippen ein Lächeln, doch ihr Blick ist traurig.

»Wo ist er heute?« Ihr Enkelsohn scheint Paola viel zu bedeuten.

»Mir ist, als sei er unerreichbar für mich. Wenn wir miteinander sprechen, streiten wir nur. Aus diesem kleinen, lieben Jungen wurde ein Mann, der vergessen hat, wie Zitronen schmecken.« Sie tätschelt meinen Unterarm und sagt dann: »Lass uns backen.«

Und das tun wir. Saftige Böden mit einer köstlichen Buttercreme. Goldgelb und saftig – ein wahrer Genuss.

Zehn Torten haben wir in runder Form gebacken und 20 eckige, die verpackt und mit Schleife verziert von umliegenden Restaurants abgeholt werden. Sogar die Zitronencreme nahmen sie dankend mit, sodass die Kühltheke nun wieder leer ist.

»Morgen reicht vollkommen aus«, sage ich, nachdem ich ihren halben Laden leergekauft habe. Marmelade, Limoncello, Seife und Kekse. Frischen Kuchen kann ich mir natürlich nicht per Post schicken, aber alles andere schon. »Meine Familie und meine Arbeitskollegen werden sich freuen. Und einige der Produkte können wir für Gewinnspiele nutzen.« Wie gerne würde ich jetzt ein Foto mit ihr machen, aber ich traue mich einfach nicht.

»Oh, komme ich dann ins deutsche Fernsehen?« Sie streicht sich mit den Fingern über das Haar und lacht.

»Wenn ich dich fotografieren darf, auf jeden Fall ins Internet und in unser Magazin.« Ich hätte gerne eine Erinnerung an diese herrliche Zeit hier.

»Nur zu«, bekräftigt sie mich und platziert sich neben ihre Kasse. Ich hole mein Handy hervor, stelle es auf das gegenüberstehende Regal und nehme ein Video auf. Anschließend zeige ich ihr ein Standbild davon, worüber Paola sich sehr freut.

Allerdings: »So alt sehe ich doch gar nicht wirklich aus?« Wir müssen beide lachen, während ich die Kartons mit meiner Adresse beklebe und dafür bezahle. Ich bekomme eine Quittung und stecke diese in meinen Geldbeutel.

Leider ist jetzt die Zeit gekommen, um Abschied zu nehmen. Ein Jahr kann sehr lang sein, aber nächstes Jahr werde ich nicht zum Arbeiten hier sein, sondern mir die Zeit nehmen, jeden Tag mit ihr zu backen.

»Darf ich dich umarmen?« Das ist ja nicht jedem recht, doch Paola breitet sofort ihre Arme aus und herzt mich liebevoll.

»Du hast eine gute Seele, gelb wie Zitronen. Hell. Freundlich. Ein gutes, warmes Herz. Bewahre es dir, mein Kind.«

»Danke, dass ich hier mit dir backen durfte. Es war eine wundervolle Zeit, die ich nie vergessen werde. Wenn es in Hamburg stressig wird, werde ich gerne daran denken.« Allerdings kommt mir wieder Luca in den Sinn: »Und was Luca anbelangt ...«

»Den habe ich im Griff. Er glaubt, dass er mich ärgern kann, aber das kann er vergessen. Ich bleibe stur. Bis zum letzten Atemzug.« Sie wirkt wie eine Kämpferin auf mich. Nein, Luca wird sie nicht in die Knie zwingen. Niemals.

Ein letzter Blick durch das *amore al limone*, eine letzte herzliche Umarmung, danach verlasse ich das Geschäft. Es ist seltsam, zu gehen, und als ich zurückblicke, fühle ich mich schrecklich. Ich habe Heimweh. Aber zurück nach Hamburg will ich nicht. Ich möchte hierbleiben. Denn hier fühle ich mich wie zu Hause ...

Den Nachmittag nutze ich, um mit einem Touristenboot die Höhlen zu erkunden. Und den Abend, um noch ein paar schöne Panoramabilder von Positano zu machen, ehe ich ein letztes Mal an den Strand gehe.

Es ist bereits dunkel, und der hell leuchtende Mond über mir scheint sich verabschieden zu wollen. Dabei werde ich ihn auch in Hamburg aus meinen Wohn- und Schlafzimmerfenstern sehen können. Aber hier fühlt es sich irgendwie schöner an ...

Ich seufze auf und schließe die Augen, da ich den Wellen lauschen möchte. Das rhythmische Rauschen ist so beruhigend und verlangsamt meinen Herzschlag auf angenehme Weise.

Dann steigt mir ein angenehmer Duft in die Nase, der mich lächeln lässt. Was ist das? Ich blinzele und erschrecke kurz, als ich Luca neben mir sitzen sehe. Wo kommt er denn bitte plötzlich her? Ich habe ihn gar nicht gehört – aber ich habe sein Parfüm gerochen. Leider hat es mich zum Lächeln gebracht. Meine gute Laune ist somit dahin, obwohl ich mich doch ein klein wenig freue, ihn zu sehen. Wir hatten ja eine schöne Zeit. Und eine wundervolle Nacht ...

Aber da spricht wohl mein kleines Herz aus meiner Brust, das auf romantische Ideen gekommen ist, obwohl dafür weder die richtige Zeit noch der richtige Ort ist. Und eine Zukunft schon drei Mal nicht.

»Da du mir noch keinen Sand ins Gesicht geworfen hast, nehme ich an, dass meine Gesellschaft dir zumindest nicht ganz zuwider ist?«, fragt Luca mich mit einem leicht bissig klingenden Unterton in seiner charmanten Stimme.

»Ich suche noch nach einem Stein«, ist meine stoische Antwort, obwohl das eine Lüge ist. Natürlich möchte ich ihn nicht verletzen.

»Dafür musst du ins Meer gehen, da liegen viele.« Er nickt in Richtung der Wellen und betrachtet mich daraufhin auffordernd.

»Bist du hier, um mich zu einem Mord anzustacheln oder aus

einem anderen Grund?« Er hat es schon verdient, dass ich etwas fies zu ihm bin.

»Die Mordtheorie gefällt mir ganz gut, aber ich bin tatsächlich hier, weil ich den Abend genießen möchte. Der Sommer neigt sich langsam dem Ende entgegen, die Abende werden kühler und die Touristen weniger. Es ist meine persönliche Auszeit. Heute war viel zu tun, daher hatte ich erst jetzt die Möglichkeit, an den Strand zu gehen.«

Ich kann es nicht lassen: »Hast du noch andere ältere Damen, die du belästigen kannst?«

»Nur die eine.« Er lächelt, aber mir bereitet das Bauchschmerzen.

»Warum willst du ihr das Geschäft wegnehmen? Das ist alles, was sie hat. Das ist alles, was sie liebt. Das ist alles, was sie möchte.« Ich kann mir nur grob vorstellen, wie schwer es Paola fallen muss, gegen ihn zu kämpfen. Vielleicht kann ich Luca ja überreden, sie in Ruhe zu lassen? »Sie ist alt. Lange wird sie das Geschäft nicht mehr führen können. Du wirst also früher oder später deinen Willen bekommen.« Und in der Zwischenzeit könnte er sie das machen lassen, was sie liebt. »Dein Gewissen wäre rein.«

»Sie hat dir also nicht verraten, warum ich das *amore al limone* wirklich will?« Er schmunzelt. »So typisch für sie. Stur bis zum letzten Atemzug.« Doch sein Lächeln verrät mir, dass er darauf stolz zu sein scheint. Ein seltsames Verhalten. Macht es ihm etwa Spaß, sie so fertigzumachen?

»Kein Wunder, dass sie dich als Teufel bezeichnet.« Was für ein Sadist. Jetzt könnte ich ihm wirklich eine Ladung Sand ins Gesicht werfen!

»Ich spiele gerne den Bösewicht in ihrer Geschichte, das ist schon in Ordnung. Solange sie am Ende unterschreibt, natürlich.« Er bleibt also ein eiskalter Geschäftsmann. Kein Wunder, dass Paola sich immer so aufregt, sobald er in ihr Stübchen tritt.

»Es bringt dich nicht um, ein guter Mensch zu sein.« Leider

sind mir die Hände gebunden. Ich kann nichts tun als zu hoffen, dass Paola sich weiterhin gegen ihn zur Wehr setzt!

»Mh. Es wundert mich, dass sie dir gar nichts gesagt hat. Vielleicht war es ihr ja unangenehm?« Wovon spricht er bitte? »Aber es passt zu ihr.« Luca wirkt zufrieden.

»Sie hat mir eine Menge erzählt.« Ich beobachte ihn. Luca lacht und lehnt sich dann ein Stück zurück. Unsere Blicke treffen sich für einen kurzen Moment.

»Doch das Wichtigste hat sie in ihrer kleinen Geschichte ausgelassen. Aber ich werde es ihr gleichtun und kein Wort darüber verlieren.« Dann zwinkert er mir zu und erhebt sich. »Weil Teufel das so tun.« Dennoch wirkt er gut gelaunt, als wenn er sich sicher ist, dieses Spiel gewonnen zu haben.

Mein Gefühl sagt mir, dass ich Paola lieber noch einmal besuchen gehen sollte. Ich kann morgen nicht einfach so nach Hause fahren, ohne mir sicher zu sein, dass es ihr gut geht!

Luca verlässt den Strand. Ich bleibe allein zurück und entschließe mich, wieder zu meinem Hotel zu gehen.

6

PAOLAS ENTSCHEIDUNG

Eine unruhige Nacht, in der ich kaum schlafen kann, sorgt am nächsten Morgen für tiefe Augenringe und den Wunsch, mich gleich wieder hinzulegen. Wer kennt es nicht? Man kommt von seinem erholsamen Urlaub zurück nach Hause, die lange Fahrt oder der Flug haben einen geschlaucht, man muss zu Hause erst einmal Staub putzen, Wäsche waschen und findet sich in dem Alltag wieder, vor dem man eigentlich in den Urlaub geflohen ist. So fühle ich mich gerade. Gerädert. Erschöpft. Wehmütig.

Ich will hier nicht weg. Aber ich muss. Das Leben und der Arbeitsalltag rufen nach mir, versuchen, mich zurück nach Hamburg zu locken, obwohl ich mich lieber hier am Strand festkrallen möchte.

Nach einer langen Dusche – die das Unvermeidliche leider nicht hinauszögert – checke ich aus. Meine Koffer sind bereits verstaut, doch ich habe noch ein wenig Zeit, um Paola ein letztes Mal zu besuchen. Vielleicht kann ich sie ja dazu überreden, einen Anwalt einzuschalten, der die Gespräche mit Lucas Anwälten führt? Dann müsste sie sich nicht immer so aufregen …

Ein letztes Mal gehe ich die vielen Stufen durch Positano hinab, fahre mit den Fingerspitzen über die Häuserwände, bestaune die Töpfe mit Kräutern und Blumen darin, streichele die eine oder andere Katze, die im Schatten Schutz vor der Sonne findet, und grüße die Bewohner, die mir freundlich einen schönen Tag wünschen.

Das gibt es in Hamburg nicht. Diese Herzlichkeit, diese Freude, dieses pure Leben … das gibt es nur hier. In den großen Städten achtet jeder nur auf sich. Da ist alles so streng, so kalt, so unnahbar. Man kennt seine eigenen Nachbarn nicht, würde es vielleicht nicht einmal in den ersten Wochen oder Monaten merken, wenn einer von ihnen nicht mehr da ist. Es ist so unpersönlich. Aber hier nicht.

Ich will hier nicht weg.

Hier fühle ich mich endlich wie zu Hause …

Als ich mich dem *amore al limone* nähere, beschleicht mich ein seltsames Gefühl. Denn die Tür ist zwar geöffnet, aber Geräusche dringen heraus, die mich stutzig machen.

Ich laufe schneller, vorbei am Grosso, direkt auf das Stübchen zu, wo ich einen Haufen Anzugträger vorfinde.

»Hey, verschwindet!« Ich greife sofort ein, zwänge mich an zwei Anwälten, Luca und einer Anwältin vorbei, stelle mich schützend neben Paola und fluche: »Das ist doch nicht dein Ernst!« Meine Wut richtet sich an Luca, der es tatsächlich gewagt hat, heute gleich drei von diesen Anwälten anzuschleppen.

Doch die Anwältin stellt sich zu Paola, die mich überrascht ansieht.

Frauen gegen Männer. Denn Luca bleibt bei seinen beiden stehen und atmet tief durch, nachdem ich mit meinem Auftauchen für Ruhe gesorgt habe.

»Gut, dass ich noch mal hergekommen bin.« Doch als ich zu der Anwältin sehe, wird mir klar, dass sie wohl zu Paola gehört. »Sie ist hoffentlich auf deiner Seite?«

»Ja. Sie hat mir wichtige Papiere vorbeigebracht.« Paola strahlt mich an und nimmt meine Hand, diese tätschelt sie mit glücklichem Lächeln.

»Sie bat uns herzukommen«, klärt Luca die Situation auf und fügt dann hinzu: »Und hier sind wir.«

Was? Paola wollte, dass Luca zu ihr kommt?

»Du wirst doch wohl hoffentlich nicht unterschreiben? Mit Hilfe deiner Anwältin könntest du ihm sogar verbieten, das Stübchen zu betreten«, mische ich mich aufgeregt ein.

»Das wäre auch eine Möglichkeit, aber ich habe mich für etwas anderes entschieden. Diese Entscheidung wollte ich dir heute mitteilen, Luca.« Irritiert blicke ich zu Paola, die zu mir sieht und meint: »Es freut mich, dass du noch einmal hergekommen bist, eigentlich wollte ich die Unterlagen per Post versenden, aber persönlich ist es doch etwas schöner.«

»Du hast Luca also hergebeten?« Dann darf er also hier sein. Verstanden. Dennoch bleibe ich an Paolas Seite stehen, die sich nun von ihrer Anwältin zwei Mappen reichen lässt. Eine davon gibt sie mir, die andere Luca, der nur wenige Schritte von ihr entfernt steht.

»Für mich?« Warum erhalte ich denn auch eine Mappe? Ich öffne diese beinahe zeitgleich mit Luca und überfliege grob den Text. Ich spreche und verstehe Italienisch zwar ganz gut, aber

Italienische Anwaltssprache gehört nicht dazu. Die Anwaltssprache ist im Deutschen ja schon schwer zu verstehen.

»Vertrag … Überschreibung?« Und ein paar Worte, von denen ich die Bedeutung nicht verstehe.

»Moment, was soll das? Ist das dein Ernst?« Luca starrt Paola entsetzt an und drückt einem seiner Anwälte die Mappe in die Hände, der sich sofort mit seinem Kollegen berät.

»Das ist mein Wille, und daran kannst du rein gar nichts ändern.« Paola lacht und verschränkt glücklich grinsend die Arme vor der Brust, während ihre Anwältin kühl lächelnd neben ihr steht.

»Da steht ja auch mein Name?«, fällt mir dann auf, während Luca mich wütend anstarrt und ich scheinbar nun seinen Frust zu spüren bekomme.

»Was hast du getan?«

ICH? Was ICH getan habe? Ich weiß doch gar nicht, was hier eigentlich los ist!

»Ich verstehe den Text nicht so richtig, was ist das hier?«, frage ich irritiert und blicke dabei zu Paola.

»Ich habe dir das *amore al limone* überschrieben.«

Was hat sie getan?

»Eine Schenkung. Ein vorzeitiges Erbe«, klärt mich ihre Anwältin auf, was bei mir für viele Fragezeichen sorgt.

Sie hat mir ihr Stübchen geschenkt?

»Das kannst du nicht einfach so tun!« Luca ist ebenso entsetzt, und ich reihe mich in dieser Gefühlslage gerne mit ein. Denn damit habe ich absolut nicht gerechnet …

»Doch, das kann ich.« Paola freut sich und lacht. »Katrin ist nun die Besitzerin des *amore al limone*, und wenn du es haben willst, musst du mit ihr verhandeln.« Paola tätschelt meinen Arm und ergänzt: »Zudem schenke ich ihr mein gesamtes, angespartes Vermögen, damit sie das *amore al limone* nach ihren Wünschen renovieren und weiterführen kann.« Ich glaube, ich träume, was geht hier bitte vor sich? »Sobald sie unterschrieben hat, gehört es ihr.«

Sofort blättere ich den Vertrag durch. Ja, so ganz grob lässt sich erahnen, dass dies ein Schenkungsvertrag ist, für die Überschreibung ihres Geschäfts und einer angesparten Summe von über 280.000,00 Euro!

Ich falle beinahe hintenüber und blicke verunsichert zu Paola, welche diese Entscheidung mehr als glücklich macht. Ganz im Gegensatz zu Luca.

»Was ist mit meinem Erbe? Meinem Pflichtteil? Du kannst mich nicht einfach so ausschließen ...« Was sagt er da? Erbe? Warum Erbe?

»Moment mal, warum sprichst du von einem Erbe und einem Pflichtteil?« Doch da dämmert es mir. So langsam ergibt einiges Sinn ...

»Weil dieser Teufel mein Enkelsohn ist und sich wohl dachte, dass er seine liebe Oma dazu bringt, ihm das Geschäft zu überschreiben, pah! Das kannst du dir abschminken, mein Lieber!« Sie schlägt freudig in die Hände und führt sogar ein kleines, triumphales Tänzchen auf, während sie lacht und ihre Aktion feiert.

»Paola ist deine Oma?«, entfährt es mir erschrocken.

»Das hat sie dir wohl verschwiegen, mh?«, fragt Luca mich mit hochgezogenen Brauen. Ihm war das wohl bewusst – jetzt ergibt auch das gestrige Gespräch mit ihm Sinn, welches wir am Strand führten.

»Wenn du unterschreibst, gehören dir mein Geschäft, meine Wohnung und mein Geld.« Paola tätschelt meinen Arm und wendet sich dann an ihren Enkel. »Und ich ziehe heute bei dir ein.«

»Das war nicht der Deal«, ist seine Antwort.

»Wo soll ich denn hin, mh?«, fragt sie ihn bissig.

»Der Deal war, dass ich das Geschäft bekomme und du dafür in eines der Luxus-Appartements ziehst, wo du einen Fahrstuhl hast und von morgens bis abends bedient wirst, damit du nicht mehr so hart arbeiten musst und es dir gut geht.« Der Teufel entpuppt sich gerade als fürsorglicher Enkelsohn. Und Paola, die noch immer lacht, feixt und die Situation scheinbar urkomisch findet, als kleine Teufelin. Sie hat ihren Enkel ganz schön an der Nase herumgeführt ...

»Das klingt doch eigentlich gar nicht so schlecht ...«, murmele ich und ernte diverse und vielsagende Blicke der anderen um mich herum.

Paola ist entsetzt, während Luca ein »Danke!« ausstößt.

»Ich kann das nicht annehmen, Paola. Ich danke dir von ganzem Herzen, dass du mich als würdige Nachfolgerin deines Lebenstraumes erachtest, aber ... ich kann nicht.« Das ist einfach viel zu viel. »Es ist dein Traum. Dein Leben. Dein Geld.«

Ich befürchte, dass sie mich nun herunterputzen wird, aber es kommt ganz anders. Paola lächelt, nimmt meine Hände in die ihren und sagt mit sanfter Stimme: »Und genau deswegen möchte ich, dass du es bekommst. Du bist nicht gierig. Und mein Traum könnte deiner werden. Ein wenig anders, aber sehr ähnlich.« Mir geht das Herz auf ...

»Es ist nur so, dass ...« Ich blicke zu Luca, dessen Erbe ich mir gerade unter den Nagel reiße. Fair ist das wirklich nicht. »Ich meine, ich bin nicht deine Enkeltochter. Luca möchte sich um dich kümmern.«

»Und mein Geschäft niederreißen. Aber DU bist talentiert. Du backst mit Leidenschaft und Respekt gegenüber meinen Rezepten.« Sie atmet tief durch und drückt meine Hände ein wenig fester. »Wenn du sagst, dass du zurück nach Deutschland möchtest, respektiere ich das. Es soll dennoch dein Geschäft sein. Du kannst es meinem Enkel schenken, wenn du das willst. Das ist in Ordnung für mich.«

»Warum gibst du es mir nicht gleich?«, mischt Luca sich ein.

Ohne zu ihm zu blicken, gesteht sie mir: »Ich könnte es nicht ertragen, diesem Teufel mein geliebtes *amore al limone* zu überschreiben. Denn dann würde ich es zerstören. Aber wenn ich es dir schenke, dann liegt diese Entscheidung nicht mehr in meiner Hand.« Ich glaube zu ahnen, wie sehr sie das belastet. »Es ist eine Chance, etwas Wundervolles aus deinem Leben zu machen. Du kannst hier wohnen, arbeiten und leben.« Paola strahlt mich an und meint: »Zudem ist mein Enkel eine gute Partie, vielleicht trägst du ja längst meinen Urenkel im Bauch?« Sie sieht fragend zu mir, während ich spüre, wie heiß meine Wangen werden.

»W-was?« Ich will ihr meine Hände entziehen, doch sie hält mich fest und lacht.

»Ich bin alt, aber nicht blind. Du bist frühmorgens aus dem Grosso geschlichen. Was wirst du da wohl gemacht haben?«

»Großmutter ...« Luca legt sich beschämt eine Hand vor das Gesicht.

»Urgroßmutter, wenn es danach geht, dass dein Großvater auch nur eine Nacht benötigt hat und dein Vater ebenfalls.« Ach du meine Güte. Ich schlucke nervös und weiß nicht, was ich dazu sagen soll. Deswegen lache ich beschämt und hoffe, dass sie schnell das Thema wechseln wird. »Wie auch immer ...« Danke!

»Ich kann das trotzdem nicht annehmen. Wir kennen uns doch eigentlich gar nicht, und es fühlt sich unfair an.« Vor allem Luca gegenüber, der seiner Oma tatsächlich nur helfen wollte – nun, und das Geschäft abreißen will. Kann ich das zulassen? Paola blickt traurig zu mir, und mein Herz wird dabei in tausend Stücke gerissen. »Aber ich sage trotzdem JA!« Bitte? Es ist total verrückt, das Angebot anzunehmen, warum sage ich bitte einfach zu?

Vielleicht hat gerade mein Herz für mich gesprochen ...

»Kann sie das tun?« Luca wendet sich an seine Anwälte, die noch um etwas Geduld bitten, da sie den Vertrag studieren wollen.

»Ja, kann ich. Es ist mein Eigentum. Mein Geld. Und ich bin bei klarem Verstand. Ich verschenke was ich will an wen ich will. Punkt!« Paola freut sich und legt ihre Hände auf meine Oberarme. »Und mit dir habe ich die Richtige gefunden.«

»Ich ... ich meine, es ist ein Traum, wenn ich mir vorstelle, dass ich hier arbeiten und leben darf. Das ist genau das, was ich schon immer wollte, aber nie die Gelegenheit hatte, es umzusetzen. Mir fehlten immer das Geld und auch der Mut …«, stammele ich aufgeregt. Adrenalin rauscht durch meinen Körper. Ich sehe mich bereits in der Backstube stehen, Kunden bedienen, neue Rezepte ausprobieren und …

Mein Job. Meine Familie. Meine Freunde.

Nach der Euphorie kehrt die Ernüchterung zurück.

»Wie hast du es geschafft, meine Großmutter dazu zu bringen, dir alles zu vererben?« Luca nähert sich mir. Glaubt er etwa, ich hätte beabsichtigt, dass Paola mir ihr Hab und Gut schenkt? »Du warst ständig hier und hast ihr den Kopf verdreht. Was hast du ihr für Flausen eingeredet?«

Paola geht sofort dazwischen: »Du tust ja gerade so, als würde deine liebe Oma nicht mehr bei Verstand sein.«

Ihre entsetzt klingende Feststellung prallt bei Luca jedoch ab: »Weil du dich genau so benimmst. Du kannst doch nicht alles, was du besitzt, einer fremden Frau schenken!«

»Sondern lieber meinem gierigen Enkel, der alles niederreißen will?«, entgegnet sie ihm schroff und stürmt nun auf ihn zu, um ihm gegen die Brust zu schlagen. »Du hast keinen Respekt vor den Träumen anderer! Genau so wie dein Großvater und Vater!«

Ich erinnere mich an die Geschichten, die Paola mir über diese Männer erzählte. Wenn ich doch nur früher begriffen hätte, dass es sich dabei um ihren Mann und Sohn gehandelt hat …

Luca steckt den Schlag seiner Oma weg wie ein Mann und erlaubt es sich lediglich, tief durchzuatmen. Zum Erstaunen aller nehme ich ihn in Schutz: »Paola, er hat dir doch angeboten, in seinem Hotel zu wohnen. Ich denke, das ist wirklich eine gute Idee. Er meint es nicht böse.« Geschockte Blicke aller drei Anwälte, inklusive einem überraschten Gesichtsausdruck seitens Luca und Paola. »Wenn du mir dein wunderschönes Stübchen wirklich vermachen willst, werde ich respektvoll damit umgehen. Ich werde es renovieren und deine Rezepte benutzen, um anderen Menschen die köstlichsten Leckereien zu kreieren. Auch möchte ich Neues erschaffen und deine Rezepte als Basis verwenden. Vielleicht in den Onlinehandel einsteigen ... aber vor allem werde ich danach streben, mein Herz und meine Seele in das *amore al limone* zu stecken, welches du über die Jahre aufgebaut hast.« Dann wende ich mich an Luca: »Ich verstehe deine Wut und dass du mir sicher nicht glaubst, wenn ich dir sage, dass ich zu keiner Zeit vorhatte, dass Paola mir ihr Geschäft schenkt.«

»Und ihr Erspartes«, fügt Luca mit kalter Miene hinzu.

»Ich wollte heute nach Hause fahren, es ist Zufall, dass ich noch einmal herkam ...«

»Deswegen hatte ich meinen Enkel heute herbestellt, damit ich ihn von meinem Plan unterrichten kann, dir alles zu vererben. Ich wollte noch ein paar Wochen hier arbeiten und dann in das hübsche, mir versprochene Appartement ziehen.« Paola sieht wieder zu Luca und spricht weiter: »Ich schaffe es kaum noch die Treppe hoch. Ich bin müde. Aber hungrig nach mehr. Mein Verstand ist klar, aber mein Körper schafft es nicht viel länger. Wenn Katrin das *amore al limone* weiterführt, dann ist mein Herz erleichtert.«

Für einen bedeutsamen Moment kehrt Stille in das kleine Geschäft. Luca sieht zu seinen beiden Anwälten, die sich kurz äußern wollen: »Wenn das der Wille Ihrer Großmutter ist ...«

»Schon gut.« Luca unterbricht die zwei und sieht zu mir. »Wenn du die Schenkung annimmst, bist du sicher auch mit deinen Pflichten vertraut?« Pflichten? Mein irritierter Blick scheint ihm zu gefallen. Mit einem kühlen Lächeln auf den Lippen fragt er mich: »In Italien brauchst du eine Ausbildung oder eine Ausnahmegenehmigung, um Lebensmittel zubereiten und verkaufen zu dürfen.« So wie in Deutschland auch. »Bist du gelernte Konditorin oder möchtest du dich um eine Ausnahmegenehmigung bemühen?«

»Gib endlich auf, Luca. Du bist ja schlimmer als dein Vater!«, fährt Paola ihn an. »Solange ich noch hier bin und im Geschäft arbeite, ist das kein Problem. Und wenn ich nicht mehr da bin, kann sie jemanden einstellen. Problem gelöst!« Diese Frau ist mit allen Wassern gewaschen. »Du hast verloren. Keine Parkplätze für den verwöhnten Teufel!« Paola rümpft die Nase und gesellt sich wieder zu mir. »Nimmst du mein Geschenk an?«

Ich kann einfach nicht Nein sagen. Auch wenn ich mich auf einen langen Kampf mit Luca einstellen muss. Denn ich bin mir sicher, dass er alles daran setzen wird, mich hier zu vertreiben.

»Ich muss meinen Job kündigen und meine Wohnung. Mit meinen Eltern sprechen ...« Vielleicht könnte ich in den Wintermonaten nach Hamburg und Lübeck reisen, um meine Familie und Freunde zu besuchen?

»Du bist hier nicht willkommen.« Lucas knallharte Worte treffen mich. Sein eisiger Blick jagt mir eine Gänsehaut ein. Dann nickt er seinen Anwälten zu und verlässt mit ihnen das *amore al limone*.

Ich atme tief durch und sehe dann zu Paolas Anwältin, die mir erklärt: »Ich kann eine deutsche Übersetzung für Sie veranlassen oder einen Übersetzer bitten, den Vertrag mit Ihnen durchzugehen.«

»Eine gute Idee, danke.« Ich muss mich setzen. Der kleine Hocker hinter der Kasse rettet mich davor, auf den Boden zu sacken.

»Rufen Sie mich an, wenn Sie Fragen haben«, sagt Paolas Anwältin und überreicht mir ihre Karte, ehe sie sich verabschiedet.

Paola bringt mir ein Glas Mineralwasser, natürlich mit Zitronenscheibe.

»Eigentlich müsste ich dich beruhigen. Ich wollte noch einmal herkommen, um mit dir zu sprechen, dir zu raten, dir einen guten Anwalt zu nehmen, damit Luca dich nicht mehr so unter Druck setzen kann.« Ich seufze auf und trinke einen

Schluck, während Paola sich auf einen zweiten Hocker setzt und ebenfalls etwas trinkt. »Stattdessen bewirtest du mich nun und sorgst dafür, dass ich dieses wunderschöne Geschäft bekomme ...« Ich fühle mich schlecht deswegen. »Das habe ich doch gar nicht verdient.« Immerhin habe ich nichts weiter getan, als hier ein wenig Zeit mit ihr zu verbringen. Freiwillig. Weil es mir Freude bereitet hat.

»Es geht nicht darum, ob du es verdient hast oder nicht. Ich wollte das Geschäft nicht aufgeben und dachte, dass ich irgendwann in der Backstube umfalle oder nicht mehr aus meinem Mittagsschlaf erwache. Kampflos hätte ich Luca nicht das Feld überlassen.« Sie lacht leise und ergänzt dann: »Er ist ein guter Junge. Klug und charakterlich sehr stark. Ich weiß, dass er mich nur beschützen möchte, und sein Angebot, in seinem Hotel zu leben, ist sehr großzügig. Er sorgt sich um mich. Aber ...« Sie hebt mahnend den Zeigefinger und erklärt: »Er hat es noch immer nicht verstanden, wie wertvoll die Zitronen für unsere Herzen sind.« Dass sie doch noch ein paar liebe Worte für Luca übrig hat, freut mich natürlich.

»Bist du dir auch wirklich sicher, dass ich deine Nachfolgerin werden soll? Noch kannst du das Angebot zurückziehen ...« Vielleicht ist es die Angst, die da aus mir spricht. Denn meine Eltern werden nicht begeistert sein, dass ich ans andere Ende von Europa ziehen könnte. Noch bin ich unsicher. Auch wenn die Vorstellung traumhaft ist, könnte die Realität mir einen Spiegel vor das Gesicht halten, welcher mir diese schöne Traumwelt zerstört. *Denn wo Licht ist, fällt auch Schatten.*

»Ich bin mir sicher. Und wenn du es auch möchtest, geht es mir sogar noch viel besser.« Sie tätschelt mir den Unterarm und atmet erleichtert durch. »Leider habe ich es nie geschafft, Luca begreiflich zu machen, wie wertvoll unsere Zitronen sind ... aber vielleicht schaffst du es ja.« Ihr trauriges Seufzen erweicht mein Herz. »Wenn ich das noch erleben könnte, würde mich das unendlich glücklich machen.«

»Was stellst du dir vor?« Ich verstehe nicht so ganz, was sie von ihm erwartet.

»Das kann ich dir nicht sagen. Aber wenn es so weit ist, lasse ich es dich wissen.« Das hilft mir leider kein Stück weiter. »Aber ich kann dir verraten, dass es weit mehr ist als nur ein gutes Rezept.« Sie trinkt das Glas leer und erhebt sich dann. »Ich wollte noch ein paar Kekse backen. Und du musst sicher zurück nach Deutschland fahren. Denk über mein Angebot nach. Studiere den Vertrag. Und dann sehen wir uns hoffentlich bald wieder.« Das ist wohl mein Stichwort.

Ich stehe ebenso auf und nehme Paola noch einmal fest in meine Arme. Sie tätschelt mir dabei den Rücken und flüstert: »Luca würde sich sicher auch freuen, wenn du herkommst.« Eine Aussage, die mich doch schmunzeln lässt. Ich löse mich von ihr und betrachte Paola fragend.

»Ich bin alt, aber nicht blind. Er mag dich. Aber aktuell ist dieser kleine Teufel nur wütend und frustriert. Das hat nichts mit dir zu tun.« Ist sie sich da sicher?

»Er hat gesagt, ich sei hier nicht willkommen ...« Das war ja recht eindeutig.

»Davon lässt du dich beeindrucken?« Paola lacht und meint: »Dieses Temperament hat er von meinem Sohn. Und meinem Mann.« Und von ihr, aber das sage ich jetzt besser nicht laut. Typisch Italiener. Ich muss leise kichern.

»Luca ist einsam. Er braucht eine Frau, die ihm die Stirn bietet.« Paola hebt ihre Brauen, als würde sie mich herausfordern wollen.

»Einsam? Es kommen doch viele Touristinnen her ...« Ich bin austauschbar für ihn. Gleich morgen wird er sich sicher nicht mehr daran erinnern können, dass wir je eine Nacht zusammen verbracht haben.

»Das ist ja das Problem. Er versteht nicht, was es bedeutet, die Zitronen zu spüren.« Paola streicht andächtig über ein Regalbrett, auf dem sich ein paar handgemachte Seifenstücke befinden. Sie lächelt und meint: »Nimm eine mit, aber beiß nicht hinein, auch wenn sie köstlich duftet.« Das hatte ich nicht vor ...

»Danke.« Ich rieche an der Seife und bekomme tatsächlich Lust, hineinzubeißen.

»Und noch ein paar Kekse, als Wegzehrung ...« Sie überreicht mir ein Beutelchen und deutet dann auf die großen Kartons. »Die werden heute abgeholt und dann geliefert.« Ich könnte sie unmöglich einmal quer durch die Stadt schleppen, ein Glück, dass der Paketbote ein Wägelchen dafür hat.

»Danke für alles. Ich werde mich melden, versprochen.« Ich verlasse das *amore al limone* also mit einem Stück Seife, Keksen, einer Visitenkarte, einem Vertrag und Wehmut im Herzen. Aber auch mit dem Wissen, dass ich hier sehr wohl willkommen bin, auch wenn Luca das Gegenteil behauptet. Ich kann ihn ja auch verstehen. An seiner Stelle wäre ich auch wütend ...

Als ich das Stübchen verlasse, sehe ich ihn im Eingangsbereich seines Hotels stehen. Einige Touristen werden von ihm begrüßt und andere Gäste verabschiedet. Nur kurz würdigt er mich eines Blickes, während ich überlege, ob ich ihn ansprechen soll oder nicht.

Ich entscheide mich dafür. Mit langsamen Schritten nähere ich mich ihm, auch wenn er gerade versucht, mich zu ignorieren, und lieber in die Ferne sieht. Doch ab und an fällt sein Blick auf mich.

»Du liebst deine Oma sehr, das spüre ich deutlich. Dass du ihr helfen möchtest, ehrt dich sehr.« Ich versuche es mit einer Nettigkeit zu Beginn. Zumindest kehrt er mir nicht den Rücken zu, sondern hört sich an, was ich zu sagen habe. »Ich habe mir auch Sorgen gemacht, als ich sah, wie steil die Treppe ist.« Leider ignoriert er mich und verschränkt sogar die Arme vor der Brust. Ein eindeutiges Zeichen dafür, dass er nicht mit mir sprechen möchte.

»Hier, bitte.« Ich reiche ihm die Seife und die Kekse, die Luca wohl nur aus Reflex annimmt. Lächelnd meine ich: »Sie duftet herrlich, nicht reinbeißen. Die Kekse sind sehr lecker, ich glaube, ich habe da mitgeholfen, sie zu backen …« Luca wirkt zerknirscht, als er die Sachen annimmt. »Wann hast du zuletzt etwas von deiner Oma gegessen?«

»Das ist lange her«, gibt er zu.

»Es ist nie zu spät.« Ich nehme meinen ganzen Mut zusammen und lege meine Hand an seine Wange, damit ich ihn so dazu zwingen kann, zu mir zu sehen. Sanft streiche ich mit meinem Daumen über seine feinen Bartstoppeln. Ja, es ist nicht leicht mit einem Italiener. Das Temperament geht oft mit ihnen durch. Ich könnte ihm Paroli bieten, mich mit ihm zoffen und vielleicht lauter werden – oder aber, ich versuche es auf die sanfte Art. Ich nähere mich seiner Wange und küsse sie hauchzart. Luca wirkt irritiert und weiß dazu nichts zu sagen. Hat er etwa gedacht, ich will ihm eine verpassen? »Vielleicht änderst du deine Meinung ja und wirst mich bei unserer nächsten Begegnung doch willkommen heißen? Ich würde mich sehr darüber freuen.« Ich bin weder bissig noch sarkastisch, denn ich meine ganz ernst, was ich sage.

Und mit diesen Worten lasse ich ihn zurück. Auch wenn ich die gut duftende Seife und auch die köstlichen Kekse zurücklassen muss, bin ich mir sehr sicher, dass sie bei ihm in guten Händen sind …

7

ABSCHIED AUS DEUTSCHLAND

Zwei Tage später komme ich in Hamburg an. Während der Fahrt – und meiner Übernachtung in Verona – konnte ich mir verschiedene Szenarien überlegen. Darunter natürlich auch düstere Vorstellungen, dass ich es nicht schaffe, Paolas Liebe für ihr Stübchen einzufangen und ich in wenigen Monaten pleite bin. Dann müsste ich zurück nach Deutschland und vermutlich bei meinem Chef zu Kreuze kriechen. Ich wäre die Lachnummer der Firma. Aber auch positive und wunderschöne Szenarien spielten sich in meinen Gedanken ab. Zum Beispiel, dass ich mit Luca zusammen kommen könnte, Paola ihn nicht mehr als Teufel bezeichnet und ich glücklich in Positano werde.

Zwischen diesen beiden Möglichkeiten liegen Welten.

Bevor ich aber am nächsten Tag zu meinen Eltern nach Lübeck fahren möchte, muss ich mich ausruhen.

Schlafen. Nachdenken. Und noch mehr Möglichkeiten durchspielen …

Am nächsten Morgen stehe ich in meiner Küche, trinke nostalgisch eine heiße Zitrone und sehe mich um. All das hier würde ich aufgeben. Meine große, geräumige Küche mit der schicken Sitzecke. Den großen Balkon mit Aussicht auf den Park. Dazu das neue Wohnzimmer, dessen Couch und Schränke ich erst vor wenigen Monaten abbezahlt habe. Mitnehmen kann ich das nämlich nicht …

Ich streife andächtig mit meinen Fingern über einen der weiß lackierten Holzstühle, fühle die Tischdecke und betrete noch einmal mein Schlafzimmer. Hohe Decken, dank des Altbaus, dazu das Getrampel der Kinder eine Etage über mir. Hamburg ist lebhaft. Laut. Schrill. Norddeutsch. Kein türkisfarbenes Meer. Keine Zitronenbäume. Andere Luft. Ganz andere Menschen.

Ich betrete meinen Balkon und setze mich auf die schmale Holzbank, ehe ich auf die Zitronenscheibe schaue, die ich als Dekoration in mein Getränk legte.

Ich vermisse Paola. Und das *amore al limone*. Das Meer und den schier endlos scheinenden Horizont. Den Sand unter meinen Füßen.

Luca.

Selbst ihn vermisse ich. Aber ich kann nicht einfach so auswandern, nur weil ich glaube, dass wir eine Zukunft haben könnten – in meinen kleinen Tagträumen klang das alles so wundervoll und fühlte sich fantastisch an. In der Realität hingegen werde ich sicher Probleme mit ihm haben. Immerhin habe ich sein Erbe geschenkt bekommen …

Was, wenn ich es nicht schaffe? Wenn ich versage? Wenn ich Paolas mühsam angespartes Geld verprasse und Mist baue?

Auf der anderen Seite: Was, wenn ich die Chance meines Lebens vergeude und hierbleibe? Weiter arbeiten gehen, Tag für Tag. In dieser Wohnung bleiben. Brav meine Steuern bezahlen. Mit meinen Freundinnen Shoppen gehen. Vielleicht einen netten Mann kennenlernen und mich verlieben.

Paola hat mir das pure Glück in die Hände gedrückt, warum zögere ich also? Ich sollte es wagen! Selbst wenn ich scheitern sollte, habe ich eine große, liebevolle Familie, die mich auffangen wird.

Es ist okay, zu scheitern. Aber es ist nicht in Ordnung, es gar nicht erst zu versuchen!

»Du willst was?«, fragt meine Mutter entsetzt und schiebt dabei das Stückchen Kuchen zurück in ihren Mund, welches bei ihrer Frage herauspurzeln wollte.

Mein Vater, der gerade einen Schluck Kaffee nehmen wollte, stellt seine Tasse sogleich wieder hin. Und meine beiden älteren Schwestern runzeln irritiert die Stirn, als wenn sie beide glauben würden, sich verhört zu haben.

Ja, was habe ich mir auch gedacht, kurz nach meiner Ankunft und während der gemütlichen Kaffeerunde die Bombe platzen zu lassen? Aber ich dachte, ich sage es gleich und warte nicht ewig damit.

Sogar unser Familienhund Wuschel hebt fragend den Kopf und murrt. Er besteht zwar gefühlt nur aus Fell, aber als treues Familienmitglied ist er seit sieben Jahren an unserer Seite.

Nur Frederick und Jonas, die festen Freunde meiner beiden Schwestern, scheint mein Auswanderungswunsch nicht sonderlich zu schockieren. Sie essen weiter und blicken erst danach irritiert in die Runde, hören auf zu essen und schweigen still.

»Ich weiß, es klingt vielleicht im ersten Moment verrückt, aber …«, versuche ich zu erklären.

»Und im zweiten.« Mein Vater ist eigentlich ein sehr humorvoller Mensch, aber besagten Humor hat er heute früh wohl im Bett vergessen.

»Und dritten. Vierten. Fünften!« Meine Mutter muss natürlich ein wenig übertreiben. Eigentlich habe ich eine sehr entspannte Familie, und ehrlich gesagt habe ich mit einer etwas anderen Reaktion gerechnet.

»Ich will es versuchen.« Am besten, ich werfe mal ein paar Fakten in den Raum: »Also, wie gesagt: Ich möchte gerne nach Positano auswandern. Als ich dort war, habe ich eine nette alte Dame kennengelernt, mit ihr gebacken und über Rezepte gesprochen. Sie hat ein bezauberndes Stübchen mit herrlichem Ausblick auf den Ozean. Als ich wieder nach Hause fahren wollte, hat sie mir das hier gegeben.« Ich angele die Mappe aus meiner Tasche hervor, was Wuschel direkt neugierig macht. Er kommt angelaufen und schnüffelt in meiner Tasche herum. Leider habe ich für ihn kein Leckerchen dabei, weswegen er nach ein paar Streicheleinheiten wieder abzieht.

»Und was soll das sein?« Meine Mutter schnappt sich die Mappe und öffnet sie, während mein Vater sich zu ihr neigt und versucht, auch etwas lesen zu können. Ihr Italienisch ist gut, aber nicht verhandlungssicher. Ähnlich wie meines.

»Paola ist 96 Jahre alt und hat mir ihr Geschäft geschenkt. Und 250.000 Euro, damit ich es renovieren kann.« Von Luca berichte ich am besten nicht, sonst kommen meine Schwestern noch auf die Idee, ich würde es nur wegen ihm versuchen wollen.

»Was? Was hast du getan? Niemand schenkt einer fremden Person einfach so ein Geschäft!« Mein Vater, Anwalt, ist immer übervorsichtig.

»Und so viel Geld, ach du meine Güte …« Meine Mutter, Anwaltsgehilfin, wirft mir einen entsetzten Blick zu, als hätte ich die arme alte Dame auf fiese Tour um ihr Vermögen gebracht.

»Ich war selbst total überrascht und wollte es nicht annehmen …« Meine Schwestern halten sich komplett aus dem Thema raus, während meine Eltern mich anstarren, als hätten sie große Sorge, dass ich in illegale Geschäfte verwickelt sein könnte. »Aber sie bestand darauf. Und ich bat sie um etwas Bedenkzeit. Darum bin ich zurückgekommen, denn ich wäre am liebsten gleich dageblieben …« So oder so ähnlich. Ich wollte es nett formulieren.

»Schatz, das ist kein Langzeiturlaub. Du brauchst doch einen vernünftigen Job und eine Wohnung. Du verdienst doch gut bei Mööve?« Meine Mutter schnellt mit ihrer Hand zu meiner und wirft mir einen besorgten Blick zu.

»Schon, aber … als ich in Positano war, da ging mir das Herz auf. Ich habe mich in diese Stadt verliebt. Schon als junges Mädchen. Und jetzt wieder dort zu sein, hat sich angefühlt, als würde ich endlich nach Hause kommen.«

»Dein Zuhause ist hier. Bei deiner Familie.« Für meinen Vater hat sich die Sache wohl erledigt. Er schüttelt den Kopf und trinkt seinen Kaffee.

»Ich werde nach Positano ziehen. Eigentlich wollte ich euch nur fragen, ob ich, falls es schiefgehen könnte, bei euch wohnen kann. Übergangsweise. Und ob ich meine Möbel bei euch im Keller lagern darf.« Ich klinge kleinlaut, während meine Schwestern und ihre Freunde schweigend dasitzen und sich nicht bewegen.

»Also hast du doch Zweifel?« Meinem Vater gefällt das alles ganz und gar nicht, doch als ich ihm diese kleine Information preisgebe, nutzt er sie – typisch Anwalt – gleich gegen mich.

»Natürlich. Ich habe Angst, etwas Falsches zu tun und mir meine Zukunft zu verbauen …«, gebe ich zu.

»Und denk an deine Rente. Wenn du für ein, zwei Jahre nach Italien gehst und hier nicht arbeitest, werden sie dir einiges abziehen …«, wirft meine Mutter mit ein.

»Ist das eine Art Midlife-Crisis?«, will mein Vater wiederum wissen.

»Ich möchte es versuchen. Und ich frage euch, ob ihr mich unterstützen möchtet. Denn wenn ich scheitern werde, brauche ich meine Familie ebenso wie jetzt, da ein Besuch nur noch in den Wintermonaten möglich sein wird.« Als ich das sage, atmet meine Mutter tief durch.

»Zwischen Dezember und Februar, so ganz grob, ist Positano so gut wie geschlossen. Dann kann ich herkommen und Zeit mit euch verbringen. Die restlichen neun Monate wäre ich dann dort …«

Mein Vater schnappt sich den Vertrag und meint: »Das werde ich übersetzen und prüfen lassen.«

»Danke.« Obwohl ich davon überzeugt bin, dass sich mein Vater sicher ist, genug in diesem Vertrag zu finden, was gegen eine Unterschrift spricht.

»Und was ist mit deinem Job?«, fragt Louisa, meine älteste Schwester, mich.

»Wenn ich dort kündige, gibt es sicher kein Zurück. Aber es gibt noch viele andere Verlage oder Agenturen, bei denen ich arbeiten könnte.«

»Und die Möbel willst du hier im Keller lagern?«, will Marie, die mittlere Schwester, von mir wissen.

»Falls ich in ein, zwei Jahren nicht zurückkommen möchte, könnten sie verkauft oder verschenkt werden.« Das klingt doch nach einem guten Plan?

»Das ist naiv …« Mein Vater wirkt verzweifelt, schüttelt den Kopf und seufzt auf.

»Ich bin jung. Ich darf naiv sein und Fehler machen. Aber vor allem darf ich meinen Träumen nachjagen.« Und die habe ich mir schon einmal verbauen lassen, indem ich keine Ausbildung zur Konditorin gemacht habe. Aber das werde ich ihm jetzt nicht vorwerfen.

»Erst einmal überprüfe ich den Vertrag. Dann sehen wir weiter.« Für ihn ist das Thema durch.

»Danke, Papa.« Ich weiß, er will nur das Beste für mich. Und dass er sich sorgt, streng ist und glaubt, es besser zu wissen, ist der Beweis, dass er mich liebt.

Dennoch: Ich werde gehen. Komme, was wolle.

Ein paar Tage später bin ich wieder im Büro bei Mööve. Ein ganz kleines bisschen habe ich meine Kollegen und den hübsch dekorierten Schreibtisch ja schon vermisst. Mit einem Fischbrötchen – frisch vom Markt – und den externen Speicherplatten bewaffnet mache ich es mir hier gleich wieder gemütlich.

»Da ist ja unsere Urlauberin!« Line kommt sofort angelaufen und weitet überrascht ihre Augen. »Und schön braun bist du geworden. Hast du etwa den ganzen Tag nur am Strand gelegen?« Sie lacht und herzt mich liebevoll. *Okay, Line habe ich auch vermisst.*

»Nicht nur. Ich habe über zehn Stunden Filmmaterial und über 3.000 Bilder …« Und drei Mal darf sie raten, wer das jetzt mit mir durcharbeiten darf.

»Oh Schreck …« Sie schluckt und trinkt dann lieber noch etwas, während sie sich langsam von mir wegbewegt.

»Schön hiergeblieben. Wir müssen die Bilder nämlich noch sortieren und in Kategorien einteilen.« Unsere Praktikantinnen möchte ich damit nämlich nicht behelligen, die sind gerade noch *fleißig* dabei, sich ein paar Videos anzusehen.

Das Klackern der High Heels unserer Chefin hallt durch den Flur. Frau Fleckenstein taucht kurz danach in unserem kleinen Büro auf, was die zwei Mädels aber nicht dazu bringt, ehrfürchtig aufzusehen. Haben sie nicht mal bemerkt, dass sie anwesend ist?

»Frau Engels, schön, dass Sie wieder da sind. Mit viel Material im Gepäck, hoffe ich?« Ich nicke und überreiche ihr die ausgedruckten Rechnungen.

»Hotelkosten und so weiter.« Sofort lenke ich aber mit guten Nachrichten ab: »Ich würde dann gerne mit Line zusammen die

Dateien sortieren. Wir haben über 3.000 Bilder, aus denen wir auswählen können.«

»Sehr schön. Schicken Sie gerne welche rüber, ich bin ja neugierig ...« Sie nimmt die Rechnungen an sich, nickt mir zu und verlässt dann wieder den Raum. Das wäre geschafft.

»Einen ganzen Tag lang Bilder sortieren? Warum nicht?« Line atmet tief durch und schnuppert an ihrem Tee.

»Es gibt Schlimmeres.« Ich nicke Richtung der beiden Praktikantinnen. Als sich Lines und mein Blick wieder treffen, lachen wir laut los. Ja, ich habe sie wirklich vermisst ...

Stunden vergehen. Wir kategorisieren die Bilder in:

- Strandfotos
- Nahaufnahmen
- Tiere
- Sonne und Meer
- Hotel und Häuser
- Gastronomie und Speisen
- Gassen und Treppen
- Landschaft
- Besondere Orte
- Menschen

ehe wir uns an die Bildbearbeitung machen und uns für einen hübschen Filter entscheiden. Je fünf ausgewählte Fotos aus jeder Kategorie landen bei Frau Fleckenstein im Postfach. Line und ich gehen zu ihr, um zu besprechen, ob ich meinen Job gut gemacht habe.

Glücklicherweise ist sie begeistert und würde am liebsten gleich alle Bilder hochladen ...

Doch wir müssen sparsam sein. Darum entscheiden wir uns für drei Bilder am Tag und ein Video. Dazu etliche Fotos in den Storys – und siehe da! Die Herzen fliegen uns nur so zu. Sogar ein

Newsletter mit Sonderbericht geht an unsere Leser raus, natürlich mit den besten Empfehlungen der schönsten Sommerromane.

»Italiener sind so heiß«, stößt Line aus und fächert sich etwas Luft mit einer leeren Papiermappe zu. Sie sortiert gerade die Strandbilder, während ich die Katzen ordne. »Da, schon wieder. Als hättest du ihn verfolgt ...« Sie kichert und macht mich mit ihrer Aussage verdammt neugierig.

»Was meinst du?« Mein Ventilator läuft auf Hochtouren. Heute soll angeblich der letzte superheiße Tag des Sommers sein. Ich mag es zwar, wenn es schön warm ist, aber alles über 35 Grad ist kaum zu ertragen. Die Klimaanlage ist zwar repariert, aber ein wenig frischer Wind ist zusätzlich sehr angenehm.

»Na, der heiße Kerl hier. Ich wünschte, ich wäre mitgefahren ...« Sie seufzt und schickt mir ein Bild per internem Chat. Es ploppt bei mir auf, sodass ich es leicht vergrößern kann. »Hinten rechts in der Ecke. Und bei dem hier vorne links.« Ich fange an zu suchen. Wen könnte sie wohl meinen? Es sind gut und gerne zwanzig Personen mit im Bild und ...

Luca? Ich traue meinen Augen kaum. Erschrocken öffne ich das zweite Bild und finde ihn auch dort. Er blickt beide Male fragend in die Kamera. Laut dem Datum waren die Bilder vom ersten Tag, bevor wir miteinander gesprochen haben. Er hat mich also beobachtet?

»Du hast einen Freund«, erinnere ich sie schmunzelnd.

»Was im Urlaub passiert, bleibt im Urlaub.« Line fängt an, auf der Kappe ihres Stiftes herumzukauen.

»Ernsthaft?« Was für eine verrückte Aussage.

»Kleiner Scherz, aber der wäre schon eine Sünde wert.«

Wenn sie wüsste ...

»Konzentrier dich lieber.« Ich muss kichern, während ich

zugleich hoffe, dass sie auf keinen Fall merkt, dass ich ihn kennen könnte. Zugleich fühle ich mich ertappt. Wie unangenehm!

»Was hältst du von einer Kategorie mit dem Namen: *heiße Italiener*? Und die packen wir dann in einen Ordner? Nur für uns? Für einsame … Arbeitstage?« Da sie bereits anfängt zu tippen, nehme ich an, dass der Ordner nun angelegt ist. Verrückte Nudel – äh, Pasta.

Ich speichere mir die Bilder aber ebenso ab. Ob ich noch mehr von Luca finde?

In der Tat. Auf ganzen 27 Bildern war er zu sehen. Manchmal nur im Hintergrund oder von hinten. Aber das muss der Moment gewesen sein, als ich ihm aufgefallen bin. Wie ein Hai, der sich seiner Beute nähert …

Ich vermisse ihn, wenn ich ehrlich bin, schon ein kleines bisschen. Und ich wünschte wirklich, dass unser Abschied besser verlaufen wäre, denn er hat kein bisschen auf meinen Wangenkuss reagiert.

Am Abend fahre ich wieder zu meinen Eltern. Das Wochenende ist eingeläutet, und ich kann es kaum abwarten, was mein Vater zu dem Vertrag sagt. Denn wenn er mir grünes Licht gibt, kann ich mit gutem Gewissen nach Positano ziehen.

»Hallo, Schatz.« Meine Mutter begrüßt mich herzlich an der Tür und bittet mich hinein. Ich ziehe mir die Schuhe aus und komme am besten gleich zum Thema. Da meine Mutter ganz glasige Augen hat, bin ich doch ein wenig beunruhigt.

»So schlimm?«, frage ich flüsternd.

Sie atmet tief durch, streichelt mir über die Schulter und meint: »Für uns schon.« Das bedeutet: Der Vertrag ist gut. Aber meiner Mutter gefällt das ganz und gar nicht. Normalerweise bin ich jedes Wochenende hier. Familie wird bei uns großgeschrieben.

Wenn ich jetzt jedes Jahr für neun Monate außer Landes bin, wäre das eine gigantische Umstellung für alle.

»Hey, ich bin ja nicht aus der Welt ...« Ich umarme meine Mutter, die mich fest an sich drückt und dann doch ein paar Tränen vergießt. »In den Wintermonaten werde ich für mehrere Wochen am Stück hier sein. Jeden Tag. Über Weihnachten, Silvester und Neujahr ...«

»Du wirst immer mein kleines Baby bleiben, Katchen.« So nannte sie mich immer als Kind, während der Pubertät hat sich das allerdings ausgeschlichen. »Du warst so klein, süß, unschuldig und neugierig. Und jetzt?« *Groß, hässlich, verrucht und dumm?*

Ich muss kichern, doch als sie ihre Hände an meine Wangen legt und ich sehe, wie ihr ein paar Tränen aus den Augen laufen, bricht mein Herz. Niemand sollte seine Mutter zum Weinen bringen.

»Mama, es wird alles gut werden. Ich kann auch mal in den Frühlings- und Herbstmonaten vorbeikommen oder ihr besucht mich in Positano?« Papa wird mir sicher den Laden leerkaufen, nur um mich zu unterstützen.

»Es ist nur so weit weg.« Sie schluchzt auf und fällt mir wieder um den Hals. Ein schönes Gefühl, wenn man so geliebt wird ...

Mein Vater sitzt im Wohnzimmer. Er wirkt zerknirscht. Natürlich wäre es einfacher für ihn, mich zu belügen, aber er ist ehrlich und begrüßt mich mit den Worten: »Wir können deine Möbel natürlich einlagern, einzig die Situation mit deinem Arbeitgeber macht mir Sorgen.« Sicher hat er mit angehört, wie ich mit Mama im Flur gesprochen habe.

»Sie werden es schon verstehen. Vielleicht kann ich ja auch als Reisereporterin aus Italien berichten?« Dafür habe ich vermutlich keine Zeit, aber ein paar Berichte ließen sich auch von dort aus schreiben. Homeoffice sozusagen, nur von Italien aus.

»Es macht sich auch nicht gut im Lebenslauf, wenn du für ein, zwei Jahre weg bist«, merkt er an.

Doch das kann ich entkräften: »Dafür werde ich meine Italienischkenntnisse verbessern können. Auslandsjahre sind doch gern gesehen?« Aber ich verstehe natürlich, dass er den letzten Strohhalm greifen will, der ihm noch entgegenragt. So bröselig, wie er auch sein mag.

»Und die Rentenversicherung?«, möchte er wissen.

»Ich werde jeden Monat etwas auf ein Sparkonto packen. Zudem sind die 280.000 Euro Startkapital ein gutes Sümmchen, um den Laden zu renovieren und ein Onlinegeschäft zu gründen.« Mir fallen so viele Dinge ein, mit denen ich mich kreativ beschäftigen kann, dass ich ganz aufgeregt bin. Doch das lasse ich meinen Vater besser nicht wissen. Er nimmt mich nur dann ernst, wenn ich ruhig und sachlich bleibe.

Ich setze mich zu ihm, während meine Mutter ein paar Getränke aus der Küche holt und anschließend neben uns Platz nimmt.

»Du hast keine Ausbildung in diesem Bereich. Was, wenn die alte Dame verstirbt? Du brauchst jemanden mit einer Lizenz.« Behördenkram. Leider hat er damit nicht ganz unrecht.

»Solange Paola noch da ist, wird sie mir helfen. Danach kann ich jemanden einstellen oder um eine Sondergenehmigung bitten.« Allerdings habe ich da noch einen dritten Plan: »Sie hat einen Enkelsohn mit Hotel- und Gastronomie, genau nebenan. Ich könnte vielleicht mit ihm verhandeln und ...«

»Warum erbt er das Geschäft nicht?« Mein Vater wird natürlich gleich hellhörig, und auch meine Mutter ist über diese Information etwas erschrocken.

»Sie liegen im Streit.«

»Das gefällt mir nicht ...« Mama faltet ihre Hände wie zu einem Gebet und blickt hilfesuchend zu Papa.

Dieser springt gleich mit auf den Zug auf: »Du willst dich in einen Familienstreit einmischen?« Wenn er jetzt auch noch die

Mafia auspackt, dann ... »Was, wenn sie dich wieder loswerden wollen und jemanden von der Mafia beauftragen, dir etwas anzutun?« Da beide schrecklich besorgt wirken, fange ich lieber nicht an zu lachen.

»So schlimm ist es nicht. Luca hat genug Geld, er ist nicht auf das Stübchen angewiesen.«

»Luca?« Meine Mutter hebt sofort alarmierend die Brauen.

»Luca Grosso, ihr Enkelsohn.« Oh Mist, jetzt ist sie aufgeschreckt. Sollte sie auch nur ahnen, dass ich Luca mögen könnte, wird sie mir sonst was unterstellen. Doch ihr Blick wandert sofort zu meinem Vater, der ihr zustimmend entgegennickt.

»Läuft da was zwischen euch? Du wirst doch wohl nicht die Zelte in Deutschland wegen eines Urlaubsflirts abbrechen wollen?« Sein strenger Blick schüchtert mich ein klein wenig ein, aber ich bleibe standhaft.

»Nein. Ich möchte es nur versuchen. Mehr nicht. Und wenn es schiefgeht, werde ich sofort nach Deutschland zurückkehren. Versprochen.« Am liebsten würde ich heute noch losfahren, aber es gibt noch viel zu tun.

Die Blicke meiner Eltern treffen sich erneut. Meine Mama lächelt ihren Mann an, legt ihre Hand auf seine. Dann sagt sie: »Wir lieben dich, Katchen. Und wir glauben an dich. Bitte versprich es uns, dass du uns anrufst, falls du Sorgen hast. Und dass du sofort zurückkehrst, falls etwas nicht stimmen sollte.«

»Versprochen. Ganz fest ... versprochen.«

In den kommenden Wochen habe ich so einiges zu tun. Zuallererst spreche ich mit Paolas Anwältin, die sich anschließend mit meinem Vater in Verbindung setzt. Dann fange ich an, meine Wohnung auszuräumen, sie zu kündigen und einen Nachmieter zu suchen. In Hamburg ist das eine sehr leichte Aufgabe, denn auf eine leere Wohnung bewerben sich schon mal hundert oder mehr Personen …

Den schwersten Gang habe ich tatsächlich bei Mööve. Ich fühle mich schlecht – denn immerhin haben mir meine Chefs die Rechnungen für eine Reise bezahlt, die letztlich dafür gesorgt hat, dass ich auswandern möchte. Ich werde Line vermissen und ein wenig auch die Atmosphäre unseres kleinen Büros …

Zuerst spreche ich mit Frau Fleckenstein, die sich sehr überrascht zeigt, danach berichte ich Line von meinen Plänen. Wir einigen uns auf den 30. September als letzten Arbeitstag, ein paar Wochen darf ich also noch bleiben. Ich glaube nicht, dass mich meine Vorgesetzten vermissen werden. Meine Stelle wird schnell neu besetzt sein, und am Ende weint man mir keine Träne nach …

»Das schockt mich dann doch …« Line starrt mich entsetzt und traurig an, nachdem ich ihr gestanden habe, dass ich nur noch für knapp drei Wochen in der Firma sein werde. Sie hält ihren Eisbecher in der Hand, der mit vier Kugeln Schokoladeneis gefüllt ist, während ich mich – der Nostalgie wegen – für Zitroneneis entschieden habe. In unserer Mittagspause habe ich etwas Zeit, persönlich mit ihr zu sprechen.

»Ja, das kann ich mir vorstellen.« Es ist mir etwas unangenehm, denn ich fühle mich wie eine Verräterin, wenn ich einfach so gehe und sie allein zurücklasse.

»Bist du dir wirklich sicher? Es ist ein anderes Land, so weit weg und … was, wenn es schiefgeht? Könntest du zu Mööve zurückkehren?«

»Ich bin mir zu 99 Prozent sicher«, antworte ich und lache verlegen. »Natürlich kann es schiefgehen, aber wenn ich daran denke, diese Chance nicht zu ergreifen, weiß ich genau, dass ich sie eines Tages bereuen werde.« Ich blicke hoffnungsvoll zu Line, die mir ein Lächeln schenkt.

»Na ja, wer möchte nicht gerne in einem Urlaubsparadies arbeiten? Und Italiener sind superheiß …« Sie kichert und stupst mich dann mit ihrem Ellenbogen an. »Wie soll ich die Arbeit bitte ohne dich überstehen?«

»Ich habe Frau Fleckenstein angeboten, als Freelancerin für Mööve zu arbeiten, doch daran haben sie kein Interesse.« Leider.

»Sie werden das noch bereuen, du bist nur schwer zu ersetzen. Siehe unsere zwei Blitzbirnen.« Line verdreht die Augen, während ich zustimmend nicke. Ja, wir hatten schon mal bessere Praktikantinnen. Motiviertere vor allem. Und klügere.

»Ich hoffe, du bekommst eine coole neue Kollegin oder einen sexy Kerl, den du dann anlernen darfst …« Das bringt sie dann doch zum Grinsen.

»Ob ich Frau Fleckenstein dazu bringen kann, einen einzustellen, der groß, gut gebaut und smart ist?« Sie leckt ihren kleinen Löffel ab und blickt verträumt in den Himmel.

»Sie ist nicht verheiratet …«, mahne ich sie frech.

»Sie könnte unsere Mutter sein!«, stößt sie verdattert aus.

»Konkurrenz belebt das Geschäft. Außerdem wäre sie seine Chefin und …«

»Musst du mir meinen heißen Tagtraum ruinieren?« Es ist schön, mit ihr hier zu sitzen und über solche Albernheiten zu lachen. *Das werde ich vermissen …*

Anfang Oktober ist es endlich so weit.

Meinen letzten Tag bei Mööve habe ich hinter mich gebracht – inklusive einer großen Torte, die ich selbst organisieren durfte –, natürlich mit ein paar Tränchen, da ich Line sehr vermissen werde. Arbeitsfreundschaften wie diese überstehen so eine große Distanz vielleicht nicht, aber ich hoffe, dass wir dennoch lange in Kontakt bleiben werden. Das wäre fantastisch.

Die Schlüsselübergabe der Wohnung fand gestern statt, das wäre also auch geschafft.

Seit zwei Tagen schlafe ich in meinem ehemaligen Kinderzimmer im Haus meiner Eltern. Und jetzt lagern dort im Keller meine Möbel.

Die Verträge sind unterschrieben, und in ein paar Tagen geht es nach Italien. Dank Paolas Anwältin konnte ich in Positano einen Parkplatz in einer Tiefgarage anmieten. Das kostet mich zwar so einiges, aber dadurch, dass ich kostenfrei in Paolas ehemaliger Wohnung leben kann, rentiert sich das auf Dauer.

Wir sitzen gemeinsam am Esstisch. Meine Mutter hat Heringsfilet in Sahnesauce mit Kartoffeln gekocht, zum Nachtisch gibt es Götterspeise mit Unmengen Vanillesauce. Gutes und typisch deutsches Essen, mit dem wir drei Schwestern aufgewachsen sind. Ich schwelge gedanklich noch ein wenig in Erinnerungen. Schon seltsam, dass man erst in solchen Momenten des Abschieds an seine schöne Kindheit zurückdenkt. Das sollte ich viel öfter tun, denn es verleiht mir Glücksgefühle.

»Es fühlt sich so verrückt an«, gebe ich zu und blicke in die Runde. Traurige Gesichter betrachten mich, und mir fällt es schwer, nicht sofort in Tränen auszubrechen.

Wäre Positano doch nur einen Katzensprung entfernt, dann würde mir der Abschied sicher leichter fallen.

Meine Mutter legt ihre Hand auf meine und schluchzt auf. Wenn sie jetzt anfängt zu weinen, heule ich mit. Wer kann schon bitte seine Mama weinen sehen, ohne dabei nicht auch sofort Sturzbäche zu produzieren?

Selbst mein Vater, der sonst als knallharter Anwalt wie ein Fels in der Brandung wirkt, macht einen aufgewühlten Eindruck auf mich. Lediglich meine Schwestern und ihre Freunde wirken recht entspannt. Wir sind digital vernetzt, sprechen sowieso viel über das Internet miteinander und verstehen die Träume der jeweils anderen ein wenig besser.

Wir sind erwachsen geworden und gehen nun unsere eigenen Wege. Aber in unseren Herzen schwelgen wir noch immer gern in der Vergangenheit. Denn sie hat uns zu den Menschen gemacht, die wir heute sind.

»Aber in zwei Monaten bin ich ja schon wieder hier. Gleich am ersten Dezember fahre ich los«, verspreche ich. »Und Anfang Januar geht es dann zurück nach Italien.« Ein guter Plan. Ich muss noch einiges im Geschäft erledigen. Reparaturen und einen neuen Anstrich zum Beispiel. Das wird viel Zeit kosten ...

»Und dann sehen wir dich erst im Dezember wieder ...« Für meine Mutter ist das alles andere als einfach.

»Nichts da, ihr kommt mich im Sommer besuchen! Und ich werde versuchen, ab und an einen Flug von Neapel nach Hamburg zu nehmen, dann bin ich in etwa zweieinhalb Stunden hier.« Das kann ja was werden. Mal sehen, ob ich es wirklich schaffe, in ein Flugzeug zu steigen ...

Aber wenn die Sehnsucht nach seinen Liebsten groß ist, werde ich auch diese Angst überwinden können. Ganz bestimmt.

Am späten Abend – nachdem ich meine Schwestern verabschiedet habe und sie mit ihren Freunden zurück nach Hause gefahren sind – klopft es an meiner Zimmertür. Eigentlich war ich gerade dabei, noch ein paar Sachen zu sortieren. Ich darf nichts Wichtiges vergessen ...

»Die Tür ist offen«, rufe ich und sehe zu meiner Mutter, die mit einer kleinen Kiste in das Zimmer kommt.

»Schau mal, was ich noch im Keller gefunden habe«, sagt sie begeistert und setzt sich zu mir auf das Bett. »Das sind Fotoalben und ein paar Videokassetten von damals, als wir ein paarmal in Positano waren. Du müsstest dort vier, fünf Jahre alt gewesen sein.« Sie streicht sich ihr blondes, schulterlanges Haar zurück und deutet auf die Alben. »Alles ab dem Jahr 2005 ist digital archiviert, das hier muss ich noch nachholen. Ich dachte, du kannst es dir heute vielleicht ansehen, und wenn du dann dort bist, scanne ich alles ein …« Ich sehe, wie ihre Augen glitzern. Ihr wäre es natürlich am liebsten, wenn ich jetzt meine Meinung ändern und hierbleiben würde. Am besten sogar hier, in meinem alten Kinderzimmer.

»Danke, ich werde mir die Bilder gleich mal ansehen.« Aber wie soll ich die Videos anschauen? Einen Videorekorder haben wir doch gar nicht mehr …

»Du warst so süß damals. Aufgeregt. Neugierig. Bei jeder neuen Pflanze hast du ganz laut gerufen und wolltest auch, dass wir sie sehen. Das ging so während der gesamten Fahrt. Dein Vater und ich waren ganz schön froh, als du endlich eingeschlafen warst …« Ich war schon immer sehr mitteilungsbedürftig.

Meine Mutter nimmt sich das erste Fotoalbum heraus und öffnet es. Ich kann sehen, wie Papa die Koffer ins Auto lädt und meine Schwestern und ich auf dem Rücksitz angeschnallt werden. Dazu Mamas lecker gefüllte Brotdosen mit Gemüsesticks und Bärchenwurstscheiben. Ohne die ging früher gar nichts.

Fotos von Raststätten oder mir, schlafend im Kindersitz. Weitere Bilder in Positano, unserem Hotelzimmer oder am Strand, leckerem Essen und typischen Familienbildern.

Meine Mutter fährt das letzte Bild im Album mit ihren Fingerspitzen nach, streichelt über mein kleines, grinsendes Gesicht.

»Meine Erinnerungen sind noch so frisch, als wäre es gestern gewesen. Aber dann sehe ich dich an und muss feststellen, dass so viel Zeit verstrichen ist.« Sie lehnt ihre Stirn an die meine und atmet tief durch. »Ich bin stolz auf dich und glücklich, dass ich deine Mama bin.«

Und ich bin dankbar, dass wir so ein inniges Verhältnis haben – trotz der einen oder anderen Schwierigkeit miteinander bezüglich meiner Entscheidungen. Aber in welchen Familien gibt es das nicht?

»Ich liebe dich, Mama. Über alles.« Wir umarmen uns. Dabei spüre ich sofort, dass sie mich nicht loslassen möchte. Irgendwann werde ich selbst Mutter sein. Bislang kann ich nur erahnen, wie es sich anfühlen muss, sein Kind ziehen zu lassen. Ich fürchte mich vor diesem Tag, zugleich werde ich aber sicher stolz sein, denn wenn mein Kind – egal ob eigen Fleisch und Blut oder adoptiert – sein eigenes Leben leben wird, werde ich einen entscheidenden Beitrag dazu geleistet haben.

8

WILLKOMMEN ZURÜCK

Am nächsten Morgen stehen meine Eltern zusammen mit mir auf. Es ist erst kurz nach 6:00 Uhr, als ich mit gepackten Koffern und schwer beladenem Wagen auf ihrer Auffahrt stehe.

»Geschnittene Apfelscheiben und ein paar Brote, natürlich mit guter deutscher Butter und Bärchenwurst.« Mama zwinkert mir zu und drückt mir dabei ein paar ihrer geliebten Tupperdosen in die Hand. So schnell wird sie diese nicht wiedersehen. »Hier sind Blaubeeren drin, die kannst du zwischendurch naschen, wenn du im Stau stehst.«

Papa checkt derweil sein Handy. »Bislang kein Stau in Deutschland, du hast Glück. Versuche trotzdem, nicht mitten durch Hamburg zu fahren …« Ich sage ihm besser nicht, dass ich genau das vorhabe: Denn ich will noch ein Fischbrötchen kaufen. Ganz nostalgisch, zum Abschied. »Zwölf Stunden Fahrt, das ist ganz schön happig. Du bist hoffentlich ausgeschlafen?« Sein mahnender Blick lässt mich wissen, dass er sich Sorgen macht.

»Wie ein Stein«, versichere ich ihm und verstaue Mamas Dosen auf dem Beifahrersitz, direkt über einer Kiste und meinem Handgepäck.

»Hier noch eine Flasche kalte Milch, falls dir während der Fahrt übel wird. Mineralwasser, stilles Wasser, eine Flasche Apfelsaft, wenn du was Süßes möchtest, und eine Limonade. Mit Zitronengeschmack.« Sogar die guten Marken. »Nussriegel und Schokolade sind in dieser Dose. Lila Deckel. Kannst du dir das merken?«, fragt sie mich und schüttelt diese, ehe sie auf den anderen landet.

»Ganz bestimmt.« Wenn ich von der Polizei angehalten werden sollte, denken die sicher, dass ich zu einer Tupperparty unterwegs bin. Während Mama die Dosen für mich umsortiert, sehe ich meinen Papa mit den Tränen kämpfen. Großer, starker Mann, mit einem Herz aus Gold.

»Danke für alles und danke auch, dass ich mein ganzes Zeug bei euch lagern kann.« Unsere Umarmung fällt kurz aus, aber ich spüre deutlich, dass er zittert. Es kostet ihn viel Kraft, mich ziehen zu lassen ...

»Ich werde täglich in den Keller gehen, um zu kontrollieren, dass kein Schimmel oder Ähnliches entsteht.« Ich nicke und wende mich dann zu meiner Mama, die schon längst zu weinen begonnen hat. Wie soll ich denn so bitte losfahren, wenn sie weint?

»Fahr schön vorsichtig, ja? Lieber etwas langsamer, dann kommst du auch ans Ziel. Und melde dich, wenn du an einer Raststelle halt machst, damit wir wissen, wo du bist und dass es dir gut geht.« Sie überhäuft mich mit Küsschen auf meine Wangen, ehe sie schweren Herzens von mir ablässt, tief durchatmet und Papa einen Arm um sie legt. Sie faltet ihre Hände, während ich beiden ein paar Luftküsse zuwerfe und Richtung Fahrerseite eile. Wenn ich länger bleibe, könnte ich es mir vielleicht doch noch anders überlegen …

Anschnallen. Motor einschalten. Langsam raus aus der Ausfahrt und Mamas Steinfigur NICHT umhauen. Gerade noch mal geschafft. Ein letzter Blick, dann fahre ich los.

Ach Mist … jetzt muss ich doch ein paar Tränen vergießen.

Nachdem ich mir ein paar Fischbrötchen abgeholt habe, geht es auf die Autobahn. Viel ist noch nicht los. Die ersten Berufsfahrer mischen sich mit Lkw, die brav ganz rechts fahren, sodass ich den einen oder anderen überholen kann.

Kurz nach Hannover und kurz vor München gönne ich mir je eine halbe Stunde Pause. Es gab einen fiesen Stau, sodass ich Mamas Dosen plündern konnte. Wie ich Blaubeeren doch liebe! Ich könnte ja ein paar der Desserts mit ihnen machen? Das würde die kräftige Farbe der Zitronen sicher schön hervorheben. Frische Minzblätter, ein paar Blaubeeren und dann gelierte Zitronenscheiben obendrauf … eine schöne Vorstellung.

Erst gegen 20:00 Uhr erreiche ich Verona und falle direkt ins weiche Hotelbett. Die längste Strecke wäre geschafft. Natürlich habe ich meinen Eltern, Schwestern, Line und anderen Freundinnen viele Fotos und Nachrichten geschickt, damit sie auf dem Laufenden bleiben konnten.

Am nächsten Tag geht es weiter durch Italien Richtung Positano. Ich wähle dabei denselben Weg wie beim letzten Mal. Mein Bauch kribbelt die ganze Zeit, denn jetzt fahre ich nicht in den Urlaub … sondern nach Hause.

In Gedanken grüße ich die Menschen, welche sich an den Wegrändern aufhalten, fluche über schlechte Autofahrer und genieße die herrliche Landschaft.

Positano rückt in greifbare Nähe … und als ich das türkisfarbene Meer in der Ferne glitzern sehe, geht mir das Herz auf.

Gleich bin ich daheim.

Es ist nicht mehr so überfüllt wie im August, das spürt man deutlich. Zwar sind noch immer viele Touristen vor Ort, aber deutlich weniger als noch vor über einem Monat.

Ich erreiche die Tiefgarage, welche nur etwa 300 Meter vom Grosso und *amore al limone* entfernt liegt. Dank Dauerkarte klappt alles wunderbar. Erschöpft und überglücklich, heil angekommen zu sein, muss ich ein paar Minuten im Wagen verweilen und die Stille genießen.

Ich bin hier. Angekommen. Zu Hause. Weit weg von Hamburg, meinen Eltern, Freunden und dem Job, den ich eigentlich doch ganz gerne mochte.

In einem fremden Land, mit einem dicken Batzen Geld auf dem Konto und einer riesigen Verantwortung. Ich hoffe inständig, dass ich es schaffen werde, Paolas Liebe in die Köstlichkeiten einzuarbeiten, damit die Kunden begeistert bleiben, auch wenn sie mir irgendwann nicht mehr helfen kann …

Ich will sie nicht enttäuschen. Auf keinen Fall!

Beinahe wäre ich im Wagen eingeschlafen, doch dann raffe ich mich auf und schnappe mir nur das Nötigste, damit ich es gleich beim ersten Mal mit ins Stübchen nehmen kann: meinen Koffer mit wichtigster Kleidung, eine Sporttasche gefüllt mit Handtüchern und Badezimmerartikeln und natürlich meine Handtasche mit allen wichtigen Dokumenten. Das Parkhaus ist kameraüberwacht, ich bin also beruhigt, was eventuelle Diebstähle anbelangt. Aber eigentlich möchte ich noch heute Nacht alles in der Wohnung haben.

Ich fahre mit dem Aufzug ins Erdgeschoss und verlasse das Parkhaus. Jetzt nur noch die Straße hinunter, dann bin ich da. Schon von Weitem bemerke ich die Lichter des Restaurants, da noch immer viele Touristen dort sitzen und das gute Essen genießen.

Luca wird vermutlich auch dort sein, oder er ist am Strand. Ob es merkwürdig wird, wenn ich ihn wiedersehe?

Die Lichter im Stübchen sind aus. Ich bekam einen Ersatzschlüssel mit anderen Vertragsunterlagen zugeschickt, sodass ich das *amore al limone* aufschließen kann. Zuerst stelle ich das Gepäck vor die Tür, schnaufe durch und krame dann den Schlüssel hervor.

Andächtig fahre ich mit meinen Fingerspitzen über diesen und stecke ihn ins Schloss. Er passt – und er ist mein Eintritt in eine aufregende Zukunft.

Als ich die Tür öffne, strömt mir ein bekannter Duft in die Nase, welcher mich sofort zum Lächeln bringt. Ich ertaste den Lichtschalter und lasse meinen Blick durch den Raum schweifen. Genau so habe ich alles in Erinnerung behalten – nur Paola fehlt. Ihr Lachen. Ihre süße, freundliche Art.

Ich kann es kaum erwarten, sie endlich wiederzusehen!

Ihre Wohnung wurde geräumt, sie hat es sich jetzt im Grosso bequem gemacht. Ein kurzer Blick auf mein Smartphone sagt mir, dass ich noch etwa eine Stunde Zeit bis zu unserem Treffen habe. Die sollte ich nutzen. Also schnell!

Ich schließe das Stübchen ab und bringe mein Gepäck die steile Treppe hinauf. Glücklicherweise half Paolas Anwältin mir, einen Kontakt in Positano herzustellen, welcher sich um eine kleine Renovierung der circa 100 Quadratmeter großen Wohnung gekümmert hat.

So steht hier ein neues Bett mit Matratze, Decken, Kissen, und ein kleines Sofa kam hinzu. Die Küche, Schränke, Regale und Tische mit Stühlen hat Paola mir gerne hiergelassen.

Ich richte mich grob ein und gönne mir anschließend ein

heißes Bad, ziehe mir danach ein zitronengelbes Kleid an, mit passenden, gelben Ballerinas und stecke mein Haar hoch. Das Kleid ist im Hüftbereich sehr locker geschnitten und fällt mir bis zu den Knien. Breite Träger und ein eckiger Ausschnitt lassen es modern wirken. Ein frischer, spätsommerlicher Look, der mir jetzt schon wahnsinnig gut gefällt.

Noch zehn Minuten. Auch wenn ich jetzt gerne drei Tage am Stück schlafen möchte, freue ich mich darauf, Paola wiederzusehen. Also mache ich mich auf den Weg ins Grosso, schließe die Tür *meines* Geschäftes ab und gehe die wenigen Schritte zum Haupteingang von Lucas Hotel- und Gastronomiestätte.

Das Restaurant ist gut besucht, beinahe jeder Tisch ist mit Pärchen besetzt, die in den Speisekarten blättern oder bereits Essen, Nachtisch oder ein Gläschen Wein serviert bekommen haben.

Ich sehe mich neugierig um und werde von einem Kellner angesprochen: »Guten Abend, Signora. Englisch, Italienisch, Deutsch, Französisch?«

Ich lächele ihm entgegen. »Italienisch. Ich bin mit Paola Grosso verabredet.«

»Ah, Miss Engels. Sie werden bereits erwartet.« Oh, sogar auf Deutsch? Ich bin beeindruckt.

»Ihr Deutsch ist sehr gut«, lobe ich ihn. Denn für einen Italiener ist diese Sprache nicht leicht zu lernen.

»Danke, ich habe vor einigen Jahren für ein paar Monate in München gelebt, kam dann aber wieder her.« Spannend. Er ist sicher froh, wieder hier zu sein. Der junge Mann führt mich zu Paola, die an einem großen Tisch auf dem Balkon im ersten Stock sitzt. Ich vermute, das hier ist eine VIP-Lounge, denn die Tische stehen deutlich weiter voneinander entfernt als im Erdgeschoss. Unter einer prächtigen Pergola, die mit Blumenranken, zarten Blättern und Hunderten kleiner LED-Lichter geschmückt ist, sehe ich sie sitzen. Paola gönnt sich ein Gläschen Wein und studiert die Karte.

Mir geht das Herz auf, als ich sie sehe. Sie ist für mich wie eine Großmutter, die ich nie hatte, da die Eltern meiner Eltern schon früh verstorben sind. Meine Oma mütterlicherseits lebte noch, als ich geboren wurde, verstarb aber, als ich zwei Jahre alt war. Leider habe ich keinerlei Erinnerungen mehr an sie.

Und wer weiß? Vielleicht haben sie mir Paola geschickt, damit ich erfahren kann, wie es sich anfühlt, eine Großmutter zu haben ...

Ich gehe auf sie zu, strahle Paola an und begrüße sie: »Einen schönen guten Abend.« Ihre Augen huschen sofort zu mir, dann strahlt sie mich an und lacht erfreut. Mit zittrigen Händen stützt sie sich auf dem Tisch ab und erhebt sich. Natürlich gehe ich sofort zu ihr und umarme sie herzlich.

»Wie schön es ist, dich wiederzusehen, du siehst ja toll aus. So schick! Für mich hast du dich aber nicht so fein gemacht, oder?« Paola lacht und jauchzt erfreut auf, legt ihre Hände auf meine Oberarme. »Vor 80 Jahren sah ich auch mal so aus. Oder vor 70 ...« Sie lacht laut und setzt sich dann wieder. Ich bemerke sofort, wie aufgeweckt und erholt sie auf mich wirkt. »Bitte. Setz dich doch.« Gerne nehme ich ihr gegenüber Platz.

»Für einen Mädelsabend mache ich mich immer schick«, ist meine leicht verspätete Antwort, und ich merke an: »Perlenkette, dunkelblaues Kleid und deine Haare ... sehr schick.« Man könnte fast meinen, sie habe sich für einen Herren so fein herausgeputzt, aber ich bin sicher, dass sie mit ihrem Leben einfach nur zufrieden ist.

»Ich muss ja doch zugeben, dass es von meinem Enkel eine gute Idee war, hier ins Hotel zu ziehen. Bequemes Bett, keine Treppen mehr, eine Sitzgelegenheit in der Dusche und viele junge Männer, die mir alles bringen, was ich möchte.« Sie schmunzelt und flüstert mir dann zu: »Also, an deiner Stelle würde ich mich hier amüsieren, solange die Männer noch jung und knackig sind.« Dann zwinkert sie und kichert. Ja, sie hat noch den Schalk im Nacken sitzen, großartig.

Ich sehe mich um, und tatsächlich: Ein paar hübsche Exemplare sind dabei.

»Luca ist auch da, aber ...« Sie winkt einen der Kellner herbei, der sofort angeflitzt kommt. »... du willst doch deinen Spaß und kein gebrochenes Herz, richtig?« Darauf antworten kann ich nicht, da der Kellner sofort parat steht und ihre Bestellung entgegennimmt: »Bring mir am besten die ganze Flasche, er schmeckt gut.« Dabei deutet sie auf ihr Weinglas. »Was möchtest du außer dem Wein trinken?« Gute Frage.

»Mineralwasser mit Zitronenscheibe.« Was auch sonst?

Der Kellner macht sich wieder von dannen, während ich Luca suche. Mein Blick wandert hin und her, entdecken kann ich ihn aber nicht.

»Er wirkte deprimiert, als du weg warst. Ich habe extra darauf geachtet. Eine Andere hat ihn nicht glücklich machen können.« Eine Andere? Mir bleibt kurz das Herz stehen. »Viele haben mit ihm geflirtet, aber er hat sie alle abblitzen lassen.« Dann zuckt sie mit den Schultern. »Woran das wohl liegen mag?« Allerdings betont sie das so, dass ich mir sehr sicher bin, dass ihr vermutlich bewusst ist, dass Luca mich ein klein wenig mag. Dennoch warnt sie mich vor ihm. »Geschieht ihm ganz recht. Er war nicht sehr nett zu dir.« Verstehe, er soll also ein wenig leiden. »Aber jetzt erzähl mir lieber, ob du eine gute Fahrt hattest.«

»Ja, ich habe in Verona übernachtet, der gestrige Tag war sehr anstrengend, aber heute kam ich gut durch. Ich konnte auch schon ein wenig Gepäck in deine Wohnung stellen und ein Bad nehmen.«

»Es ist jetzt deine. Gestalte sie, wie du möchtest, fühl dich bitte wohl ...« Ach ja, stimmt. Daran muss ich mich erst noch gewöhnen.

»Ich möchte mich in die Arbeit stürzen, dein Rezeptbuch rauf und runterbacken, mein Italienisch verbessern und jeden Winkel Positanos erkunden ...« Und vielleicht mit Luca ins Gespräch kommen, den ich gerade entdecke. Er hat eine Weinflasche bei sich und grüßt ein paar der Gäste, ehe er mich erspäht. Seinen

Gesichtsausdruck vermag ich nicht zu deuten. Er wirkt freundlich, aber distanziert. Vermutlich kann er hier im Restaurant nichts Negatives sagen, da es keinen besonders guten Eindruck machen würde …

»So habe ich Lucas Großvater auch angesehen. So sehnsuchtsvoll. Aber es ist schiefgegangen.« Paola hebt mahnend ihre Brauen. Normalerweise sprechen Großmütter ja immer liebevoll über ihre Kinder und Enkel, aber er hat nicht einmal einen Kiesel in ihrem Brett …

»Dabei wohnst du doch jetzt hier …«, sage ich und hoffe, dass sie versteht, was ich damit meine. Luca hätte ihr das Zimmer nicht anbieten müssen, aber er tat es freiwillig. Wobei ich mir noch immer nicht ganz sicher bin, was mehr wog: das Verlangen ihr Geschäft niederzureißen, um daraus Parkplätze zu schaffen, oder die Sicherheit seiner Großmutter.

»Was darf ich euch bringen?«, fragt Luca und öffnet vor uns die Flasche Wein, damit er Paola und mir etwas einschenken kann. Ein zweites Glas stand glücklicherweise schon auf dem Tisch.

»Wir haben schon bestellt, einer deiner hübschen Kellner kümmert sich um uns.« Paola beäugt Luca und mich skeptisch. Vermutlich gefällt es ihr nicht sonderlich gut, dass es zwischen uns funken könnte – oder aber sie will erst recht, dass ich um des Teufels Seele kämpfe. Vielleicht wünsche ich mir das aber auch nur.

»Spaghetti alle vongole«, sage ich und blicke bedeutungsvoll zu Luca, ehe ich mich an Paola wende: »Ein knackiger Salat als Vorspeise mit der Tagessuppe, dann leckere Pasta zum Hauptgang und etwas Fruchtiges zum Nachtisch?«

Paola schmunzelt: »Die kann er ganz gut.« Dann wendet sie sich an Luca und meint: »Du hast Katrin gehört.« Dann macht sie eine scheuchende Handbewegung, und Luca macht auf der Stelle kehrt. Paola scheint das richtig zu genießen, ihn herumscheuchen zu können.

»Hier im Restaurant muss er freundlich sein …« Sie kichert

und hebt dann ihr Weinglas. Ich nehme meines ebenso in die Hand und stoße mit ihr an.

»Herzlich willkommen in Positano. Ich wünsche dir von ganzem Herzen, dass du hier glücklich wirst. Mögen die Zitronen dein Herz mit Freude füllen ...« Als Paola das sagt, höre ich deutlich, wie ihre Stimme zittert. Sie sagt das nicht nur einfach so oder weil sie höflich sein möchte, sondern weil sie zu hundert Prozent hinter dem steht, was sie sich für mich erhofft.

»Ich danke dir«, sage ich und kämpfe gegen ein paar Tränen an. Ich bin gerührt – vor allem, als ich mich daran erinnere, dass Luca bei meiner Abreise meinte, dass ich hier nicht willkommen sei.

Positano wird meine Heimat werden. Mein Zuhause. Mein Zufluchtsort. Und wer weiß? Vielleicht werde ich irgendwann, wenn ich alt und schrumpelig bin, eine junge Frau treffen, die auf der Suche ist, und ich kann ihr das *amore al limone* vererben. Dann hat sie eine Chance, glücklich zu werden und ihre Träume zu leben.

Paola und ich plaudern über das Stübchen, Italien, gutes Essen und was in den letzten Wochen meiner Abwesenheit passiert ist. Natürlich kläre ich sie auch auf, wie ich meinen Job gekündigt und letztlich meinen Eltern beichten musste, dass ich wegziehen will.

Der Salat wird uns von Luca höchstpersönlich gebracht. Die schönsten Grüntöne sind mit schwarzen Oliven und Tomaten verfeinert, dazu ein leichtes Dressing aus Öl, garniert mit edlem Pfeffer und Meersalz.

Anschließend eine Minestrone, deren Tomatengeschmack mich beinahe vom Stuhl haut. Unglaublich, wie köstlich sie hier in Italien schmecken, ganz anders als die teils stark verwässerten aus Deutschland.

»Kochen kann er ja«, gibt Paola zu und merkt an: »Vermutlich steht er schon den ganzen Tag in der Küche. Er war heute noch gar nicht am Strand.« Ihre Brauen heben sich, und ihre kleinen Augen fixieren mich. Ein kleiner Wink mit dem Zaunpfahl, was?

»Er möchte dich sicher nicht enttäuschen und wollte dafür sorgen, dass du nur das leckerste Essen bekommst.«

»Die letzten Wochen war er um diese Uhrzeit immer am Strand. Warum er wohl heute noch nicht dort war?« Ja, sie winkt nicht nur mit einem Pfahl, sondern mit einer ganzen Ladung. Ich muss schmunzeln. Probiert sie, mich etwa doch mit ihm zu verkuppeln? So ganz steige ich noch nicht hinter dem, was sie anscheinend zu erreichen versucht.

»Ich glaube, ich werde heute Abend auch an den Strand gehen. Endlich wieder den Sand zwischen den Zehen spüren, den Wellen lauschen ...« Ich werfe einen Blick über die Schulter, denn besagtes Meer liegt schräg hinter mir. Wegen der leisen Musik aus den Boxen und dem Geplauder der Gäste kann man es leider nicht gut hören. Dafür ist die Sicht umso schöner.

Mein Blick fällt Richtung Mond, der kaum zu erkennen ist.

»Neumond. Jetzt ist ein guter Zeitpunkt, sich etwas zu wünschen oder etwas Neues im Leben zu beginnen.« Paola faltet ihre Hände und schließt die Augen.

Ist dem so?

Paola schweigt, sie scheint gerade zu beten oder vielleicht ein paar Wünsche auszusprechen, weswegen ich schweige und ihr die Zeit gebe, die sie braucht.

Als sie ihre Augen wieder öffnet, frage ich: »Bist du sehr spirituell?«

»Vielleicht.« Ihr Lächeln ist geheimnisvoll. »Ich weiß nur, dass es Dinge zwischen dem Hier und Jetzt ... und dem da oben gibt, die wir nicht verstehen. Aber es wird der Tag kommen, an dem all das Sinn ergibt. Ich freue mich darauf.« Ja, sie wirkt überglücklich und zufrieden.

»Du musst dir auch etwas wünschen. Manchmal werden

Träume wahr.« Sie trinkt noch einen Schluck Wein, sodass ich mir kurz die Zeit nehmen möchte, ebenfalls meine Augen zu schließen.

Was ich mir wünschen soll? Ich bin glücklich. Ich bin da, wo ich schon immer sein wollte. Ich möchte nur, dass alles gut werden wird – dafür werde ich hart arbeiten. Aber wenn ich ehrlich zu mir selbst bin, gibt es da doch etwas, was ich mir vielleicht wünschen würde …

Lächelnd fällt mir nur Luca ein. Vielleicht gibt es ja doch noch eine Möglichkeit, dass wir uns annähern können. Er scheint ein sehr guter Mann zu sein, der sein liebevolles Innerstes gerne hinter einer sehr rauen Schale versteckt. Ich bin neugierig und würde diese Mauern, die ihn umschließen, gerne einreißen. Einen Blick riskieren. Und vielleicht gefällt mir ja, was ich dann sehen werde.

Kaum, dass ich meine Augen wieder geöffnet habe, räumt unser Kellner die benutzten Teller ab und schenkt mir Wasser nach. Anschließend serviert Luca uns das Hauptgericht auf einem großen, länglichen, weißen Teller, und ein dritter Kellner beliefert uns mit neuem Geschirr und Besteck.

Allerdings hat Luca noch eine große Schale dabei, in der sich weitere Muscheln befinden.

»Bevor du dich beschwerst …«, merkt Luca an, was Paola zu ignorieren scheint, denn sie hat nur noch Augen für die Muscheln.

»Ein sehr guter Duft, hast du gut gemacht«, lobt sie ihn und streichelt kurz über seinen Arm. Das sind die Momente, in denen ich mir sicher bin, dass sie ihren Enkel doch über alles liebt.

»Wenn ihr mehr möchtet, gebt kurz Bescheid.« Luca nickt uns knapp zu. Aber in dem Moment, in dem sich unsere Blicke treffen, habe ich das Gefühl, dass die Zeit einen Moment lang innehält, damit wir ihn genießen können.

Wie geht es dir? Hast du mich vermisst? Es ist schön, dich wiederzusehen. Gut siehst du aus. Wenn du lächelst, glaube ich, dass ich nie mehr etwas anderes sehen möchte …

Wie hat er es bitte geschafft, sich unbemerkt in mein Herz zu schleichen?

»Nimm du zuerst«, bittet Paola mich und reißt mich aus meinen schmachtenden Gedanken. Ich glaube, ich bin einfach nur hungrig. Sobald ich gegessen habe, ist mein klarer, scharfer Verstand sicher wieder da und ich kann Luca zurechtweisen. Wir haben nämlich noch einiges zu besprechen …

Ich gebe mir eine gute Portion auf den Teller und warte, bis auch Paola ihren gefüllt hat. Danach fangen wir an zu essen.

»Kochen musst du übrigens nicht. Luca hat versprochen, dass wir hier beide essen können. Jederzeit.« Ob ich ihr das glauben kann?

»Freiwillig?« Ich muss schmunzeln.

»Ich habe es mir schriftlich geben lassen. Carlotta, meine Anwältin, hat darauf bestanden, und Luca hat es, ohne zu zögern, unterschrieben. Solange du in meiner ehemaligen Wohnung lebst und das Geschäft betreibst, darfst du kostenfrei zum Frühstücksbuffet erscheinen, zu Mittag und zu Abend essen. So viel du willst. Getränke inklusive.«

»Du hast an alles gedacht, was?« Unglaublich …

»Ich werde dich in den nächsten Tagen mit vielen Menschen aus Positano bekannt machen. Hier zählt die Gemeinschaft, und es ist wichtig, viele Kontakte zu haben.« Ja, das glaube ich ihr. Auch wenn es mich nervös macht, denn sicher werden all ihre Freunde und Geschäftspartner ein sehr genaues Auge auf mich werfen.

Ich bin die Neue. Die Fremde. Die, die ihre langjährige, geliebte Freundin ersetzen wird …

Stück für Stück.

Und irgendwann wird sie nicht mehr da sein.

Aber bis dahin werden wir zwei es ordentlich krachen lassen!

9

FRIEDENSANGEBOTE

Was für ein herrlicher Abend. Es ist spät und ich muss ständig ein Gähnen unterdrücken. Das Essen war köstlich, und Paola legt zufrieden den Löffel beiseite. Zum Nachtisch gab es einen Fruchtsalat mit einer Kugel Zitroneneis und frischen Pfefferminzblättern.

Zufrieden blickt sie auf das Meer hinaus und sagt dann: »Ich werde auf mein Zimmer gehen. Deinen Strandspaziergang lässt du aber hoffentlich nicht ausfallen?«

»Den hole ich jetzt sofort nach.« Und danach schlafe ich sicher 20 Stunden durch.

»Morgen kann das *amore al limone* geschlossen bleiben. Üblicherweise hatte ich montags und manchmal auch dienstags sowieso nicht geöffnet, da dort die meisten Touristen ab- oder anreisten. Ab Mittwoch sollte das Geschäft aber wieder offen haben.« Ich nicke.

»Ich denke, ich werde morgen ein wenig im Laden stöbern oder zumindest für den Verkauf ein paar Stunden aufmachen.«

»Schlaf dich erst einmal aus.« Paola erhebt sich und will sich verabschieden: »Ich bin sehr froh, dass du mein Angebot angenommen hast. Da weiß ich mein Herz in guten Händen.« Ihr Herz? Diese Aussage bringt mich zum Lächeln. Ich erhebe mich ebenfalls und begleite sie noch bis zum Fahrstuhl, während unser Tisch von einem Kellner abgeräumt wird. »Wenn du morgen früh hungrig bist: Ab 7:00 Uhr ist das Buffet geöffnet, bis etwa 10:00 Uhr. Aber wenn du mit einem der netten Angestellten sprichst, machen sie dir sicher auch noch etwas danach.« Ich nicke erneut. »Und lass dir ein paar Getränke und Snacks mitgeben, außer du willst dich nur von Kuchen und Keksen ernähren …« Sie lacht und wählt dann die darüberliegende Etage aus.

»Wer möchte nicht den ganzen Tag leckere Kekse essen?« Ich kichere etwas verlegen, während sich die Fahrstuhltüren schließen. Jetzt bin ich wieder allein.

Von einem der Kellner lasse ich mir tatsächlich noch zwei Flaschen Wasser reichen, die ich in meiner Küche verstauen möchte. Nachts trinke ich immer viel, und die Temperaturen hier in Positano sind noch immer herrlich sommerlich. Auch wenn sie jetzt, gegen 22:00 Uhr, bereits gesunken sind. Es ist schön erfrischend …

Nachdem ich die Flaschen in meine Küche gebracht habe, gehe ich tatsächlich Richtung Strand. Die Stufen hinab, immer schön am Geländer festhalten. Kaum erreichen meine Füße den Sand, streife ich mir beide Ballerinas von den Füßen und genieße es, ein paar Zentimeter tief einzusinken.

Ich bin wieder hier …

Lächelnd blinzele ich dem Meer entgegen. Soweit ich es erkennen kann, sind nur eine Handvoll Menschen unterwegs, um den Beginn der Nacht in Positano am Strand zu erleben. Es ist einsam hier, und doch fühle ich mich nicht so.

Meine größte Befürchtung vor der Abfahrt war, dass ich sicher zu großes Heimweh haben würde, aber es hält sich in Grenzen. Meine Familie weiß, dass es mir hier gut geht, und sicher denken sie auch mal an mich. Sie wissen, dass ich schon immer davon geträumt habe, mein Geld mit einem Café oder einer Konditorei zu verdienen, und dass Positano mein allerliebster Lieblingsort ist. Gleich dahinter natürlich Lübeck, ganz klar.

Ich schlendere durch den Sand, versuche, mich voll und ganz auf *Cittàslow* einzulassen. Ein ruhiges Leben und Arbeiten miteinander vereinen. Ohne Alltagsstress. Kummer. Sorgen. Die Seele baumeln lassen. Die salzige Meeresluft einatmen und das Meeresrauschen zu genießen.

Je näher ich dem sanften Wellengang komme, desto klarer erkenne ich eine Silhouette am Strand. Jemand steht dort und blickt hinaus in die tiefe Unendlichkeit, auf Abertausende Sterne, Millionen Lichter, ferne Galaxien und Geschichten, die vielleicht irgendwann einmal irgendwo niedergeschrieben werden, damit nachfolgende Generationen aus ihnen lernen können.

Mein Herz macht einen kleinen Hüpfer, als ich mir sicher bin, dass Luca dort steht. Sein weißes Hemd weht sanft dank der Nachtbrise, auch sein leicht lockiges Haar gibt dieser nach.

Obwohl ich nicht vorhatte, mich anzuschleichen, tue ich es dennoch. Erschrecken will ich ihn nicht, aber die Gunst der Stunde nutzen, um herauszufinden, ob ich noch immer *nicht* willkommen bin. Das würde meine angestrebte *Cittàslow* dann doch sehr trüben …

»Eine wunderschöne Aussicht«, sage ich, kurz bevor Luca die Chance hat, mich wahrzunehmen. Überrascht sieht er zu mir, und als er mich erkennt, richtet sich sein Blick wieder gen Ozean. Ich geselle mich an seine Seite und sehe auffällig zu ihm. »Paola wirkt erholt. Ich bin froh, dass es ihr so gut geht. Ich glaube, sie ist sehr glücklich darüber, dass sie jetzt in deinem Hotel wohnen und so fürstlich speisen darf.« Luca schweigt noch immer, sodass ich weiterplaudern kann: »Ich muss gestehen, dass ich etwas in Sorge um unsere erneute Begegnung war. Ich wusste nicht, wie du reagieren wirst. Wütend? Glücklich?« Nein, er regt sich nicht. Das Einzige, was sich bewegt, ist sein Hemd und auch sein Haar. »Ich kann mir schon denken, dass du wütend bist. Auf die Tatsache, dass du jetzt keine Parkplätze bekommst und zudem auch noch eine neue Nachbarin. Ich dachte, ich könnte dir aufzählen, warum ich so viel besser bin als ein Parkplatz.« Ich räuspere mich und fahre fort: »Ich brauche viel weniger Platz. Und ich mache deine Großmutter glücklich. Zudem kann ich tatsächlich gut backen und könnte dir für das Grosso viele Leckereien kostenfrei zur Verfügung stellen. Als Dankeschön, dass ich bei dir essen darf.« Das bringt ihn zum Schmunzeln.

»Also eher eine Gegenleistung?« Wenigstens sagt er endlich mal etwas.

»Mir kommen da noch weitere Ideen, aber die verrate ich dir erst, wenn du etwas netter zu mir bist.« Ich hebe wissend die Brauen und hoffe, ihn damit ein wenig locken zu können.

»Ich bin nicht wütend auf dich. Auch nicht auf meine Großmutter, falls du das denken solltest.«

»Sondern?«

»Die Parkplätze wären wichtig gewesen. Außerdem ist das *amore al limone* nicht mehr so gut in Schuss, es müsste vollständig kernsaniert werden. Neue Backöfen, neue Wände ... es wäre günstiger und effizienter, es abzureißen.«

»Paola hätte vielleicht noch ein, zwei Jahre dort arbeiten können, dann hätte ihr sicher die Kraft gefehlt. Du hast dir also Sorgen gemacht, dass sie das ganze Geld in etwas steckt, was am Ende sowieso abgerissen wird?« Er müsste doch eigentlich genug Geld haben?

»Es geht mir nicht um das Geld, welches sie umsonst ausgegeben hätte, sondern um die Sache an sich. Zum einen natürlich ihre Sicherheit, aber auch acht wertvolle Parkplätze für meine Mitarbeiter und Gäste.« Luca wendet sich mir ein Stück weiter zu. »Natürlich möchte ich, dass sie noch ein langes und erfülltes Leben hat. Auch wenn sie mich als Teufel bezeichnet, weiß ich, dass sie mich liebt. Blut ist dicker als Wasser.« Ein leicht abwertender Blick trifft mich. Schon gut, das habe ich wohl verdient. »Manchmal muss man loslassen. Aber jetzt bist du da, und sie wird weiter im Geschäft arbeiten, anstatt sich auszuruhen.« Verstehe.

»Ich werde versuchen, mich gegen sie durchzusetzen.« Dann merke ich an: »Es ist ihr Leben. Und sie liebt ihr Stübchen. Sie hat es aufgebaut und alle Rezepte mit Herzblut entwickelt. Das ist alles, was sie noch hat. Was nützt es ihr, über 100 Jahre alt zu werden, wenn sie nur noch auf dem Sofa sitzt, um Seifenopern anzuschauen? Lass ihr doch dieses bisschen Freiheit. Und wenn sie die in ihrem Geschäft verbringen möchte, so sei es.« Ich frage mich, ob es nichts gibt, das ihn antreibt. »Was ist mit dir, Luca? Was, wenn du später alt und grau bist. Gibt es nichts, was du auf keinen Fall hergeben möchtest?« Ein Beispiel: »Stell dir vor, dein Enkelkind würde dir verbieten, in der Küche zu stehen, um etwas zu kochen. Oder du dürftest nicht mehr her an den Strand kommen.« Ich seufze auf und meine: »Paola hat so vom Strand geschwärmt, als wir gemeinsam gegessen haben. Eigentlich wollte ich sie fragen, ob sie mit mir herkommen möchte, aber sie hätte es sicher nicht geschafft, die vielen unebenen Stufen hinabzusteigen.« Ich seufze auf. »Hat sie dich je gefragt, ob du ihr helfen könntest, noch einmal hierher an den Strand zu gehen?«

»Nein.«

»Hast du es ihr je angeboten?«

»Nein, was wenn sie ...«

Da unterbreche ich ihn sofort: »Wenn wir sie gemeinsam stützen und sie sich nach ein paar Stufen setzen und ausruhen kann, können wir es gemeinsam schaffen.« Mutig streife ich mit meinen Fingerspitzen über seinen Handrücken, um zu beobachten, wie er auf diese kurze Berührung reagiert. Kurz sieht er zu mir, sagt aber kein Wort, sodass ich einfach seine Hand nehme.

»Ich will nicht dein Feind sein«, sage ich dann und drücke seine Hand etwas fester. »Lass uns zusammenarbeiten. Für Paola.«

»Und was kommt danach?«, möchte Luca wissen. Ich spüre, wie er meine Hand sanft umschließt.

»Mal sehen. Vielleicht ein paar neue Blüten.«

»Blüten?«

»Ja.« Warum nicht? Wenigstens bringt ihn das zum Lächeln. Ich würde sagen, der erste Schritt ist getan.

»Blüten.« Er wiederholt dieses Wort und nickt zufrieden. Danach hebt er meine Hand und küsst meinen Handrücken. »Morgen bringen wir meine Großmutter an den Strand.« Dann lässt er von meiner Hand ab. »Genieße den Abend und hab eine gute, erste Nacht.« Für einen kurzen Augenblick sieht er hinauf zum Neumond und sagt abschließend: »Ich habe mir etwas gewünscht, das solltest du auch versuchen.«

Wir verabschieden uns mit vielsagenden Blicken und einem zarten Lächeln auf den Lippen.

Vielleicht ging mein Wunsch ja schon in Erfüllung?

Aber vielleicht war es auch seiner …

Ich bleibe noch eine ganze Weile am Strand stehen, setze mich in den Sand, kühle meine nackten Füße im Meer ab und schlendere nachdenklich von einem bis zum anderen Ende, ehe ich mich entschließe, nach oben zu gehen. An den Stufen angelangt klopfe ich mir grob die Füße sauber, ehe ich mir wieder die Ballerinas anziehe.

Mein Herz sagt mir, dass ich noch einmal mit Luca reden sollte. Mit etwas Glück ist er vielleicht noch im Restaurant.

Es gibt so viel Ungesagtes zwischen uns, und das wird mich

heute Nacht sicher nicht schlafen lassen. Also mache ich mich auf zum Grosso. Noch immer sitzen einige wenige Paare im Restaurant, welches – laut Anzeigentafel – bis 1:00 Uhr in der Früh geöffnet hat. Die Öffnungszeiten verschieben sich erst ab Mitte Oktober auf 22:30 Uhr, wenn die meisten Touristen ausbleiben. Das Grosso selbst hat tatsächlich ganzjährig geöffnet, einer der wenigen Hotel- und Gaststättenbetriebe in Positano.

Neugierig sehe ich mich um, entdecke Luca aber nicht, also spreche ich einen Kellner an, der meint, dass der Chef bereits im Feierabend sei. Ich könnte jetzt gehen, doch …

»Dann weiß ich, wo er ist, danke.« Das war sicher nicht das, was der Kellner hören wollte, aber ich kenne ja den Weg. Erstaunlicherweise hält mich auch niemand auf, als ich schnurstracks in den privaten Bereich husche und kurz darauf im Flur direkt vor seinem Apartment stehe.

Lucky me: Die Tür ist nicht abgeschlossen. Ich könnte jetzt anklopfen, aber da ich die Dusche rauschen höre, bin ich so unhöflich und trete einfach ein. Hoffentlich finde ich jetzt keine Touristin vor – das wäre wirklich extrem unangenehm.

Aber wenn ich daran zurückdenke, wie er meine Hand gehalten hat, will ich jetzt noch nicht den Abend beenden. Nicht jetzt, wo er doch gerade schön wurde …

Ich öffne also zaghaft die Tür einen Spalt weiter, horche in seine Wohnung hinein und betrete sie dann. Hinter mir schließe ich ab, nur zur Sicherheit.

Anschließend gehe ich in sein Wohnzimmer, wo ich mich neugierig umsehe. Es sieht aus wie damals, als er für mich gekocht hat.

Mist, jetzt fühle ich mich doch ein wenig schlecht. Immerhin bin ich hier sozusagen eingebrochen. Mehr oder weniger. Aber ich konnte einfach nicht anders.

Kurz gehe ich an das große Panoramafenster, welches mir einen idealen Ausblick auf den Ozean bietet, danach fällt mein Blick auf das Sofa, wo wir uns damals zum ersten Mal küssten.

Das Licht im Flur und die kleinen LED-Lichter in der Küche spenden mir genügend Helligkeit, sodass ich mich orientieren kann. Doch dann fällt mir etwas in der Küche auf, was sofort meine Aufmerksamkeit weckt.

Ich gehe auf die Kochinsel zu, wo direkt neben den frischen Kräutern das Zellophan-Beutelchen mit den Zitronenkeksen steht – genau so eines, welches ich Luca zum Abschied geschenkt hatte. Sofort nehme ich es in die Hand und betrachte es genauer. Na, so was aber auch, das IST mein Beutelchen. Die Haltbarkeit ist leider schon abgelaufen, aber er hat sie dennoch hier stehen.

Und direkt daneben, ausgepackt, aber nicht benutzt: die handgemachte Seife. Ich nehme sie in meine Hand und rieche daran. Köstlich. Ich könnte glatt hineinbeißen.

Er hat sie aufgehoben. Nicht weggeworfen, nicht benutzt, nein, sie sind beide noch hier.

Stimmt, Paola hat nur das Grosso nicht beliefert. Vermutlich hat Luca schon seit ewigen Zeiten keine Kekse mehr von ihr zu naschen bekommen.

Ich habe dich durchschaut, mein Lieber. Du hast eine sehr weiche Seite …

»Das hier ist eigentlich nicht deine Wohnung …« Als Luca das mit einem charmanten Grinsen sagt und nur mit einem Duschhandtuch um die Hüften gewickelt im Flur steht, erschrecke ich kurz. Sofort lege ich Keksbeutel und Seife zurück, da ich mich doch ein wenig ertappt fühle. »Ganz schön mutig von dir, dich an meinen Angestellten vorbeizuschleichen …«

»Mutig war das nicht.« Ich sage ihm besser nicht, dass mich niemand aufgehalten hat.

Luca trocknet sich mit einem zweiten Duschtuch, welches um seine Schultern liegt, noch die Haare.

»Du tropfst den Boden voll.« Ich blicke zu seinen nackten Füßen.

»Ich habe etwas rascheln gehört. Erst dachte ich, eine Maus hätte sich reingeschlichen. Damit liege ich wohl gar nicht so falsch

…« Er kommt näher und bemerkt, dass ich direkt neben Paolas Sachen stehe und diese wohl angerührt habe.

»Mäuse im Grosso?«, frage ich erstaunt nach.

»Ich war auch überrascht, darum wollte ich nachsehen gehen.« Luca stellt sich mir gegenüber, sodass ich einen perfekten Ausblick auf seinen Körper habe und den herrlichen Duft seines Duschgels einatmen kann. Nach Zitronen duftet er allerdings nicht, aber nach Ozean, Wellen und Pfefferminze.

»Keine Maus. Nur ich. Aber ich habe dennoch etwas gefunden, als wäre ich hungrig auf der Suche danach gewesen.« Ich nehme den Beutel Kekse an mich und hebe kurz darauf fragend die Brauen. »Du hast sie nicht gegessen, die Klammer ist noch geschlossen. Weggeworfen hast du sie aber auch nicht. Also bedeuten sie dir eine Menge. So viel, dass du sie alle behalten hast …«

Luca atmet tief durch und nickt. »Richtig. Ich war noch recht jung, vielleicht acht oder neun. Da aß ich zum letzten Mal etwas, was sie gebacken hat.« Als Luca das sagt, sehe ich eine unendliche Trauer in seinem Gesicht, welche mich zutiefst bewegt.

»Gab es Streit?«, möchte ich wissen.

»Sie war wütend auf meinen Vater, und er verbot mir, sie zu besuchen. Ich hielt mich daran. Als er starb, wäre die Gelegenheit perfekt gewesen, den Streit beizulegen, doch die Seiten waren verhärtet. Mit jedem Tag wurden die Mauern höher, die wir umeinander errichteten.« Und dass er dies bereut, ist ihm deutlich anzusehen.

»*Idiota*«, flüstere ich und lege eine Hand an seine Wange. Sie ist rau, da er sich seit ein, zwei Tagen nicht mehr rasiert hat. Kratzig. Aber ich mag das. »Diavolo …«, hauche ich an seine Lippen, ehe ich ihm einen süßen, sanften Kuss stehle.

So ein Sturkopf. Vermutlich hat er dies von Paola selbst vererbt bekommen. Aber damit ist jetzt Schluss. Die beiden werden sich versöhnen und ihre Zeit auf Erden nutzen, die ihnen geschenkt wurde. Dafür werde ich persönlich Sorge tragen.

»Normalerweise bezeichnet mich eine schöne Frau nicht als einen Idioten oder Teufel, wenn sie mich küsst.« Lucas Blick ist fragend, doch wir nähern uns zugleich ein wenig an.

»Dann wurde es aber Zeit«, provoziere ich ihn frech und weiche seinem Kussversuch jedoch aus. Ich bin schließlich nicht hergekommen, um eine zweite Nacht mit ihm zu verbringen, sondern um mit ihm zu sprechen. Als ich seine Hand nehme, sage ich: »Lass uns ins *amore al limone* gehen. Du kannst dort alles essen, worauf du Lust hast.«

Natürlich geht Luca gerne mit einem gierigen Lächeln darauf ein: »Limoncello aus deinem Bauchnabel würde ich gerne trinken.«

»Paola hat Kuchen gebacken, ganz frisch. Und leckere Zitronenkekse.« Nun schafft er es doch, mir einen weiteren Kuss zu stehlen. *Schuft*. Ich muss jetzt standhaft bleiben und darf auf keinen Fall diesem gewitzten Teufel nachgeben.

Nun, ein Kuss ist in Ordnung, aber mehr nicht.

»Bleib.« Eine Forderung, die so gar nicht zu dem passt, was er zuvor sagte. Denn seine Worte, dass ich hier nicht willkommen bin, nagen noch immer an mir.

»In Positano oder heute Nacht in deinem Schlafzimmer?« Ich ahne, was er meint, aber mir ist es wichtiger, in Positano willkommen zu sein und nicht nur in seinem Bett.

»Beides.« Luca ist damit beschäftigt, seine Hände über meine Seiten wandern zu lassen und seine Lippen auf Erkundungstour meines Halses zu schicken. So fremd wird ihm dieses empfindsame Gebiet sicher nicht vorkommen.

»Da du jetzt wach und aufnahmefähig bist, dachte ich, wir könnten miteinander reden?« Sanft schiebe ich ihn von mir, wobei meine Fingerspitzen gar nicht von ihm lassen wollen, als ich seine nackte Brust berühre. Ich ziehe sie schnell weg, bevor ich noch schwach werde.

»Okay.« Luca wirkt weder genervt noch enttäuscht, worüber ich ganz froh bin. »Wein? Wasser?«, fragt er mich dann und geht zum Kühlschrank, öffnet diesen und greift sich eine Glaskaraffe. Natürlich ist darin Mineralwasser mit Zitronenscheiben und Minzblättern.

»Gerne ein Glas davon.« Ich gehe Richtung Couch, damit ich physischen Abstand gewinnen kann. So entkomme ich seinem Duft und Charme, der mir zugleich die Sinne benebelt.

Ich setze mich, während Luca zwei Gläser mit Sprudelwasser füllt, Eis hinzugibt und daraufhin zu mir kommt. Mit etwas Abstand setzt er sich neben mich auf die Couch und reicht mir mein Getränk. Ich nehme einen Schluck und halte das Glas in beiden Händen, während ich mich ihm zuwende und ein Bein angewinkelt auf die Sitzfläche lege.

»Ich dachte, dass ich dir etwas von mir erzählen könnte. Wie ich aufgewachsen bin, was ich während meiner Teenagerzeit getrieben habe und warum ich keine Ausbildung als Konditorin absolvieren konnte.« Fragend hebe ich die Brauen und merke, dass er über dieses Angebot kurz irritiert ist.

»Nur zu.« Wenigstens ist er nicht abgeneigt.

»Damit du weißt, wer ich bin. Vielleicht glaubst du ja, dass ich nur eine gierige Frau aus Deutschland bin, die das Geld deiner Oma wollte ...« Und das möchte ich auf keinen Fall.

»Sie hat mir viel über dich erzählt«, gibt er plötzlich zu und meint: »Wie sehr du aufgeblüht bist, wie neugierig du warst und dass du anfangs das Erbe nicht haben wolltest, dann aber doch zugesagt hast. Wenn meine Großmutter sich sicher ist, dann vertraue ich ihr. Sie hat deutlich mehr Lebenserfahrung als ich. Du erhältst also einen kleinen Vertrauensvorschuss, wenn du es so sehen möchtest.« Luca prostet mir kurz zu und trinkt ebenso etwas.

»Den nehme ich gerne an. Ich möchte aber auch, dass du mich freundlich behandelst. Keine Anwälte, keine bösen Blicke, keine Feindseligkeit. Einverstanden?«

»Eine Art Waffenstillstand?« Eine seiner Brauen huscht kurz

nach oben. Wie leicht man doch an seiner Mimik erkennen kann, was er denkt.

Schmunzelnd meine ich: »Ja, das klingt doch gut, findest du nicht? Lass uns Spaß haben. Gemeinsam lachen. Zeit mit Paola verbringen. Backen. Kochen ...« Schon wieder. Seine Lippen verziehen sich für einen kurzen Augenblick zu einem Lächeln, ehe er versucht, dieses zu verbergen.

»Schon verstanden.«

»Keine Zweideutigkeiten, Mister«, weise ich ihn verlegen kichernd zurecht.

»Ich habe keine Ahnung, was du meinst ...« Wir müssen beide lachen.

Das hier gerade gefällt mir schon viel besser. Es ist locker. Leicht. Wir haben keinerlei Probleme, sondern nur Harmonie zwischen zwei Menschen, die unterschiedlicher nicht sein könnten. Aber eines verbindet uns: Paola.

Als wäre sie ein zitronengelber Faden, der klammheimlich kleine Schleifen und Verbindungen zwischen uns gesponnen hätte.

Der angenehme Abend mündet in die unbekannte Nacht. Ich will nicht gehen, obwohl ich schrecklich müde bin. Immer wieder kämpfe ich damit, meine Augen nicht zufallen zu lassen, was er natürlich irgendwann bemerkt: »Es gibt drei Möglichkeiten. Erstens: Du schläfst hier auf der Couch ein und ich decke dich zu. Zweitens: Ich bringe dich nach Hause, damit du in deinem neuen Bett schlafen kannst. Drittens: Du schläfst mit mir in meinem Bett.« Ehe ich gegen den dritten Vorschlag mit einem Lächeln protestieren kann, hebt er kurz mahnend den Finger und ergänzt: »Nur schlafen. Nichts weiter.«

»Ach ja?« Skeptisch grinse ich ihm entgegen.

»Ich bin ein Gentleman«, versichert er mir, doch sein charmantes Lächeln zaubert mir kleine Zitronenfalter in den Bauch. Meine Erinnerungen an unsere erste, gemeinsame Nacht sind sehr klar und fühlen sich an, als wäre es erst gestern und nicht viele Wochen her gewesen.

»Option drei. Aber nur, weil ich ungern hier auf der Couch schlafen oder die Treppenstufen laufen will ...« Schlaftrunken gähne ich und reibe mir die Augen. Ich bin fix und fertig. Vermutlich werde ich morgen den ganzen Tag schlafen, und Paola wird sich wundern, warum ich nicht zum Frühstück erscheine.

»Natürlich.« Luca, der seinen Arm auf der Rückenlehne der Couch gestützt hat und sich die Hand in den Nacken legt, grinst mir wissend entgegen. Noch immer sitzt er mit freiem Oberkörper da, nur mit einem Duschtuch um die Hüften gewickelt. Nur kurz huscht mein Blick über seinen Körper, mehr erlaube ich mir nicht für ein wenig Kopfkino und einen hoffentlich intensiven Traum ...

»Ein Gentleman würde übrigens der Dame das Bett überlassen ...« Elegant erhebe ich mich und werfe ihm einen vielsagenden Blick zu, natürlich garniert mit einem zarten Lächeln.

»Ein dummer Gentleman. Ein kluger hingegen wird den warmen, gut duftenden Körper neben sich genießen am und nächsten Morgen neben einer Frau aufwachen, die ausgeruht in den Tag starten kann.« Wenn er so etwas sagt, reizt es mich schon, vielleicht doch noch ...

Standhaft bleiben, Katrin!

Ich greife mir an den Rücken und ziehe mir den Reißverschluss des Kleides hinunter. Dabei gehe ich in Richtung des Schlafzimmers und sage: »Zusehen ist dem klugen Gentleman natürlich erlaubt.« Ich weiß. Es ist ganz schön gemein, aber ich bin sicher, dass es unserer Beziehung guttun wird. Immerhin lernen wir uns gerade richtig kennen, und vielleicht könnte aus uns tatsächlich irgendwann ein Paar werden.

Ich lasse das Kleid fallen, schlüpfe aus den Ballerinas und husche unter die Decke. Dort öffne ich den BH und lege ihn neben das Kopfkissen. Oh, herrlich weiches Bett! Wie angenehm es doch ist, endlich zu liegen. Ich werde sicher sofort einschlafen und ...

Luca kommt ins Schlafzimmer. Er hat überall das Licht ausgeschaltet, und nur ein paar vereinzelte Lichter Positanos spenden dem Raum etwas Helligkeit. Gerade so viel, dass ich ihn gut erkennen kann und ...

Ich schlucke. Denn er löst nun das Duschtuch von seinen Hüften, wirft es über einen Stuhl und macht es sich neben mir bequem. *Das ist echt unfair.*

»Gute Nacht.« Luca lacht leise, vermutlich ahnt er, dass ich gerade damit kämpfe, nicht doch unter seine Decke zu kriechen.

»Ein wenig Kuscheln ist sicher erlaubt?«, frage ich. Luca könnte jetzt gemein werden, aber er bleibt anständig. Sofort lüftet er seine Decke ein wenig, damit ich näherrücken kann.

»Diese Waffenruhe gefällt mir richtig gut«, meint er.

»Mir auch ...« Lächelnd lege ich eine Hand auf seine Brust und genieße seine Körperwärme. Das ist fantastisch. Viel besser hätte meine erste Nacht in Positano gar nicht verlaufen können ...

10

ZITRONENKEKSE

Am nächsten Morgen werde ich von Kaffeeduft geweckt, der mir in die Nase steigt. Blinzelnd versuche ich etwas zu erkennen, da mein Mund sich nach diesem köstlichen Geschmack sehnt. Als ich scharf sehen kann, bemerke ich Luca, der im Bett sitzt und sich gegen viele Kissen am Kopfteil des Bettes gelehnt hat. Er trinkt einen Schluck und liest zugleich ein Buch. Noch hat er wohl nicht bemerkt, dass ich aufgewacht bin.

Ich selbst fühle mich wie durchgekaut. Am liebsten würde ich jetzt noch weiterschlafen, aber wie könnte ich, wo doch heißer, italienischer Kaffee auf mich wartet?

Als ich mich bewege, erwecke ich sofort seine Aufmerksamkeit. Lächelnd reicht er mir die Tasse, sodass ich mich etwas schneller hinsetze. Dabei vergesse ich sogar für einen kurzen Moment, dass ich nur noch meinen Slip trage. Egal. Er hat mich ja längst nackt gesehen.

»Gibt es etwas Besseres, um in den Tag zu starten?«, fragt er mich und klappt sein Buch zu, welches auf dem Nachttisch landet.

»Du, neben mir?«, frage ich und leere seinen Becher.

Luca wirkt überrascht und hebt die Brauen, dann lächelt er und schlägt die Decke beiseite. Leider kann ich nur sein nacktes Hinterteil bestaunen, als er aufsteht und im Bad verschwindet. Ich nehme an, dass dies eine Einladung war?

Sofort stelle ich die geleerte Tasse auf meinen Nachttisch und ziehe meinen Slip aus. Dieser Mann gehört mir. Und auch das ganze heiße Wasser! Aber wenn er anständig bleibt, werde ich es gerne mit ihm teilen ...

Gemeinsam verlassen wir die Wohnung. Ich möchte in meine gehen, damit ich mich umziehen kann. Da es erst 9:27 Uhr ist, habe ich ja noch die Chance auf ein Frühstücksbuffet.

Womit ich allerdings nicht gerechnet habe, ist, Paola zu begegnen. Mit Luca an meiner Seite und in dem Kleid, das ich gestern Abend trug.

Sie steht vor dem Fahrstuhl, aus dem sie gerade gestiegen ist, und blickt mich überrascht an. Dann sieht sie zu ihrem Enkel und verzieht die Lippen kurz zu einem Lächeln. Kopfschüttelnd steht sie da, lacht leise und seufzt auf.

Ich kann es mir wohl in Zukunft sparen abzustreiten, dass ich Luca mag. Denn egal was ich jetzt sagen würde, Paola würde mir kein Wort glauben, dass ich nur mit ihm geredet habe. Und in seinem Bett schlief. Und wir gemeinsam duschten. Und ... wirklich nichts gelaufen ist. Kein Kuss. Nichts.

»Ich nehme an, du möchtest dich kurz umziehen gehen, bevor

du mir Gesellschaft leistest?«, fragt sie mich und räuspert sich auffällig.

Luca sagt hingegen: »Ich bin dann mal in der Küche.« *Ja, lass mich nur allein. Toller Gentleman.* Ich seufze auf.

»In etwa zehn Minuten bin ich bei dir«, antworte ich Paola, die mir einen wissenden Blick zuwirft, ehe sie ihres Weges geht und ich peinlich berührt Richtung Ausgang gehe. Ein mieses Timing.

Dennoch muss ich kichern. Verliebt. Verlegen. Mit einem flatternden Herzen.

In meiner Wohnung angekommen schreibe ich meiner Familie und meinen Freunden zurück. Ja, die Nacht war angenehm. Ja, es geht mir gut. Ja, niemand muss sich Sorgen machen, denn ich will es langsam angehen lassen. Dann ziehe ich mich um: blaues Kleid, locker sitzend, dunkelblaue Ballerinas, die Haare zu einem Pferdeschwanz gebunden.

Die Sonne wärmt Positano noch, der Morgen zeugt von einer kalten Nacht, aber bald wird der Herbst Einzug halten und das kleine Urlaubsparadies in gedeckte Farben tauchen, ehe der Winter einkehrt. Die letzten warmen Tage möchte ich noch genießen. Unbedingt.

Ich erreiche das üppige Frühstücksbuffet, an dem sich einige der Gäste laben, und bemerke Paola an ihrem vermeintlichen Stammplatz. Sie blickt auf das Meer hinaus und hat dabei ihre Hände gefaltet, auf die sie ihr Kinn bettet. Sie wirkt verträumt. Nachdenklich. Zufrieden.

Ich räuspere mich unbeholfen und nestele dabei nervös an der Rückenlehne des Stuhles herum, was sie zum Schmunzeln bringt.

»Du brauchst dich nicht zu rechtfertigen.« Mit hochgezogenen Brauen straft sie mich jedoch mit einem Blick, der mir wohl deutlich machen soll, was sie von meinem nächtlichen Ausflug in

Lucas Wohnung hält. Allerdings lächelt sie dabei, und ich glaube, dass sie mir damit eher sagen möchte: Es war so klar, dass du seinem Charme verfällst.

»Wir haben nur geredet.« So viel dazu, dass ich mich nicht zu rechtfertigen brauche.

Nur ein Glas Wasser mit Zitronenscheibe darin, das soll ihr wohl hoffentlich nicht als Frühstück dienen.

»Soll ich dir etwas bringen?«, frage ich sie, doch Paola erhebt sich und lockt mich mit einer Handbewegung.

»Nein, aber du kannst mich gerne begleiten. Sie haben Wasser- und Honigmelonen, süßen Quark und Schokoladenaufstrich.« Ach ja, für Italiener ist ein süßes Frühstück normal, während in Deutschland eher Kinder fruchtig oder schokoladig am Morgen essen, und wir Erwachsenen es eher deftig mögen.

Ich folge ihr ans Buffet, wo sich das Hotel natürlich auch auf ausländische Gäste eingestellt hat. Es gibt auch salzige Speisen wie Wurst, Käse und deutsches Brot. Na, da fühle ich mich ja fast wie in Hamburg.

Paola entscheidet sich für eine süße Waffel, Obst, Quark und ein Ei. Dieses pellt sie sogar so genau, dass es perfekt aus der Schale plumpst.

Ich hingegen wähle Brot, Käse, zwei Eier und ebenfalls Obst aus. Dazu gibt es Tee und frischen Saft. Paola beäugt meine Wahl skeptisch, sagt aber nichts dazu.

»Wir könnten Zitronenmarmelade machen«, schlage ich vor und hoffe, so die Wogen ein wenig glätten zu können.

»Oh!«, stößt sie begeistert aus. »Sehr schöne Idee. Die habe ich zuletzt im Winter letzten Jahres gemacht. Sie eignet sich sehr gut als Gastgeschenk. Im Frühjahr könntest du sie verkaufen.«

»Willst du dich ganz aus dem Geschäft zurückziehen?«, frage ich, da mir aufgefallen ist, dass sie nicht *wir* sagte, sondern den Verkauf nur auf mich bezog.

»Oh, Schätzchen …« Paola ergreift meine Hand und tätschelt

diese kurz. Sie lächelt mir kurz etwas traurig entgegen und atmet tief durch, ehe sie sagt: »Ich werde bald 97.«

Ich weiß nicht, was ich dazu sagen soll. Ihr sanftes Lächeln wirkt so voller Lebensfreude, aber zugleich wie ein Abschiedsgruß auf mich. Vielleicht glaubt sie, ihr Leben gelebt zu haben. Aber …

»Solange die Zitronenbäume blühen, ist noch viel Zeit.« Jetzt bin ich es, die ihre Hand ergreift. Und heute wird Paola nach langer Zeit mal wieder am Strand sein. Manchmal sind es Kleinigkeiten, die unser Leben bereichern.

Warum versuchen, nach den Sternen zu greifen, wenn die schönsten Sterne längst hier auf Erden an unserer Seite sind?

Nach dem Frühstück kommt Luca zu uns. Paola ist im ersten Moment überrascht, als er mit uns das Hotel verlässt. Eigentlich wollte Paola mich heute einigen wichtigen Persönlichkeiten im Dorf vorstellen – der Zeitpunkt wäre ideal. Doch an diesem wunderschönen Morgen zählt nur eines: Sie soll lachen. Strahlen. Den Sand zwischen ihren Zehen spüren. Nur das. Nicht mehr.

»Wir haben eine kleine Überraschung für dich«, plaudert Luca aus.

»Habt ihr das heute Nacht besprochen?«, fragt sie und wirft ihrem Enkel einen wissenden Blick zu, welcher ihm doch ein klein wenig die Schamesröte ins Gesicht treibt.

Ich kichere und lege eine Hand auf Paolas Rücken: »Hast du uns etwa belauscht?«

»Das war nicht nötig, man hat euch sicher im ganzen Hotel gehört. Da kann ich froh sein, dass ich nicht mehr zu gut höre …« Sie rümpft kurz die Nase, was mich erneut zum Kichern bringt.

»Ich wollte ja, aber dein Enkel war ein wahrer Gentleman«, entkräfte ich das Thema, was sie verblüfft zu Luca schauen lässt.

»Könnten wir bitte das Thema wechseln?« Er räuspert sich

verlegen und wendet sich anschließend direkt an Paola: »Katrin hatte eine fantastische Idee …«

»Wenn sie von ihr ist, ist sie mit Sicherheit gut.« Ein erneuter Seitenhieb Richtung Luca, der dies aber gekonnt wegLächelt.

»Wir möchten mit dir an den Strand gehen.« Hier, auf der großzügigen Terrasse vor dem Hotel und dem kleinen Stübchen, mit der uralten Steinmauer, hinter der sich die Treppe Richtung Strand verbirgt, im Schatten des alten Zitronenbaumes, höre ich plötzlich ein altes, schönes Herz schneller schlagen.

»Da müsst ihr den Strand schon hochbringen.« Damit lasse ich sie natürlich nicht durchkommen.

»Eine schöne Idee, aber noch besser wäre es, wenn wir dir helfen, die vielen Stufen hinabzusteigen. Luca und ich. Gemeinsam bekommen wir das hin.« Ich hake mich bei ihr ein, sodass sie Halt findet. Luca tut es mir gleich.

»Oh …« Sie merkt, dass wir es ernst meinen. »Das wird ewig dauern. Und sicher schaffe ich es nicht mehr nach oben …«, wiegelt sie erschrocken ab.

»Dann gibt es eine Strandparty mit einem hübschen Lagerfeuer«, schlägt Luca vor.

»Und Stockbrot.« Das muss einfach sein.

»Ich war schon ewig nicht mehr dort. Viele Jahre nicht …« Sie schüttelt ängstlich den Kopf.

»Dann wird es Zeit.« Ich lächele ihr vertrauensvoll entgegen, doch Paola wendet sich sofort wieder an ihren Enkel. So wie Luca schaut, ist ihm wohl bewusst, dass er nun wieder eine Schelte von ihr bekommt.

»Willst du mich die Stufen hinabstoßen, um doch noch einen Teil des Erbes zu erhalten?«, fragt sie ihn. Aber wir merken anhand ihres schelmischen Lächelns, dass sie es nicht ganz ernst gemeint hat.

»Gibt es denn da noch etwas zu holen?«, fragt Luca sie und fängt sich eine liebevolle Ohrfeige ein, die eigentlich ein Tätscheln mit anschließendem Streicheln und dickem Schmatzer ist.

»Teufelsbrut.« Ich habe es deutlich vernommen.

»Anch'io ti amo, Nonna«, ist seine Antwort. Ja, er liebt sie auch, seine Großmutter.

Stufe um Stufe geht es hinab. Luca und ich stützen Paola, so gut es geht, und die ersten Meter klappt es sehr gut. Immer wieder muss sie sich setzen, Kraft tanken, ein wenig meckern und sich beklagen – ihre Wut an Luca auslassen. Doch dann geht es weiter.

Stück für Stück. Meter für Meter. Immer tiefer hinab Richtung Strand.

Ein paar Einheimische, Touristen und auch ein paar Katzen streifen unseren Weg. Ab und an schaut sie zurück und wehklagt: »Die alte Dame muss auch wieder nach oben.« Ja, auch das wird mühselig werden. Aber ich bin mir sicher, dass jede Sekunde, die wir am Strand verbringen werden, diese Anstrengung wert ist.

Als wir die letzte Stufe erreichen, müssen wir drei uns setzen. Ich bin vollkommen verschwitzt und außer Atem. Luca und natürlich auch Paola ergeht es da nicht anders.

»Geschafft …« Klugerweise habe ich einen Beutel mit Getränken mitgenommen, sodass wir uns erfrischen können. Anschließend ziehen wir unsere Schuhe aus und helfen Paola, aus ihren zu schlüpfen. Als wir ihr hochhelfen und sie barfuß in den Sand eintaucht, gluckst sie vor Freude auf. Eine alte Dame verwandelt sich in ein junges Mädchen. Glück vermischt sich mit Unglauben.

Sie geht ein paar Schritte und benötigt unsere Hilfe nicht weiter, als hätten der Sand und die Nähe des Meeres Kräfte in ihr geweckt, von denen sie nicht einmal selbst etwas geahnt hatte.

»Komm«, sagt Luca und streckt seine Hand nach mir aus, die ich gerne annehme. Wir schlendern hinter Paola her, erfreuen uns an ihrem Glück und begleiten sie bis zum Meer.

»Kalt ist es geworden, aber erfrischend«, stößt sie begeistert aus, als unsere Füße von den Wellen geküsst werden. Das Meer streichelt unsere Körper, erfrischt sie und scheint uns zur Begrüßung zu umarmen. Ich liebe es, wenn der Wind durch mein Haar streift. Er ist so sanft ...

Als ich das denke, wandert mein Blick zu Luca, der Paola betrachtet und anschließend zu mir sieht. Ja, es war eine gute Idee. Und ich hoffe inständig, dass wir dies noch oft wiederholen können.

Wir bleiben für etwa drei Stunden am Strand. Genießen das Wellenrauschen, die Möwen, die umherfliegen, belauschen ein paar Touristen und atmen die angenehm frische Meeresluft ein. Dabei schweigen wir. *Cittàslow*.

Es dauert deutlich länger, die Stufen wieder nach oben zu gehen. Aber auch wenn es mühsam ist, so strahlt Paola die ganze Zeit über, was auch mein Herz mit Freude erfüllt.

Als wir oben ankommen, verabschiedet sie sich von Luca und mir, da sie auf ihr Zimmer möchte. Es war doch sehr anstrengend, und sie möchte ein langes Mittagsschläfchen halten.

»Sei anständig zu Katrin, hörst du? Wehe, mir kommen Klagen zu Ohren.« Paola hebt mahnend ihren Zeigefinger, ehe sie in den Fahrstuhl steigt und sich die Türen schließen.

»Ja, hast du gehört? Du musst anständig zu mir sein, sonst gibt es Ärger für dich.« Natürlich provoziere ich Luca nur allzu gern, als wir allein sind. Nur die Kellner und ein paar Gäste sind in der Nähe, beachten uns aber nicht weiter.

»Es kommt darauf an, wie du es interpretierst«, meint er und bietet mir daraufhin an: »Was hältst du von einem guten Mittagessen?« Kurz huschen seine Brauen hoch.

»Du willst für mich kochen? Klingt verlockend.« Das nehme ich gerne an.

»Heute Abend. In meinem Apartment. Für heute Mittag

möchte ich dich lediglich einladen.« Verstehe schon. Gewieft ist er ja, das muss ich schon sagen.

»Du kleiner Fuchs …«

»Such dir bitte schon mal einen Platz aus, ich möchte noch kurz nach meiner Großmutter sehen. Wäre ich mit ihr hoch gefahren, hätte sie mir sicher eine verpasst. Aber ich möchte sicher sein, dass sie wohlbehalten in ihrem Zimmer angekommen ist.« Luca holt den Fahrstuhl, was mich zum Lächeln bringt.

»Ich bin an unserem Stammplatz. Wasser mit Zitronenscheibe?« Ich könnte ja schon mal ein paar Getränke ordern. Luca nickt und steigt in den Aufzug, sodass ich mich auf den Weg machen kann.

Ein paar Minuten später kommt ein Kellner mit unseren Getränken. Luca hat sich ein wenig verspätet und wirkt etwas zerstreut, doch sein breites Lächeln kann er nicht verbergen.

»Ich hoffe, es ist alles in Ordnung?« Ich gehe davon aus, aber nachfragen kostet schließlich nichts.

Luca nimmt mir gegenüber Platz, nickt und winkt einen seiner Mitarbeiter heran. »Ja, sie hat mir nur eine Standpauke gehalten, warum ich ihr hinterherschnüffeln würde. Sie war nämlich gerade dabei, ihre Zimmertür zu schließen.« Ja, das passt zu Paola.

Ich kichere und nippe an meinem Wasser, während eine sanfte Mittagsbrise durch mein offenes Haar streichelt.

Der herbeigeeilte Kellner reicht uns die Speisekarten, sodass ich mir ein Menü aussuchen kann.

»Wenn du mich heute Abend bekochen willst …«, beginne ich, doch Luca ist so frech, mich zu unterbrechen. Allerdings lässt mich sein Angebot erneut grinsen.

»Ich könnte dir auch Frühstück machen, wenn du über Nacht bleiben willst.« Das war *so* klar.

»Hat Paola nicht gesagt …?« Ich lasse das mal so stehen und

werfe ihm einen wissenden Blick zu, allerdings kann ich nicht anders, als ihn dabei herausfordernd anzulächeln.

Es knistert. Und es gefällt mir, dass zwischen uns die Funken sprühen. Sich zu verlieben ist eine aufregende Zeit voller Neugier, Forscherdrang und Erfahrungen sammeln. Es ist lange her, seit ich zuletzt dieses aufregende Kribbeln verspürt habe, das nicht nur nach Abenteuern ruft, sondern nach etwas, das lange anhalten könnte. Eine Art Startschuss in ein Leben, das ich nicht mehr allein bestreiten möchte, sondern mit jemandem an meiner Seite verbringen möchte, der mich zum Lächeln bringt.

Noch werde ich mein Vorhaben verschweigen. Auch Luca muss nicht alles gleich erfahren. Erst will ich mir sicher sein, und dann schlage ich ihm vor, was ich mir ausgedacht habe.

Wir bestellen etwas Leichtes zum Mittag und plaudern ein wenig. Danach verabschiede ich mich von ihm, da Luca noch so einiges im Hotel zu tun hat und ich mich endlich mal um das *amore al limone* kümmern sollte. Ich will noch bis Mitte November geöffnet haben, dann schließe ich es und fahre zurück nach Deutschland. Im nächsten Jahr will ich es dann renovieren und hoffe, dass es im neuen Glanz – aber mit altem Charme – erstrahlen wird.

Ich stehe im Eingangsbereich meines kleinen Stübchens, während die frische Meeresbrise den Verkaufsraum erfüllt. Das gehört jetzt alles mir, ich kann es kaum glauben. Jedes Regal, jedes der einzigartigen Rezepte, welche Paola über Jahre oder gar Jahrzehnte perfektioniert hat. Freude mischt sich mit Sorge, denn was, wenn ich ihr nicht gerecht werden kann? Was, wenn ich sie enttäusche und ihre Kekse, der leckere Kuchen oder die anderen Kreationen nicht so gut gelingen werden wie aus ihrer Hand? Was, wenn sich die Gäste, die Touristen oder Hotels von mir abwenden? Natürlich wäre es schön, wieder bei meiner Familie in

Lübeck zu sein, da ich sie jetzt schon vermisse. Aber mein Abenteuer hat gerade erst begonnen!

Ich schüttele mich kurz und gehe dann nach oben, um mein Handy von der Ladestation zu holen. Dann starte ich die Videoaufnahme und filme das *amore al limone*.

»Das ist das Stübchen, ist es nicht hübsch? Von da vorne kommt man rein, direkt daneben ist die Kasse. Hier drüben, der Kasse gegenüber, die lange Regalfläche, wo die Marmeladen, Kerzen, Seifen und der Limoncello stehen. Auf der anderen Seite, hier bei der Kasse, stehen die ganzen Kekse. Sie sind frisch gemacht und halten sich etwa fünf Tage bis vier Wochen, je nachdem ob es eine Füllung gibt oder nicht.« Ich gehe dabei durch den Raum und filme fleißig weiter. »Die Seifen riechen so gut, dass ich am liebsten reinbeißen würde.« Ich muss lachen – zugleich aber weckt es auch meine Erinnerung. War da nicht was? Seltsam. Vielleicht liegt es nur daran, dass Luca die Seife von Paola aufgehoben hat. »Und hier ist der Kühlbereich für die frischen Torten und Kuchenstücke. Das möchte ich auf jeden Fall ausbauen.« Ich betrete die Backstube im hinteren Bereich. »Hier geht es nach oben in die Wohnung, dahinter gibt es auch eine Tür, die nach draußen führt, welche man im Notfall nutzen könnte. Na ja, und hier ist der magische Ort, an dem gebacken wird.« Neue Öfen müssen her, neue Tische. Es gibt viel zu tun.

Ich versende das Video an Freude und Familie, damit diese noch wissen, dass es mir gut geht. Ich werde mit Nachrichten bombardiert, was sich einerseits sehr gut anfühlt, da ich vermisst werde, andererseits hält es mich gerade davon ab, wichtige Dinge zu tun.

Mittels Laptop, den ich mit in den Kassenbereich genommen habe, mache ich eine Druckerei ausfindig. Dank meiner Photoshop-Skills kann ich ein Plakat gestalten, welches ich dort drucken lasse. Heute Nachmittag werde ich es abholen fahren. Währenddessen richte ich eine Instagram- und Facebookseite ein, schieße eine Menge Bilder, starte Storys und kündige einen Schlussverkauf an. *Alles muss raus!*

»Hallo!« Ich schrecke hoch, als zwei Kundinnen das Geschäft betreten. Es sind zwei Touristinnen aus Dänemark. Wir verständigen uns auf Englisch, während sie sich umsehen und ich ihnen anbiete, auch etwas per Post versenden zu können.

Meine ersten Kunden. Sie haben eine ganze Menge eingekauft, da sie heute abreisen wollen und noch ein paar Geschenke brauchten. Fast 120 Euro wandern in die Kasse. Damit habe ich auch mein erstes, eigenes Geld verdient. Kaum sind die Kunden weg, blicke ich auf die Geldscheine und freue mich, dass ich von nun an behaupten kann, dass es funktioniert. Na ja, es ist ein kleiner Anfang, aber immerhin ist er gemacht.

»Guten Tag«, höre ich es plötzlich auf Deutsch, mit starkem Akzent. Ich blicke hoch und sehe Luca im Eingangsbereich stehen. Das überrascht mich dann doch. Er klingt ganz anders, als wenn er italienisch spricht.

»Hast du das extra für mich gelernt?«, frage ich und klappe den Laptop zu.

»Ich kann noch ein paar andere Worte sagen. Hauptsächlich welche aus der Gastronomie.« Dann räuspert er sich und sagt: »Schnitzel. Bier. Bezahlen bitte. Danke. Schönen Tag.« Er muss lachen, als er das sagt, und ich lache gerne mit. Sein Akzent klingt verdammt niedlich.

»Nicht schlecht«, sage ich flirtend und sehe auffordernd zu ihm, als Luca sich mir langsam nähert.

»Ein seltsames Gefühl, hier zu sein und nicht gleich angegriffen oder beschimpft zu werden.« Luca grinst und stellt sich mir gegenüber vor den Kassenbereich.

»Ich kann dir versprechen, dass es so bleiben wird, wenn du dich benimmst und nett zu mir bist.« Da ist es wieder: das Knistern. Das schöne Bauchkribbeln. Das Zittern im ganzen Körper. Das kleine, magische Feuerwerk in meinem Kopf, und ein Herz, das flüstert: *Zitronen.*

Zitronen?

Ja, seltsam. Wenn ich an Luca denken muss, sehe ich Zitronen vor mir. Begeistert strahle ich ihn an, denn ich glaube so langsam, zu verstehen …

»Ich habe erlebt, wie laut und energisch du sein kannst. Wenn du mich so süß anlächelst, gefällt mir das viel besser«, sagt er und kommt zu mir hinter die Kasse.

»Oh ja, du musst schön vorsichtig sein. Leg dich nicht mit mir an …« Ich muss kichern und weise ihn dieses Mal nicht zurück, als Luca sich zu einem Kuss nähert. Auch wenn es nur ein sanfter, hauchzarter Kuss ist, so bringt er meinen Körper damit zum Erschaudern.

»Ich muss mich bei dir entschuldigen«, beginnt Luca, was mich dann doch überrascht. »Ich habe nicht viel Gutes von dir gehalten, aber meiner Großmutter geht es blendend. Sie hat viel mehr Energie und regt sich nicht mehr so viel auf.« Luca schmunzelt. »Was hauptsächlich an mir lag, aber auch daran, dass sie jetzt endlich ihren Lebensabend genießen kann.« Luca lehnt seine Stirn an die meine, während wir uns an beiden Händen halten.

»Sie hat ihren Traum verteidigt. Ich werde ihn in Ehren halten, damit sie sich keine Sorgen machen muss.«

»Danke. Auch wenn das leider heißt, dass ich keine Parkplätze bekomme. Aber im Tausch dafür halte ich eine wundervolle Frau im Arm.« In diesem Moment löst er seine von meinen Händen und legt sie an meine Hüften. Ein intensiver Kuss raubt mir die Sinne, als wenn ich schmelzen würde …

»Typisch Italiener. Ihr seid echte Weltmeister im Flirten«, sage ich und löse mich vorsichtig von ihm, ehe ich mich noch vergesse und den Laden abschließen muss.

Als kleine Ablenkung schaue ich auf mein blinkendes Smartphone. Meine Mutter hat mir geschrieben: »Das gibt es ja nicht! DAS ist das Geschäft? Ich habe dir ein Video geschickt, lad es runter und sieh es dir an!«

Irritiert lese ich Luca die Nachricht vor und meine: »Was hat sie denn?« Sie wirkt ganz schön aufgeregt, sodass ich mich hinter die Kasse setze, den Laptop wieder aufklappe und in den Mails nach ihrer schaue. Dort hat sie mir einen Downloadlink geschickt, sodass ich mir das 890MB-Video runterladen kann. »Na, da bin ich ja mal gespannt ...«, murmele ich.

Luca schnappt sich den zweiten Hocker und setzt sich neben mich. Als das Video heruntergeladen ist, schreibt meine Mutter mir noch einmal: »Hast du es schon angesehen?«

»Nein, noch nicht, wir sind gerade dabei«, beruhige ich sie mit einer Sprachnachricht.

Ich klicke das Video an, sodass es abgespielt wird. Sofort weite ich überrascht meine Augen, denn darauf bin ich als kleines Mädchen zu sehen. Weißes Kleid, offenes, langes Haar und ein freches Grinsen.

»Das kannst nur du sein«, sagt Luca lachend, doch als die Kamera herumschwenkt, sehen wir beide, dass die Aufnahmen hier aus Positano stammen.

»Das ist eines der alten Urlaubsvideos. Ich kann mich daran gar nicht erinnern, also weder an das Video noch an die Zeit damals. Schade ...« Die Aufnahmen müssten knapp 20 Jahre alt sein.

»Eine glückliche Familie«, kommentiert Luca, während mein Vater die Kamera immer wieder zu uns Kindern und meiner Mutter schwenkt.

»Wir waren so laut damals ...« Es ist mir ein bisschen peinlich, mich selbst zu sehen, wie ich aufgeregt die Treppen hoch und runter flitze, versuche, mit einer Katze zu spielen und meine Schwestern ein wenig Mühe mit mir kleinem Wildfang haben.

Doch dann sehe ich das Grosso und auch das Stübchen im Hintergrund.

»Das gibt es ja nicht, sieh mal! Wir waren damals dort!«, stoße ich überrascht aus, doch als ich sehe, wie wir damals sogar in das Geschäft gehen, verschlägt es mir die Sprache.

»Wahnsinn«, murmelt Luca, denn kurz darauf ist Paola zu sehen, die sich sehr darüber freut, drei wilde Mädchen in ihrem Stübchen zu haben. Sie lacht fröhlich und begrüßt meine Eltern herzlich. Wir Mädchen bekommen sogar ein paar Kekse geschenkt. Und dann …

»Moment mal …«, sagt Luca und deutet auf den Jungen im Hintergrund, der sich etwas scheu aus der Backstube wagt. »Das bin ja ich!«

Für einen Moment starren wir uns ungläubig an, bis wir das Video weiterschauen. Meine Eltern kaufen etwas ein, während man Luca und mich als Kinder sieht. Ich teile meinen Keks mit ihm, während meine Schwestern durch den Laden laufen.

Und dann hört man meinen Vater sagen: »Sie werden viel zu schnell groß. Hey, Katrin, nicht mit dem Jungen flirten … der will sonst mit nach Deutschland kommen.« Mein Vater lacht, während ich zu meinem Vater sehe, kichere und dann erneut zu Luca schaue. Wir kichern gemeinsam. »Verdreht sie schon als Mädchen den Jungs den Kopf. Hey, dafür bist du zu jung …« Mein Papa lacht erneut und schwenkt dann die Kamera zu meiner Mutter. »Das hat sie wohl von dir geerbt bekommen …« Meine Mama schüttelt nur mit dem Kopf und entdeckt dann die süße Szene.

»Ach, ist das nicht süß? Schade, dass wir heute schon abreisen«, sagt sie, während mein Vater Luca und mich weiter filmt. Paola kommt dazu und schenkt mir ein Stück Zitronenseife. Dann sagt sie etwas auf Italienisch, was ich als Kind natürlich nicht verstehen konnte.

»Das ist Seife. Nicht zum Essen, auch wenn es gut riecht.« Paola macht dabei eine Handbewegung, als ob sie etwas zu ihrem Mund führt und reinbeißt. Ich sehe fragend zu dem Stück Seife und … beiße rein.

»Katrin! Das ist doch Seife!« Die Kamera wackelt und Gelächter bricht aus. Man sieht, wie ich das Stück ausspucke, der kleine Luca lacht und Paola ein wenig hektisch wird.

»Bäh, das schmeckt scheußlich!«, hört man mich sagen, während alle um uns herum lachen. Dann bricht das Video ab.

»Ich erinnere mich …«, stößt Luca aus und sieht überrascht zu mir. »Großmutter sagt noch heute zu den Kunden, dass die Seifen gut riechen, aber man nicht hineinbeißen soll, weil ein Mädchen damals in die Seife gebissen hat. Das warst du?« Luca schweigt kurz, ehe er zu lachen beginnt und ich mich anschließen muss.

»Ich weiß nur noch, dass sich meine Familie lange darüber lustig gemacht hat, dass ich angeblich Seife gegessen habe, aber ich weiß das hier nicht mehr …« Ich war wohl zu klein. »Wir haben es auf Video. Unsere erste Begegnung.«

Schicksal

Luca küsst meine Wange und meint: »Die kleine Seifenesserin. Du warst das also. Und jetzt bist du hier.« Er schüttelt kurz den Kopf, freut sich dann aber: »Als wärst du beim ersten Bissen auf den Geschmack gekommen.«

»So wie ich da herumgrinse, wohl eher auf deinen Geschmack. Ich himmle dich ja total an.« Ich spule noch mal zurück und halte dann das Bild an, wo wir uns als Kinder direkt in die Augen schauen. »Meine Mutter wollte die alten Kassetten digital speichern, dabei ist sie wohl auf das Video gestoßen. Das ist echt verrückt. Wow.« Ich muss kichern. »Wie niedlich du bist. Den frechen Blick hattest du schon damals«, stelle ich fest.

»Danke für den Keks. Du hast mit mir geteilt.« Luca blickt verliebt zu mir und gesteht mir dann: »Kurz nach dieser Aufnahme kam mein Vater, und das Verhältnis zu meiner Großmutter wurde schwierig. Schon dort war es angespannt. Es hat mir viel bedeutet, dass du den Keks mit mir geteilt hast, weil sie mir nichts mehr geben wollte. Dabei habe ich ihre Kekse geliebt.« Was sagt er da?

»Warum hat sie das an dir ausgelassen, wenn sie doch Streit mit deinem Vater hatte?«, möchte ich wissen.

»Ich hielt zu ihm, liebte aber auch meine Oma. Ich stand zwischen den Stühlen.« Luca überlegt kurz und sagt daraufhin: »Ich glaube, das war das letzte Mal, dass ich einen ihrer Kekse gegessen habe.«

»Warum hast du keinen von denen probiert, die ich dir gegeben habe?« Die Vergangenheit hat sich wiederholt.

»Es wäre Betrug.«

»Wie meinst du das?«

»Wenn ich einfach herkomme, mir Kekse nehme und sie esse, würden sie mir nicht schmecken. Aber wenn sie mir welche gibt, damit ich sie kosten kann ... es ist etwas anderes.« Ich bemerke, wie Lucas Blick durch das Geschäft schweift. Dabei nehme ich seine Hand, sodass sich unsere Blicke wieder treffen.

»Paola und du, ihr seid hier jederzeit herzlich willkommen. Ganz allein werde ich es nicht schaffen. Niemals. Ich brauche eure Hilfe. Und ich bin sicher, dass Paola bemerken wird, dass du dich auch verändert hast.«

»Ich habe mich verändert?«, fragt Luca überrascht nach.

»Du scheinst langsam zu verstehen, wie wertvoll die Zitronen für unsere Herzen sind.« Dabei tippe ich mit meinem Zeigefinger auf seine Brust. Sanft, aber beständig. Sein fragender Blick hingegen macht mir deutlich, dass er es noch nicht bemerkt hat, dass sein Herz seinem Verstand ein Stück weit voraus ist. »Du musst nur lernen, sie wieder zu schmecken.« Doch auch mit dieser Aussage ernte ich einen irritierten Blick. »Mit dem Herzen.« Na?

»Mit dem Herzen Zitronen schmecken?« Er legt seine Hand an meine Stirn. »Junge Dame, Sie gehören ins Bett.« Frech grinsend erhebt er sich und will mich in seine Arme nehmen.

»Hey, der Laden ist noch geöffnet!« Ich lache und wehre mich ein Stück weit, doch Luca schafft es, mich hochzuheben, als würde er mich über eine imaginäre Schwelle hier im Geschäft tragen wollen. Dann setzt er mich wieder ab, aber behält mich fest in seinen Armen.

»Du bist die Besitzerin. Schließ ab ...«, raunt er an meine Lippen und küsst mich daraufhin erneut. Wie soll ich seinem Charme bitte nicht erliegen?

»Und das während der Öffnungszeiten?«, ertönt eine überrascht klingende, weibliche Stimme, die dafür sorgt, dass Luca den Kuss sofort löst.

Schmunzelnd sehe ich zu Paola, die sich auffällig räuspert und ihrem Enkelsohn einen wissenden Blick zuwirft. Als hätte sie es geahnt, dass er mich ablenken würde.

»Ein ungewohntes Gefühl, dich hier zu haben, ohne dir etwas an den Kopf werfen zu wollen«, gibt Paola zu und sieht sich andächtig im Geschäft um.

»Stimmt, jetzt wo du es sagst ...« Luca räuspert sich und möchte gehen. »Es ist noch einiges zu tun. Ich werde mich an die Buchhaltung machen.«

»Ohne Füllung. Ohne Glasur. Richtig?«, fragt Paola ihn plötzlich und betrachtet Luca fragend. Dieser bleibt stehen und zögert, ihr zu antworten. »Kümmere du dich um die Buchhaltung, Katrin und ich werden jetzt noch ein wenig backen.« Daraufhin schaut sie zu mir und winkt mich herbei. »Es wird Zeit, Positano mit gutem Keksduft zu erfüllen.«

Lächelnd folge ich ihr und werfe Luca einen knappen Blick zu, der ihn wissen lassen soll, dass man Paola besser nicht widerspricht. Außerdem glaube ich, dass sie speziell für ihn backen möchte und dass Luca das sehr wohl verstanden hat.

In der Backstube helfe ich, soweit sie mich lässt. Mir fällt jedoch deutlich auf, dass Paola die ganze Zeit über ein Lächeln auf den

Lippen hat und das meiste selbst tun möchte, sodass ich nur hinter ihr her putze und mich darüber nicht beklage.

Als die Kekse im Ofen sind, bitte ich sie nach vorn, da ich ihr auch das Video zeigen möchte.

»Du hast Luca und mich belauscht, richtig?«, frage ich sie und rücke ihren Hocker zurecht, sodass sie sich setzen kann.

»Wäre ich am Strand gewesen, hätte ich euch sicher auch bis dahin gehört.« Ihr Blick ist ein wenig vorwurfsvoll, doch dann scheint sie sich zu besinnen und lächelt knapp. »Du scheinst verstanden zu haben, warum ich wütend auf ihn bin. War.« Paola verbessert sich.

»Ich glaube, tief in seinem Innersten hat er es immer geahnt, aber er hat es verdrängt. Es war sicher nicht leicht für ihn, zwischen seinen Eltern und dir zu stehen. Und dann kam der Streit zwischen zwei sturen Italienern, die beide ein Herz aus Zitronen haben, wobei du ein großgewachsener Zitronenbaum bist und er ein Kern, der noch nicht eingepflanzt wurde.« Paola hebt ihre Brauen, als ich das sage, und nickt. »Ich bin ein Glas Wasser, aber ihm fehlt die Erde.«

»Ich rücke gerne etwas zur Seite, damit er dort wachsen kann.«

»Es wird nicht leicht, wenn er in deinem Schatten wachsen soll, aber er wird bei Sturm und großer Hitze geschützt sein, immer zu dir aufblicken und irgendwann stolz auf seine tiefen Wurzeln sein, die ihn niemals entwurzeln lassen.« Ich lege eine Hand auf ihre Schulter, die Paola kurz tätschelt.

»Du liebst es wohl auch, in Rätseln zu sprechen, mh?«

»Manchmal fällt es uns schwer, zu sagen, was unser Herz bewegt. Da sind Metaphern eine gute Art jemandem zum Nachdenken zu bewegen.« Ich deute auf den Laptop: »Meine Mutter hat mir heute ein Video geschickt. Es ist fast 20 Jahre alt. Damals waren wir in Positano und mein Papa hat alles gefilmt. Eine Stelle möchte ich dir zeigen ...«

Ich bin ganz schön aufgeregt und Paola rückt etwas näher, sodass sie den Bildschirm scharf sehen kann.

»Das kleine Mädchen bin ich«, deute ich an, als das Video abgespielt wird.

»Positano sieht noch aus wie damals«, gluckst sie erfreut und ist mehr als überrascht, als wir das Stübchen betreten. »Das gibt es ja nicht, bin ich das etwa?« Sie lacht und schlägt die Hände vor ihrem Gesicht zusammen. »Wie jung ich da aussehe und …« Luca ist zu sehen. Sie faltet ihre Hände und atmet tief durch. »Mein kleiner Engel!« Über diesen Ausdruck bin ich mehr als verwundert, doch ich freue mich zugleich auch darüber. Freudentränen kullern ihr über die Wange, als sie den kleinen Luca sieht, der von mir ein Stück Keks abbekommt. »Und du bist das Mädchen? Dann habt ihr euch als Kinder getroffen …«, schluchzt sie, während ich einen Arm um sie lege.

»Ja, das bin ich. Luca hat mit mir gesprochen, aber ich konnte ihn nicht verstehen.« Als man sieht, wie ich in die Seife beiße, bricht sie in Gelächter aus.

»Du bist das Mädchen!« Und diesen Ruf werde ich wohl nicht mehr loswerden …

»Darf ich es noch einmal sehen?«, fragt sie aufgeregt, als das Video endet.

»Die Szene, wo ich in die Seife beiße?«

»Alles«, bittet sie mich. Kein Problem. Ich starte das Video erneut. Es geht ja nur ein paar Minuten, doch die erfüllen Paola mit so viel Glück, dass es auf mich übertragen wird.

»Es ist so schön«, sagt sie aufgeregt, als wir es immer wieder angeschaut haben. Zwischendurch habe ich die Kekse aus dem Ofen geholt, damit sie nicht verbrennen. Dann wäre diese Aktion vollkommen umsonst gewesen.

»Ich brauche auch einen Computer«, sagt sie plötzlich.

»Ich kann ein paar Bilder machen, sie dir ausdrucken.«

»Nein, ich möchte das Video sehen. Immer und immer wieder.« Auch das lässt sich regeln.

»Ich kann dir ein Tablet kaufen, dann richte ich es dir so ein, dass du es dir ansehen kannst, wann immer du möchtest.« Und so kommt ein Hauch Technik in die Hände einer alten, glücklichen Dame. »Ich wollte gleich die Plakate aus der Druckerei abholen, dann kann ich dir auch ein Tablet kaufen.«

»Ist das nicht zu teuer?«, fragt sie mich aufgeregt.

»Du hast mir ein Geschäft geschenkt und jede Menge Geld. Ich glaube, das kann ich entbehren …« Ich umarme sie und will mich dann auf den Weg machen. »Die Kekse müssen noch etwas abkühlen, aber wenn du Luca siehst, wird er sich sicher darüber freuen, wenn du ihm diese persönlich überreichst.«

»Heute Abend, wenn wir gemeinsam essen.« Doch dann fragt sie mich: »Außer, ihr möchtet allein sein?«

»Um nichts auf der Welt würde ich ein Abendessen mit dir verschieben oder ausfallen lassen wollen«, sage ich dann und krame meine Sachen zusammen. »Ich werde zu Fuß gehen, es sind etwa zwei Kilometer Schleichweg. Vermutlich bin ich so in zwei, drei Stunden zurück.« Bevor ich jedoch gehe, erkläre ich Paola, welche Knöpfe sie drücken muss, um das Video erneut abzuspielen. Das klappt gut, sodass ich ruhigen Gewissens das Geschäft verlassen kann.

Einmal quer durch Positano, den Weg nach oben. Hunderte Stufen und schmerzende Waden. Ich muss unbedingt mehr Sport treiben – oder jeden Tag zu diesem Geschäft laufen.

Oben angekommen hole ich die Plakate ab und frage nach einem Geschäft, wo ich ein Tablet kaufen kann. Dafür geht es natürlich gleich in die andere Ecke Positanos. Natürlich. Warum nicht. Zumindest habe ich so einen schönen Spaziergang gemacht und die Stadt etwas besser kennengelernt.

Zeit, um Sprachnachrichten abzuhören, habe ich auch noch – und, um meiner Mutter zu antworten: »Hey Mama, ich habe das Video gesehen. Das ist echt verrückt … ich dachte, ich sehe nicht richtig. Das ist genau das Geschäft, was Paola mir geschenkt hat. Ich habe ihr das Video gerade gezeigt und sie ist überglücklich, es gesehen zu haben. Sie konnte sich sogar an mich erinnern, weil ich wohl das einzige Kind war, das je in ein Stück Seife gebissen hat …« Ich muss lachen. »Und der kleine Junge auf dem Video, das ist Luca. Ihr Enkelsohn.« *Was soll ich ihr sagen? Die Wahrheit?*

»Ihm gehört das Hotel direkt neben meinem Geschäft. Ein verrückter Zufall, nicht wahr?« Ich scheuche meine Mutter lieber nicht auf, sonst fliegt sie noch gleich heute mit meinem Vater hierher und schnappt sich Luca, um ihn auszuquetschen. Und aktuell weiß ich ja selbst noch nicht, wohin meine Reise mit ihm gehen wird …

Als ich gegen 19:00 Uhr zurück im *amore al limone* bin, kommt direkt nach mir Luca hinzu. Paola sitzt noch immer vor dem Laptop und freut sich.

»Zufall oder stalkst du mich?«, frage ich Luca, der gleich hinter mir steht und fragend zu mir sieht.

»Zufall mit ab und an hinsehen, wo du bleibst«, gibt er zu.

»Es waren noch ein paar Touristen da, das Geld ist in der Kasse«, äußert Paola sich knapp und klappt dann den Laptop zu. »Ein tolles Gerät, die heutige Technik ist schon etwas Feines.«

»So wie dieses Tablet hier«, sage ich und präsentiere ihr ein edles in Weiß. Neu und unbespielt. »Ich werde dir alles Notwendige installieren und dann das Video darauf abspeichern.« Natürlich gibt es auch passende Kopfhörer dazu, falls sie diese benutzen möchte.

»Ach, mein kleiner Engel!« Sie lacht, erhebt sich und herzt mich. Daraufhin geht sie zurück an die Kasse und holt einen großen Beutel mit Keksen hervor. »Aber nicht vor dem Essen naschen!« Sogar eine Schleife hat sie gebunden. Luca nimmt die Kekse an und kämpft mit seinen Emotionen.

»Ich werde darauf achten«, verspreche ich ihr.

»Gut, gut. Die Küche habe ich in der Zwischenzeit aufgeräumt. Du musst das Geld noch zählen. Die Kasse machen. Ich gehe mich dann frisch machen und umziehen. In einer Stunde, an unserem Tisch? Wir drei?« Paola sieht knapp zu mir, während Luca schweigend neben mir steht.

»Ja, sehr gern. Bis gleich.« Sofort gehe ich hinter die Kasse, während Paola das Geschäft verlässt. Luca betrachtet die Kekse andächtig und atmet angespannt ein, ehe er die Schleife öffnet und anschließend seine Nase in den Beutel steckt, um den herrlichen Duft in sich aufzusaugen.

»Wie damals«, sagt er mit leiser Stimme und lächelt gedankenversunken.

»Sie schmecken bestimmt auch noch genau so ...«, sage ich und komme etwas näher. Für Luca ist dies sicher ein sagenhafter Moment, und ich bin froh, ihn miterleben zu dürfen. Es ist nur schade, dass Paola einfach gegangen ist, aber so, wie ich sie kennengelernt habe, wird sie nicht wollen, dass Luca sie nun sieht. Sicher verliert sie gerade ein paar Tränchen, und sie zeigt sich nur ungern von ihrer schwachen Seite.

Zögernd greift Luca sich einen Keks und hält ihn mir dann hin: »Teilen wir?« So wie damals.

Ich kichere und breche ein kleines Stück ab, das ich mir sofort in den Mund stecke. Himmlisch. »Sie sind perfekt.« Während ich noch kaue, führt er die größere Hälfte des Kekses an seine Lippen. Dann beißt er ab, schließt die Augen und genießt ihn. Sein Lächeln verrät mir sofort, dass er sich gerade an viele schöne Momente aus seiner Kindheit erinnert.

»Sie schmecken noch genau so gut wie damals. Als wäre ich wieder ein kleiner Junge ...« Als Luca seine Augen öffnet und zu mir sieht, kann ich nicht anders als ihn zu küssen. Er sagt daraufhin jedoch: »Willst du mit den Keksen konkurrieren?« Wir müssen beide lachen, während ich meine Hände um seinen Körper schlinge und mich einfach an ihn kuschele.

»Vielleicht?« Ich muss kichern und schließe meine Augen. Es ist schön, hier bei ihm zu sein. Luca legt eine Hand auf meinen Rücken und erwidert so meine Umarmung. Der Start in Positano ist mir wohl doch geglückt. So kann es weitergehen.

11

DER WINTER NAHT

D*ie Tage und Wochen vergehen.*

Der Ausverkauf im Stübchen hat Fahrt aufgenommen und die Regale werden immer leerer. Ein seltsames Gefühl, kaum noch für Nachschub zu sorgen, aber letztlich dient es dem guten Zweck: Nach der Renovierung wird sich einiges verändern. Zum Beispiel der Name.

Im nächsten Jahr wird das *amore al limone* den Titel: *Lemon Love* tragen. Eigentlich ist es nur die englische Übersetzung des italienischen Namens, der weiterhin als Untertitel aufgeführt werden wird. Da hier aber insbesondere Touristen einkaufen gehen und ich anstrebe, einen Onlinehandel aufzumachen, wäre ein englischer Name einprägsamer. Paola zu Ehren gab es ein Fotoshooting, da ich ihr Konterfei auf einigen Produkten abbilden möchte. Um möglichst viele Kunden anzusprechen, werden diese nämlich in verschiedenen Ausgaben erscheinen. Zum einen eine ehrenvolle, alte Version mit ihrem Gesicht und dem Zusatz: »Paola Grossos Lieblingsrezept«, dann wäre noch eine neutrale Ausgabe für den Handel und zum Eigengebrauch. Drittens eine verspielte Ausgabe als Gastgeschenk für jüngere Generationen, mit süßem Design, Illustrationen und frischeren Farben. Line war so lieb und half mir, die Designs zu entwickeln, sie hatte schon immer ein Händchen dafür.

Die ersten Probeverpackungen und Schachteln sind bereits eingetroffen und liegen ausgebreitet auf einem Tisch im Verkaufsraum. Viel ist nicht mehr los – die meisten Touristen sind längst wieder zurück in ihre Heimatländer gefahren. Ab und an verirrt sich noch jemand in das Grosso oder tatsächlich auch zu uns, aber das kommt höchstens ein, zwei Mal am Tag vor.

In etwa zwei Wochen werden wir schließen, aber bis dahin möchte ich die Zeit noch sinnvoll nutzen.

»Was sagt ihr?« Stolz halte ich die Flasche Limoncello hoch, auf der sich Paolas Gesicht befindet. Liebevoll lächelt sie und blickt hoffnungsvoll gen Himmel. Das Foto wurde als Strichzeichnung umgesetzt.

»Ich sehe so alt aus, kann man noch ein paar Falten wegmachen?«, fragt sie lachend und nimmt die Flasche dabei entgegen.

»Ich finde das wunderbar, ein schönes Andenken«, äußert Luca sich.

»Noch bin ich nicht tot«, murmelt Paola und stupst Luca an, der irritiert zu seiner Großmutter schaut.

»Ich meinte, dein Lebenswerk. Dass Katrin es so ehren möchte, finde ich wirklich gut.«

»Ja, sei froh, dass ich noch da bin, sonst gibt es keine Kekse mehr für dich.« Seit Luca wieder auf den Geschmack gekommen ist, backt sie jeden Tag für ihn. Ich weiß nicht, wie er es schafft, aber zugenommen hat er bislang nicht. *Der Neid schießt mir aus allen Poren.*

»Und das hier ist das neutrale Design. Ein Bild von Positano, gelbe und zartgrüne Pastelltöne und eine neutrale, moderne Schrift.« Es wird zustimmend genickt. »Und das hier ist das verspielte Design. Aufwendige Kartons, Schleifen, in Weiß oder Schwarz als Hintergrund. Das wirkt edel.« Erneutes Nicken. »Besonders für Geschenke eignen sich diese Verpackungen. Letztlich ist überall dasselbe drin, aber die Präsentation macht den Unterschied.«

»Du mauserst dich ja zur Geschäftsfrau«, stellt Paola fest und kommt ein wenig ins Grübeln.

»Wenn der Onlineshop im nächsten Jahr an den Start geht, könnte das viele neue Möglichkeiten eröffnen. Zudem wird die Marke Lemon Love im Register eingetragen. Europaweit.« Ich bin jetzt schon ganz aufgeregt.

»Und dann? Wenn du in andere Länder expandierst und dort die Produkte verkauft werden können?«, fragt Paola mich voller Neugier.

»Dann verdiene ich mehr Geld, kann etwas für schlechte Zeiten zurücklegen. Vielleicht sogar irgendwann hier im Dorf kleinere Geschäfte unterstützen. Renovierungen. Neue Parkplätze. Mehr Touristen.« Eine Menge Arbeit kommt auf mich zu, aber ich werde es anpacken!

»Und dann? Wenn du viel Geld verdienst und der Laden hier vielleicht zu klein dafür wird?« Gute Frage.

»Na ja, das wäre sicher erst in ein paar Jahren, aber dann könnte man Zweigfilialen eröffnen und die Produktionsstätte auslagern. Mehr Menschen anstellen, welche nach deinem Rezeptvorbild backen ...« Andere haben das auch schon geschafft. Also, warum nicht auch ich?

»Mh.« Paola senkt ihren Blick und sieht kurz darauf wieder zu mir: »Was dann?«

»Na ja. Irgendwann habe ich dann so viel verdient, dass ich nicht mehr arbeiten muss. Dann kann ich mich zur Ruhe setzen und …« Na ja. Ich mache ein paar kreisende Handbewegungen, während ich nachdenke. »Die Zeit genießen.«

»Und warum machst du das nicht schon jetzt?« Als sie mich das fragt, bin ich irritiert. Fragend und hilfesuchend blicke ich zu Luca, der gar nicht so überrascht von Paolas Fragen zu sein scheint.

»Einfach so weitermachen? Nichts verändern?« Darüber habe ich noch gar nicht nachgedacht …

»Wäre es denn so schlimm, nur das Stübchen zu haben? Zu backen. An den Strand zu gehen. Eine Familie zu gründen?« Ihre Fragen erwischen mich mit voller Wucht.

»Du bist eine sehr ambitionierte junge Frau, Katrin. Aber ich glaube, du verlierst gerade etwas sehr Wichtiges in deinem Leben, wenn du weiter nach Veränderung strebst. Vielleicht solltest du dir eine Pause gönnen und dich fragen, was wirklich wichtig ist im Leben.« Ihr enttäuschter Blick schmerzt mich. Als sie sich abwendet und geht, will ich ihr nach, doch Luca hebt abwehrend eine Hand und schüttelt den Kopf, sodass ich stehen bleibe.

Paola verlässt das Stübchen und streichelt verabschiedend über den Holzbalken, direkt im Eingangsbereich. Dann tritt sie nach draußen und geht, während ich mit tausend Fragen im Kopf zurückbleibe.

»Warum ist sie so enttäuscht? Was habe ich Falsches getan?«

Luca lächelt und meint: »Gönn dir eine Pause. Geh an den Strand. *Cittàslow*.« Er küsst meine Wange und bietet mir dann an: »Danach kommst du zu mir. Später Mitternachtssnack und ein guter Film? Und vielleicht etwas mehr?« Die Beziehung zu Luca hat sich gefestigt. Ich würde sagen, dass wir ein Paar sind, aber darüber gesprochen haben wir noch nicht. Mir wäre es lieber, dass er es ansprechen würde, aber so wie es aussieht, muss ich das wohl tun.

»Vielleicht? Na, das hoffe ich doch«, beginne ich flirtend und nehme seine Hände in meine. »Sag mal …«, fahre ich fort und atme tief durch, ehe ich weiterspreche: »Ich bin ja nun schon eine

Weile hier, und ich habe dich noch nie mit einer anderen Frau gesehen.« Vermutlich habe ich das nicht ideal formuliert, denn Luca scheint nicht ganz zu verstehen, worauf ich hinaus möchte. Zumindest verrät mir sein Blick, dass er mit dieser Feststellung nichts anfangen kann. »Also, manche flirten mit dir, aber du bleibst höflich. Distanziert. Und du fragst mich immer wieder nach gemeinsamen Unternehmungen.«

»Ja, natürlich.« Für ihn scheint das ganz normal zu sein.

»Ich meine, das zwischen uns. Was ist das genau?« Als ich das ausspreche, muss er schmunzeln. Sein freches Grinsen verrät mir, dass er mich jetzt aufziehen wird.

»Das zwischen uns ist eine fantastische Sache, die ich nicht mehr missen möchte.« Ja, so etwas in der Art dachte ich mir schon.

»Luca …«, mahne ich ihn schmollend.

»Gebe ich dir Anlass zum Zweifeln? Oder löst etwas anderes deine Unsicherheit aus, dass du dich fragen musst, ob ich es ernst mit dir meine?« Wenn er das so sagt, ist es kein Wunder, dass ich puterrot werde.

»Nun, unser Kennenlernen war turbulent, und dann war da diese heikle Sache mit den Anwälten, der Schenkung deiner Großmutter und …«, zähle ich auf.

»Da gibt es noch eine dritte Sache?«, fragt er erstaunt nach.

»Die Parkplätze.« Als ich das sage, nickt er verstehend.

»Stimmt. Da war ja noch was …« Luca überlegt kurz und meint dann: »Ich war ziemlich fixiert darauf, das muss ich zugeben. Letztlich hat das zu noch mehr Streit mit meiner Großmutter geführt. Ich überlege allerdings, das Geschäft auf der anderen Seite aufzukaufen und die Parkplätze dort zu bauen.« Als er das sagt, hebe ich überrascht die Brauen, denn direkt neben dem Grosso liegt eine kleine Näherei mit darüberliegender Wohnung.

»Was ist mit den Eigentümern?«, frage ich nach.

»Sie überlegen, Richtung Neapel umzuziehen, weil ihnen das Leben hier mit all den Touristen in der Hauptsaison zu stressig wird. Es wäre eine gute Idee, ein Angebot vorzulegen.« Dann atmet Luca tief durch und meint: »Du kannst also beruhigt sein, ich spiele dir nichts vor, nur um dir am Ende doch das *Lemon Love* abzuluchsen.« Mit einem Lächeln auf den Lippen ergänzt er dann: »Der neue Name gefällt mir übrigens sehr gut. Aber über die ganz großen Pläne ... solltest du vielleicht noch mal nachdenken und dich daran erinnern, warum du unbedingt herkommen wolltest.« Luca küsst mich sanft und lässt dann von mir ab. »Ich muss zurück. Wenn du in ein paar Stunden zum Abendessen kommst, bin ich dabei. Und danach ... Horror oder Action?«

»Horror natürlich.« Was für eine Frage. Luca grinst, nickt und verlässt daraufhin mein Stübchen.

Ich schließe den Laden ab und mache mich auf zum Strand. An diesem späten Nachmittag sind die Temperaturen unter 18 Grad gefallen. Es ist frischer als sonst, und auch der Wind kriecht dabei ein wenig unangenehm unter meine Jeans. Richtig kalt wird es hier auch im Winter nicht, nur selten wird es unter 10 Grad kalt. Aber nach dem heißen Sommer ist es jetzt im Oktober deutlich kühler. Frischer. Und die Sonne neigt sich immer mehr Richtung Ozean.

Ich will in Ruhe nachdenken und trete auf jede einzelne Stufe, die mich zum Strand hinunter führt, mit Bedacht. Eine Strickjacke, die ich anzog, bevor ich losging, wärmt mich. Kaum jemand ist unterwegs. Weder hier am Strand noch auf den Straßen. Er ist leer geworden in Positano. Einsam. Vielleicht trügt der Schein auch nur, weil durch die vielen Touristen immer ein Gefühl der Enge vorhanden war und nun der ganze Strand so idyllisch wirkt. So verlassen. Endlich haben Meer und Strand wieder Zeit, sich zu berühren, zu streicheln und einander zu liebkosen, ohne dass nackte Füße und aufdringliche Fotografen diese Idylle stören würden. Ein schöner Gedanke: der beständige Strand und das ruhelose Meer. Eine Liebesgeschichte, die vor Millionen von Jahren begann und wohl nie enden wird.

Lächelnd streife ich mir die Turnschuhe von den Füßen, ziehe auch die Socken aus, welche ich in die Schuhe stecke. Andächtig schlendere ich durch den Sand, auch er ist kühler geworden, aber ich genieße es dennoch, hier zu sein. Ein paar Möwen kreisen umher und suchen Futter, während ein paar Fischerboote auf dem Wasser zu erkennen sind.

Es ist herrlich ruhig hier, als wäre ich die Einzige in Positano. Als wäre es meine Stadt. Mein Strand. Meine unendliche Weite.

Ich bin allein mit meinen Gedanken. Ängsten. Plänen.

Paolas Worte schallen noch immer in meinem Kopf, und ich will mich mit ihren Fragen beschäftigen.

Als ich dem Meer nah genug bin, setze ich mich in den feinen Sand, blicke hinaus auf den unendlich scheinenden Ozean, das Firmament, das die Wolken zu berühren scheint. Eine hübsche Illusion, der ich beinahe mit einem Tagtraum verfalle.

Ich seufze auf. Gedankenspiele nehmen mich ein. Was wäre wenn?

Was wäre, wenn ich meine Pläne umsetze? Wenn ich das Lemon Love renoviere, einen Online-Shop eröffne und die Produkte auch in anderen Städten und sogar im Ausland verkaufen könnte? Viele Menschen würden in den Genuss kommen, Paolas schmackhafte Kekse probieren zu können. Kochbücher wären möglich. Oder ein YouTube-Kanal, auf dem ich die leckersten Rezepte präsentiere, sodass andere sie nachbacken können.

Ich will mich nicht an ihren Ideen bereichern, nicht als Urheberin genannt werden. Ich will nur Instrument sein, nur das Sprachrohr. Ich selbst habe das große Glück, hier zu sein und meinen Traum zu leben, während viele Andere das nicht können. Da wäre doch ein kleines Stück Positano in der heimischen Küche etwas Schönes? Zudem treibt es mich an, als Geschäftsfrau erfolgreich zu sein. Aber warum eigentlich?

Vielleicht, weil ich meinen Eltern beweisen möchte, dass sie falschlagen. Dass ich die Ausbildung als Konditorin hätte machen müssen, weil es meine Leidenschaft ist und schon immer war. Ich wünsche mir Anerkennung und ein Aha-Erlebnis ihrerseits und dass sie froh sind, dass ich endlich glücklich bin. Keine Sorgen mehr, dass ich einen Fehler mache, sondern ... einfach nur Freude darüber, dass ich ... ich sein darf.

Aber warum bin ich so abhängig von ihrer Zustimmung? Was, wenn ich Millionen verdiene und sie dennoch unglücklich über meine Entscheidungen sind? Was dann? Werde ich dann noch immer unglücklich sein oder endlich akzeptieren, dass ich selbst für mein Glück verantwortlich bin?

Was wäre, wenn ich all meine Pläne über den Haufen werfe und das Stübchen nur übernehme? Eine Renovierung ist nötig, da bereits ein wenig Putz von den Wänden bröckelt. Zudem möchte ich Luca ein Angebot machen, das ihn sicher freuen wird. Reicht es nicht aus, wenn ich einfach nur das tue, was mir Spaß macht? Ich könnte trotzdem die drei verschiedenen Designs anbieten, backen, verkaufen und vielleicht eine Familie gründen. In den letzten Tagen und Wochen hat sich meine Beziehung zu Luca intensiviert und ich kann mir vieles mit ihm vorstellen. Anstatt meine Zeit mit Planungen und Expansion zu verschwenden, sollte ich lieber zu ihm gehen. Ihn küssen. Mit ihm tanzen. Unsinn anstellen und Erinnerungen schaffen, die mich im hohen Alter lächeln lassen.

Was nützt mir der größte Reichtum, wenn ich arm im Herzen bin?

Ich bleibe am Strand sitzen, bis die Sonne untergeht. Nehme mir Zeit für mich und blicke hinauf zu den Sternen, die nun ihren großen Auftritt haben.

»Du bist noch immer hier?« Lucas Stimme holt mich aus meiner Ruhe. Ich sehe zu ihm hoch. Er trägt einen Pullover – ja, es ist nun deutlich kühler und ich ziehe mir besser die Socken und Schuhe über, bevor …

»Du erkältest dich noch.« Da denkt jemand an meine Gesundheit. Ich muss kichern.

»Bist du gekommen, um mich abzuholen?«, frage ich ihn und strecke mich. In den letzten Stunden saß ich hier und habe mich kaum bewegt.

»Paola hat sich Sorgen gemacht, und als ich dich nicht im Lemon Love fand, dachte ich mir schon, dass du hier unten bist.« Luca reicht mir die Hand, die ich gerne annehme. Als er mir hochhilft, sagt er: »Irgendwie seltsam, es jetzt so zu nennen. Nach all den Jahren.«

»Es wird trotzdem das *amore al limone* bleiben, ich werde mein Bestes geben, um Paola nicht zu enttäuschen.« Grob klopfe ich mir den Sand von Jeans und Strickjacke, ehe ich Luca einfach umarme und wohlig aufseufze.

»Was hältst du von einem heißen Bad?«, fragt er mich und legt seine Hände auf meinen Rücken. Er ist so schön warm …

»Eine gute Idee. Und dann essen wir zu Abend und machen es uns anschließend gemütlich. Hast du schon einen guten Horrorfilm ausgesucht?«

»Oh ja, der wird dich heute Nacht wachhalten.«

»Du hast sicher schon Pläne geschmiedet, was wir in der Zeit tun werden, richtig?« Typisch Luca, doch es lässt mich wieder lächeln.

»Ich habe keine Ahnung, was du meinst …« Er küsst meine Wange, was ich jedoch zu einem intensiven Kuss erweitere.

Hey, ich küsse hier einen supersüßen, lieben, witzigen und heißen Italiener am Strand von Positano. Wenn ich doch nur meinem alten Ich zuflüstern könnte, dass es sich lohnt, mutig zu sein. Dann hätte ich nicht so viel Angst gehabt, diesen Schritt zu wagen …

Jeder Tag mit Luca ist unbezahlbar. Und ich möchte keinen einzigen mehr missen.

12

RENOVIERUNG

Wir kehren gemeinsam zum Stübchen zurück. Oben, in meiner Wohnung, mache ich mich frisch und ziehe etwas Neues über, während Luca sich prüfend umsieht. Er war erst ein einziges Mal, nur ganz kurz, hier oben.

»Ich würde Paola und dir heute Abend gerne etwas vorschlagen. Immerhin hatte ich genug Zeit, um über vieles nachzudenken.« Ich ziehe mir noch einen kuscheligen Pullover über und binde mir dann einen lockeren Pferdeschwanz, während ich zu Luca gehe, der neben der Couch steht.

»Du hast es dir hier noch gar nicht gemütlich gemacht. Keine Pflanzen. Keine Bilder. Nur im Schlafzimmer steht ein wenig herum, sonst nichts.« Das scheint ihn zu verwundern.

»Wenn, dann backe ich, bin am Strand oder bei dir«, meine ich und hüte mein kleines Geheimnis. Luca muss sich noch ein wenig gedulden, bevor er erfahren wird, was ich vorhabe.

»Fühlst du dich hier nicht wohl?« Wirkt er besorgt? Ich bin mir nicht ganz sicher.

»Doch, sehr sogar. Ich muss mich nur noch daran gewöhnen, jetzt hier zu leben.«

»Wenn du über den Winter renovierst, könntest du hier auch den Boden erneuern. Neue Möbel reinstellen. Die Wände streichen. Und die Decke auch. Dann wirkt es gleich viel moderner.« Luca blickt nach oben. Dort bröckelt es auch schon ein wenig.

»Du mauserst dich ja noch zum Innenarchitekten«, stelle ich kichernd fest und winke ihn zu mir an die Treppe. Wie hat Paola es nur all die Zeit immer hier rauf und runter geschafft? Ich muss mich mit beiden Händen gut festhalten, um nicht runterzufallen. Luca hat da weniger Probleme. Vielleicht muss man dafür einfach geboren sein …

Wir verlassen das *Lemon Love* und gehen ins Grosso. Vielleicht wäre es besser, vorher mit Paola zu sprechen und ihre Erlaubnis einzuholen, auf der anderen Seite hat sie mir klargemacht, dass das *amore al limone* nun mein Geschäft ist. Der Hauptgrund, warum ich es jetzt Lemon Love nenne – so haben wir eine Trennung. Auch emotional.

Paola sitzt bereits an ihrem Stammplatz, als wir dazukommen und uns setzen.

»Als ich noch in Hamburg gewohnt habe, aß ich jeden Abend allein. Nur wenn ich bei meinen Eltern zu Besuch war, aßen wir gemeinsam. Das habe ich immer sehr genossen«, sage ich, als mein Blick zu Paola fällt.

»Die Familie ist das Allerwichtigste«, sagt Paola, die noch immer etwas betrübt wirkt. Ich sollte es am besten schnell hinter mich bringen. Wenn die Stimmung ins Negative kippen sollte, kann ich noch vor der Essensbestellung das Weite suchen. »Ich möchte gerne etwas sagen«, beginne ich, aber ein übereifriger Kellner kommt angelaufen und überreicht uns die Speisekarten. Erst, als er wieder weg ist und meine beiden Begleiter die Karte studieren – wobei Luca sie eigentlich auswendig kennen müsste –, fasse ich mir ein Herz: »Es ist wichtig.« Beide heben fragend ihre Brauen und sehen zu mir. »Ich habe lange darüber nachgedacht und bin mir jetzt zu hundert Prozent sicher, das Richtige zu tun. Und ich hoffe, dass ihr mir meine Entscheidung nicht übel nehmt.«

»Oh Jesus«, haucht Paola und faltet ihre Hände. Sie rechnet wohl mit dem Schlimmsten. Auch Luca wirkt besorgt, seine Stirn legt sich bereits in Falten, während er mit grübelndem Blick zu mir schaut.

»Es war immer mein Traum, hier in Positano leben zu können. Zu dürfen.« Ich muss schmunzeln. »Und dank dir, Paola, kann ich diesen Traum nun leben. Aber zugleich habe ich durch mein Auftauchen auch Lucas Wunsch nach den Parkplätzen zunichtegemacht. Aber das würde ich gerne ändern.«

»Oh ...« Paola schluchzt auf und lehnt sich ein Stück nach vorn, sodass ihre Stirn die gefalteten Hände berührt.

»Hey, du wirst es nicht abreißen lassen. Ich werde das andere Geschäft kaufen, das habe ich dir doch schon gesagt«, mischt Luca sich ein, der keinen blassen Schimmer von meiner Idee hat.

»Das Lemon Love soll nicht abgerissen werden«, beruhige ich die beiden. Luca wirkt erleichtert und Paola schickt ein wisperndes Stoßgebet gen Himmel. »Aber ...« Kurz lasse ich sie erneut beten, bevor ich die Bombe platzen lasse: »Die Wohnung.«

»Die Wohnung?«, fragt Luca irritiert nach, und auch Paola ist, ihrem Blick nach zu urteilen, nicht ganz sicher, ob sie mich richtig verstanden hat. Daher kläre ich gerne ins Detail auf: »Ich will das Geschäft renovieren. Dabei müssen die Wände stabilisiert werden. Ein Statiker muss sich alles ansehen, damit der Plan aufgeht. Denn die Wohnung soll abgerissen werden, da dort Parkplätze entstehen werden.« Ich nutze die kurze Verdutztheit der beiden gerne: »Hinter dem Stübchen und dem Grosso führt eine Straße. Ich habe es schon bei anderen Häusern gesehen, dass auf den Dächern Parkplätze errichtet wurden. Es wäre genügend Platz für mindestens vier Autos, vielleicht sogar fünf. Das Lemon Love würde bestehen bleiben und Luca erhält etwa die Hälfte von Paolas Erbe. Ich hoffe … das ist in eurem Sinne.«

Beide sehen schweigend zu mir und betrachten anschließend einander.

»Das würde tatsächlich gehen«, überlegt Luca laut.

»Eine gute Lösung, auch wenn der Gedanke, die Wohnung zu verlieren, schmerzt …« Paola greift nach Lucas Hand und fügt hinzu: »Dort habe ich deinen Vater geboren und auf dich aufgepasst, als du noch ganz klein warst.« Sie atmet tief durch, nickt aber. »Eine gute Lösung. So haben wir alle etwas davon.«

»Genau. Paola behält ihre Erinnerungen, ich kann weiter arbeiten und Luca erhält seine Parkplätze. Jeder büßt aber auch etwas ein. Paola verliert die Wohnung, ich habe keinen Platz mehr, wo ich leben kann, und Luca erhält nur die Hälfte der Parkplätze, die er ursprünglich wollte.«

»Mein lieber Enkelsohn wird dir ein Apartment zur Verfügung stellen, das ist er dir schuldig«, sagt Paola sofort und blickt auffordernd zu Luca. Dieser jedoch lächelt mich an, nimmt meine Hand und führt sie zu seinen Lippen.

»Du wirst bei mir einziehen. Du wohnst ja schon quasi dort …« Sein Lächeln interpretiere ich als ehrliche Einladung.

»Ihr wollt heiraten?«, platzt es aus Paola heraus, die sofort begeistert ihre Hände zusammenklatscht und dabei das Personal aufschreckt.

»Was? Nein, ich meine … in unserer Generation läuft das ein wenig anders ab. Da lernt man sich kennen, zieht zusammen und später kommt der Rest« versucht Luca, seine Großmutter zu beruhigen.

»Der Rest?« Als würde er in einer leer gegessenen Müslischale nach den verbleibenden Haferstückchen suchen, um noch einen halben Löffel vollzubekommen. Ich muss lachen.

»So meinte ich das nicht …« Luca wirkt etwas durch den Wind, doch nachdem Paola und ich Blickkontakt aufgenommen haben, müssen wir beide Lachen, sodass auch Luca etwas beruhigter wirkt.

»Ich dachte schon, du fragst nie, ob ich nicht endlich bei dir einziehen will. Ich glaube, ich habe nur ein paar Mal in der Wohnung übernachtet. Es ist mehr ein Lagerraum als ein Zuhause. Dein Apartment hingegen …« Ich hebe wissend die Brauen.

»Eine große Wanne, die riesige Dusche, das breite Bett«, zählt Luca auf.

»Ich meinte, dass ich gerne dort einziehen möchte, weil mir der Mann, der dort lebt, viel bedeutet.« Ich seufze verliebt auf – dann räuspert sich Paola.

»Nehmt euch ein Zimmer; wehe, hier passiert etwas am Esstisch. Ich habe einen Tomatensalat bestellt, und den würde ich gerne in Ruhe essen, ohne dass ihr übereinander herfallt.« Ihr Lächeln passt jedoch nicht so ganz zu dem, was sie sagt. »Ich bin alt. Wenn ich meinen Urenkel noch kennenlernen soll, dann erlaube ich euch, hier und jetzt aufzustehen und …«

»Großmutter!« Luca wird schon wieder rot, während Paola und ich uns amüsieren. Doch dann erhebt sie sich und rückt ihren Stuhl gerade.

»Der heutige Abend ist sehr wichtig für euch. Ich sage Miguel Bescheid, dass er mir das Essen auf mein Zimmer bringen soll. Genießt eure Zweisamkeit.« Kleiner Fuchs.

»Bleib doch bitte«, sage ich, doch Paola macht sich bereits auf den Weg.

»Keine Sorge, ich werde noch sehr lange ein Teil eures Lebens sein, aber ab und an braucht ein junges Paar auch Zeit für sich.« Sie zwinkert mir zu und winkt Miguel heran, bei dem sie sich einhakt. Flirtet sie mit dem jungen Kerl? Zumindest schäkert sie mit ihm und lacht amüsiert, während er sie zum Fahrstuhl begleitet.

»Mach dir keine Sorgen, es geht ihr gut.« Luca bettet seine Hand nun unter die meine und umschließt sie sanft. »Der Kompromiss ist gut gelöst, denke ich.«

»Ist das wirklich in Ordnung für sie? Ich meine, sie hat dort viele Jahre gelebt ...« Morgen sollte ich noch einmal in Ruhe mit Paola sprechen.

»Ihr Herz hängt am *amore al limone*, und solange das bestehen bleibt, geht es ihr gut.«

»Es ist nicht das Geschäft, an dem sie so sehr hängt, sondern an dem Gefühl. An dem, was sie erschaffen hat. Ihre Erinnerungen an eine schöne Zeit.« Ich sehe zu Luca und atme tief durch. »Lass uns einen schönen Abend haben und neue Erinnerungen schaffen.« Ich beuge mich ein Stück vor und küsse ihn sanft. Luca nickt und hebt meine Hand erneut, um sie zu küssen. Ich werde mich an diesen Abend erinnern. Ganz bestimmt.

Am nächsten Morgen treffe ich Paola am Frühstücksbuffet. Sie wirkt gut gelaunt und winkt mich herbei, als ich mich ihr nähere. Luca selbst ist direkt in die Küche entschwunden, um dort mitzuhelfen, da sich zwei Mitarbeiter krank gemeldet haben. Da packt der Chef natürlich gerne selbst mit an. Auch wenn das Buffet mittlerweile verkleinert wurde, soll es ansprechend und einladend sein. Es sind nur noch wenige Gäste hier, die meisten davon sind Reisende, denen die Hauptsaison zu überfüllt ist, da sie Positano in aller Ruhe erkunden möchten.

»Sieh mal, Zitronenmarmelade«, freut sich Paola und stellt mir ein Gläschen davon auf mein Tablett. Luca hat es tatsächlich angenommen, nachdem Paola ihm ein paar Gläser geschenkt hat. Für sie ist das ein kleiner Triumph, war das Grosso doch lange die einzige Gastronomie, die ihre Kuchen, Torten und Kekse nicht bekommen hat. Aber nun sind sie auch hier.

Da der Ausverkauf beendet ist, backen wir aktuell nicht mehr. Dafür geht die Planung für die Umbauarbeiten gerade erst los. Etwas, das mich noch immer beschäftigt, vor allem wenn ich daran denke, dass sie gestern gegangen ist.

»Wegen gestern ... ich wollte noch einmal mit dir darüber reden.« Als wir uns einen Platz innerhalb des Restaurants auserkoren haben, da es heute draußen regnet und der Wind stark pfeift, lacht sie mir bereits entgegen.

»Veränderungen im Leben sind wichtig. Wir können nicht ewig an der Vergangenheit festhalten, aber wir können sie in unseren Herzen bewahren.« Ein Postkartenspruch, der mich zum Lächeln bringt.

»Es liegt mir fern, dich zu verletzen.« Das ist ihr hoffentlich bewusst.

»Mach dir da mal keine Gedanken. Ich hatte ehrlicherweise sogar gehofft, dass du Luca genau das anbieten würdest, aber ich wollte mich nicht einmischen. Immerhin habe ich dir das Lemon Love genau aus diesem Grund geschenkt. Damit du Erinnerungen kreieren kannst.« Mein Herz schlägt etwas schneller, als sie den neuen Namen ausspricht. Bislang hatte sie es vermieden, das Geschäft so zu nennen, doch nun scheint sie damit ihren Frieden geschlossen zu haben.

Allerdings gibt es noch ein kleines Problem: »Heute Morgen kam die Mail mit der Absage.« Paola dürfte sofort wissen, was gemeint ist.

»Oh ...« Sie hält ihr Hörnchen weiter in der Hand, welches sie gerade mit Zitronenmarmelade beschmieren wollte, während ich meinen Tee mit Zucker süße.

»Das ist tatsächlich ein Problem, denn ich bin keine gelernte Konditorin. Ich könnte eine Ausbildung machen, hier in Italien, und so mein Zertifikat bekommen.« Und damit die Genehmigung, Torten und weiche Backwaren an Restaurants und im Geschäft zu verkaufen. »Das wären drei Jahre …« Und davor graut es mir. Denn hier in Positano könnte ich keine Ausbildung machen.

»Ich bin sicher, dir fällt eine Lösung ein.« Paola ist optimistisch und meint: »Manchmal liegt die Antwort direkt vor uns, aber wir sehen sie nicht.«

»Solange du noch mit mir backst, ist alles in Ordnung, aber wenn ich irgendwann allein bin, darf ich die Sachen nicht mehr verkaufen …« In all dem Trubel habe ich diese wichtige Formalität gar nicht bedacht. Denn die Regeln sind in Italien ebenso streng wie in Deutschland. »Ich könnte wohl einen erneuten Antrag auf Ausübungsberechtigung stellen, wenn ich ein paar Jahre im Lemon Love gearbeitet habe …« Mein Blick fällt zu Paola und uns beiden ist klar, dass sie das körperlich nicht mehr lange schaffen wird. »Daher habe ich überlegt, jemanden in der Hauptsaison einzustellen. Einen Meister, der mir zur Hand geht.«

Paola jedoch schüttelt den Kopf und meint: »Du rennst gerade an der Lösung vorbei.« Sie hebt ihre Brauen und blickt dann auf ihr Hörnchen, beißt hinein und seufzt wohlig auf. »Köstlich. Wusstest du, dass Luca und seine Köche die selbst herstellen?«

»Sie kaufen sie nicht ein?« Ich dachte immer, dass sie als Tiefkühlwaren hier ankommen. Er hat wohl sehr talentierte Mitarbeiter. Und genau so jemanden muss ich finden!

»Nein, Luca möchte, dass alles frisch gemacht wird. Man schmeckt den Unterschied.« Fragend sieht sie zu mir, aber ich verstehe nicht so ganz, worauf sie hinaus möchte. »Fabrizio, komm mal her …« Sie winkt einen der Kellner zu sich heran und bittet ihn: »Mein Kompliment an Hugo, er hat die Hörnchen doch heute gemacht, nicht wahr?«

Fabrizio, der sofort zu ihr geeilt ist, nickt: »Ja. Ich richte es ihm gerne aus. Darf ich dir noch etwas bringen?« Sie schüttelt den Kopf und tätschelt seinen Oberarm. Lächelnd nickt er Paola zu und entschwindet dann Richtung Küche.

»Starke Oberarme.« Sie zwinkert mir zu und kichert verlegen. Also wirklich, Paola. Ich muss ebenso leise kichern.

Die Tage vergehen und es bleibt ungemütlich draußen. Der Statiker war bereits vor Ort und hat Messungen durchgeführt. Die Ergebnisse liegen vor und sind vielversprechend.

»Die Wohnung oben wird abgetragen. Danach werden die Wände gesichert, stabilisiert und die Elektrik erneuert. Neue Öfen und eine neue Arbeitsfläche werden eingebaut. Danach ist der Verkaufsraum dran.« Ich führe Paola und Luca durch den Laden und erkläre ihnen, was mir der Statiker – ein Deutscher, was die Kommunikation deutlich vereinfacht hat – erzählte. »Zuerst habe ich überlegt, die alten Regale zu lackieren, aber leider sind sie schon sehr wackelig und morsch. Die müssen leider raus.« Eines der leeren Regale steht an der rechten Wand, welche an das Grosso grenzt. Ich stupse es vorsichtig mit dem Finger an, sodass es anfängt zu schwanken. »Das Gewicht der Seifen und Gläser hat es wohl irgendwie stabilisiert. Nicht auszudenken, was passiert wäre, wenn es zusammenbricht und sich jemand verletzt. Morgen werden die Regale abgeholt.« Und dann fällt es auch schon zur Seite. Wir drei schrecken zurück, als die Holzbretter knacken und knarzen, ehe sie alle zu Boden fallen.

»Ja, du brauchst neue Regale«, stimmt Paola mir zu.

»Ein seltsamer Anblick, jetzt, wo alles so leer ist«, meint Luca und sieht sich grob um, während mein Blick jedoch auf die Wand fällt. Ein Rahmen zeichnet sich dort ab, der mich von der Größe und Form her an eine Tür erinnert.

»Mh ...« Ich taste die Wand ab und spüre, dass dort etwas einfach übermalt wurde. Könnte das wirklich ein Türrahmen sein? Und wenn ja, wo führt er hin?

»Brauchst du vielleicht das hier?« Plötzlich steht Paola mit einem kleinen Hammer vor mir.

»Danke. Ja.« Gedankenversunken beginne ich zögernd gegen die Wand zu klopfen, und tatsächlich! Sie klingt hohl! Testweise probiere ich es an den Stellen daneben, doch hier klingt die Wand wie aus Beton. »Das scheint mir ein Hohlraum zu sein ...«, stoße ich begeistert aus und wähle nun die spitze Seite des Hammers, sodass ich ein Loch von der Größe meines Daumens hineinschlagen kann.

»Sollte das nicht besser ein Profi machen?«, fragt Luca besorgt und sieht sich noch einmal grob um, ehe er fortführt: »Ist das nicht die Wand, welche direkt an das Grosso grenzt?«

»Ja, scheinbar versteckt sich hier noch ein Raum!«, stoße ich begeistert aus und schiebe die spitze Seite des Hammers in das Loch, damit ich den wackeligen Verschlag lösen kann, der scheinbar nur aus sehr dickem Papier und einer dünnen Holzwand besteht, der sehr oft übermalt wurde.

»Ich helfe dir.« Luca kommt hinzu und greift in das Loch. Paola hält derweil den Hammer wieder fest, während ich Luca helfen möchte. Gemeinsam reißen wir ein größeres Loch in die Wand, bis ...

»Da ist tatsächlich eine Tür, das gibt es ja nicht ...«, rufe ich begeistert. Noch ein Stauraum? Das wäre ja klasse! Zu zweit reißen wir immer mehr von der Wand ab, bis der Rahmen freiliegt und uns eine Tür entgegenlächelt. Im wahrsten Sinne des Wortes: Denn ein gemaltes, lächelndes Gesicht wurde dort in Höhe des Türgriffs aufgepinselt.

»Das kenne ich ...«, murmelt Luca und tritt ein paar Schritte zurück. »Das ist doch ...«

Ich hingegen schnappe nach der Türklinke, drücke sie hinunter und öffne sie einfach: und stoße gegen etwas Metallisches. Und dann dringen bereits Stimmen zu uns hervor. »Ist das etwa ein Durchgang zum Grosso?« Ich luge durch den Spalt und sehe ein Metallregal, welches direkt vor der Tür steht, und ein paar verdutzte Gesichter der Köche, welche in den Gang kamen, als sie das laute Poltern hörten.

»Aber natürlich, das ist der alte Durchgang!« Luca zwängt sich an mir vorbei, schiebt das Regal beiseite und steht plötzlich mitten im Gang zur Küche. »Wir benutzen das hier als Abstellnische für die Metallregale. Aber wir haben in der Regel immer ein paar zu viel davon, weswegen die hinteren so gut wie nie benutzt werden.« Er fährt sich mit einer Hand durch das Haar und lacht kurz auf. »Wie konnte ich nur diese Tür vergessen?« Er sieht zu mir und deutet auf das gemalte Lächeln. »Ich habe es an die Tür gemalt.«

»Und ich habe dich danach aus dem Geschäft gejagt, du hast ständig Unsinn angestellt …«, merkt Paola an.

»Ja, ich habe es geliebt, überall etwas hinzukritzeln.« Luca sieht zu seinen Mitarbeitern. »Räumt bitte mal die Regale beiseite.« Diese kommen sofort zu ihm und schieben sie von der Tür weg, sodass sie gänzlich geöffnet werden kann. »Eine neue Tür muss eingebaut werden, aus Hygienegründen. Hier ist ja die Küche.« Luca grübelt und Paola räuspert sich.

»Na, wie praktisch es doch wäre, diesen Durchgang in Zukunft nutzen zu können?«

Als sie das sagt, meine ich: »Falls mir mal der Zucker ausgeht oder ich zwischendurch einen Snack brauche, kann ich jetzt einfach zu euch in die Küche.« Ich lache und stelle mir dies bereits vor. Doch Paola räuspert sich erneut sehr auffällig.

»Oder man arbeitet zusammen?« Ihre Brauen schieben sich weit nach oben, doch mir ist nicht ganz klar, was sie von mir möchte. »Immerhin brauchst du doch jemanden …« Erneutes Schweigen. »Oh Kindchen. Frag Luca, ob er dir hilft. Wegen der Ausbildungssache.« Sie stupst mich an und endlich fällt der Groschen. Aber natürlich!

Luca kommt durch die nun geöffnete Tür zurück und betrachtet uns fragend.

»Du bist mein Problem! Ähm, nein, sorry. Du bist meine Lösung!« Ich deute mit beiden ausgestreckten Armen auf Luca, der so gar nicht weiß, wie ihm geschieht.

»Bitte was?«, fragt er mich schmunzelnd.

»Die Tür. Dadurch, dass die Tür nun jederzeit geöffnet werden kann, gehört das Lemon Love zum Grosso und wenn du mich bei dir anstellst, dann …« Kurz blicke ich zu Paola, die bekräftigend nickt. »Dann kann ich hier in Ruhe arbeiten, weil ich ja eine Angestellte von dir bin, aber dennoch Geschäftsführerin bleibe!«

»Dann kann ich ja doch endlich in Rente gehen.« Paola klopft sich selbst auf die Schulter. »Ich habe die perfekte Nachfolgerin gefunden, meinen Enkelsohn erfolgreich an eine liebe Frau vermittelt und auch noch ihr Problem gelöst. Für heute mache ich Feierabend.« Sie lacht und macht sich auf, zu gehen. Allerdings durch die Vordertür. »Meine Serie fängt gleich an. Pablo und Mirabell scheinen endlich verstanden zu haben, wie schön es doch ist, ein Paar zu sein.« Sie hat ein Faible für Seifenopern entwickelt, und dank des Tablets kann sie sich jederzeit alte Folgen anschauen, die bereits ausgestrahlt wurden.

Luca scheint noch nicht so ganz verstanden zu haben was eigentlich los ist, aber das werde ich ihm noch genau erklären …

Der Winter naht. Nur noch acht Gäste sind im Grosso, und die Renovierung hat begonnen. Es ist Anfang Dezember und die Temperaturen liegen nur noch bei 11 Grad. Die Wohnung wurde abgetragen und die Treppe entsorgt. Die Stabilisierung der Wände ist im vollen Gang, während ich mit Luca die Verträge durchgehe. Es fühlt sich ein wenig seltsam an, so etwas schon wieder durch Anwälte abzusichern – romantisch ist es nicht, aber rechtlich nötig, damit es später keine Probleme gibt. Nachdem wir das hinter uns gebracht haben, stehen wir beide allein in der Küche, denn der Koch hat nun Feierabend, da Luca sich um das Abendessen kümmern wird.

»Es wird seltsam sein, erst im neuen Jahr wieder nach Positano zu kommen, aber ich freue mich sehr darauf, meine Familie wiederzusehen«, sage ich, während ich Gewürze in die Suppe gebe. Natürlich unter Lucas strengen Augen und der genauen Einhaltung der Mengenangaben. Danach darf ich Gemüse putzen, an das Hauptgericht lässt er mich nämlich nicht ran.

Aufgrund der geringen Anzahl der Gäste mussten die Menüs im Dezember vorbestellt werden. Er selbst wird von heute an – mit einem Koch und meiner Hilfe – das Restaurant leiten. Alle anderen Mitarbeiter haben jetzt Urlaub und kommen erst Anfang Februar zurück. Nur im Hotel gibt es noch zwei Zimmermädchen, die auf Abruf arbeiten kommen, und den Hausmeister. Es ist überschaubar.

»Ja, ich werde dich ganz schön vermissen«, gibt Luca zu, den ich nicht mit nach Deutschland nehmen kann.

»Im Sommer kommen mich meine Eltern und sicher auch meine beiden Schwestern hier besuchen.« Ich gebe den Deckel auf den Suppentopf und fange anschließend an, die Auberginen vorzubereiten, während Luca sich um die Pasta kümmert.

Wir sind ein gutes Team …

Eine Woche später ist der meiste Bauschutt abgetragen. Hier und da liegt noch ein wenig Geröll herum, doch das kann ich auch selbst beseitigen. Ein seltsamer Anblick, wenn man jetzt vor dem Lemon Love steht, welches bereits kernsaniert wurde. Ein neuer Boden kommt erst nach dem Verputzen der Wände, danach wird die neue Küche eingebaut. Zumindest liegen wir im Zeitplan, das beruhigt mich.

»Ich könnte dich nach Neapel fahren, von dort aus wären es nur noch etwa zweieinhalb Stunden mit dem Flugzeug. Deine Eltern holen dich sicher gerne in Hamburg ab.« Luca öffnet einen Farbeimer, sodass ich die türkise Wandfarbe testweise anbringen kann. Aber so ganz wohl fühle ich mich nicht mit dem Farbton, der im Geschäft noch mein Interesse geweckt hat.

»Versuchen wir mal den.« Dunkelblau soll es sein. Luca öffnet diesen Eimer und ich tauche den Pinsel ein.

»Ich werde meine Flugangst wohl überwinden müssen, vor allem, wenn ich sie öfter besuchen gehen möchte.«

»Mit dem Auto wären wir in einer Stunde in Neapel, kein Problem.« Wenn man so fährt wie er schon …

Ich räuspere mich und meine: »Okay, ich glaube, ich buche einen Flug.« Da muss ich jetzt durch.

Ich pinsele die dunkelblaue Farbe an die Wand, doch auch das gefällt mir nicht. Dritter und letzter Versuch: Hellblau.

»Das passt sicher gut als Hintergrund zu den Zitronen. Türkis war zu grell, Dunkelblau ein wenig zu dunkel. Das passt jetzt sicher.« Luca öffnet lächelnd die Farbdose, die wir testweise aus dem Geschäft gekauft haben. Als ich die hellblaue Farbe an die Wand bringe, schlägt mein Herz höher. Das ist es! »Was meinst du?«, frage ich Luca und lasse ihn nicht einmal antworten, da ich sofort weiterspreche: »Weiße Regale, dazu die gelben Zitronenprodukte. Das harmoniert doch gut, nicht wahr?«

Ich trete einen Schritt zurück und beobachte ihn, während er alle drei Farben genau betrachtet. »Das kann gut aussehen. Ja. Kaufen wir mehr davon. Die Decke bleibt weiß?«

»Ja. Unbedingt.« Es wird frisch und einladend aussehen, ganz sicher!

Zwei Tage später sitzen wir erschöpft auf dem Boden und schenken uns etwas Limoncello ein, den Paola gebunkert hat. Ein paar Flaschen sind noch übrig, die uns hoffentlich gut durch den Winter bringen.

»Geschafft«, japse ich erschöpft und stoße mit Luca an. Alle Wände sind nun gestrichen, auch die Decke, strahlend weiß. Nun, auch unsere Körper haben so einige Farbspritzer abbekommen, aber das macht uns gar nichts aus.

»Was hältst du von einer heißen Dusche? Anschließend wickle ich dich in eine Decke ein und dann machen wir es uns auf der Couch gemütlich?« Verlockend.

»Mit heißem Kakao, Marzipanstangen und ein paar Weihnachtsliebesfilmen?« Ich kichere verlegen, während Luca sich meinen Vorschlägen ergibt.

»Ein Paar? Mehrzahl?« Er steht nicht so auf die kitschigen Filme, aber ich konnte einige Weihnachtsklassiker, die in Deutschland sehr bekannt sind, auch mit italienischer Synchronisation entdecken.

»Ein oder zwei. Vielleicht auch mehr, wenn wir wollen.«

»Dann werde ich alles dafür tun, damit du mit mir ins Schlafzimmer willst …«, kündigt er an und schenkt mir noch etwas Limoncello nach.

»Willst du mich betrunken machen?« Mein kleines Becherchen wird bis zum Rand gefüllt.

»Es schmeckt dir doch, oder?« Dieser Schuft …

Ich schlürfe einen guten Zentimeter ab und genehmige mir einen kräftigen Schluck, ehe ich erneut mit ihm anstoße.

»2022 wird unser Jahr.«

13

DAS LEMON LOVE

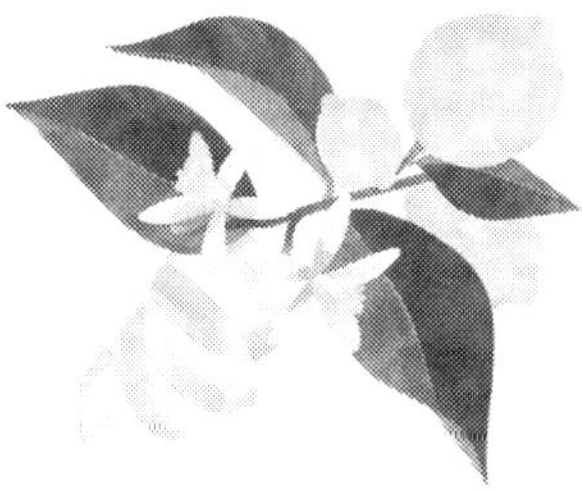

Sechs Kilo. Aber sie sind gut angelegt. In Fett. An meinen Oberschenkeln.

Meine Eltern waren schon immer gute Köche, dafür konnten sie nicht backen. Zum Ausgleich kaufen sie daher jedes Jahr an Weihnachten kiloweise Kekse, Schokolade, Marzipan und Lebkuchen. Das kann ich jetzt für eine ganze Weile nicht mehr sehen – obwohl ich mich wie im Schlaraffenland gefühlt habe.

Es gibt noch etwas, das ich an Flughäfen nicht mag: das Chaos. Ich blicke einfach nicht durch, wo ich hinmuss. Wo ist die Kofferausgabe? Wo der Ausgang? Bin ich hier überhaupt richtig?

Ich folge einfach meinen Sitznachbarn, bis wir das Gepäckband erreichen. Natürlich ist mein Koffer einer der letzten – egal. Jetzt muss ich nur noch nach draußen finden. Da die anderen

Passagiere bereits das Weite gesucht haben, muss ich mich durchfragen. Und endlich erreiche ich den Ausgang, wo viele Angehörige bereits ihre Liebsten in Empfang genommen haben. Luca hält ein Schild hoch, auf dem steht: »Lemon Queen«.

Wir grinsen uns an, als endlich Sichtkontakt besteht. Eiligst laufe ich auf ihn zu und schlinge meine Arme um ihn. Auch wenn wir täglich miteinander telefoniert oder geschrieben haben, ist es doch etwas ganz anderes, seinen Liebsten wieder in die Arme schließen zu können. Ein süßer und leidenschaftlicher Kuss besiegelt unser Wiedersehen, ein Moment der Ewigkeit, in dem ich alles um mich herum vergesse. Den Lärm des Flughafens, die seltsamen Gerüche um mich herum und die vielen Schweißperlen auf meinem Körper, die sich dank meiner Flugangst aus allen Poren zwängten. Der Rückflug war zwar deutlich angenehmer, aber eine Leidenschaft wird das Fliegen nie werden. Nie.

Dafür ist meine Leidenschaft für Wiedersehensküsse und gemeinsames Lachen entfacht. Ich will diesen Mann keinen einzigen Tag mehr in meinem Leben missen …

»Irgendwie hatte ich das erwartet«, meine ich, als Luca mir eine Tupperdose reicht, in der sich ein saftiges Stück Zitronenkuchen und einige Kekse befinden.

»Paola meinte, du hast sicher schon ewig nichts Gutes mehr gegessen und würdest halb verhungert in Neapel landen.« Solange er nicht bemerkt, dass ich ordentlich zugelegt habe, werde ich das natürlich nicht ansprechen.

»Wenn sie wüsste«, murmele ich und koste natürlich gleich mal davon. Oh Gott, ist das gut. Ja, Zitronenkuchen habe ich wahrlich schmerzlich vermisst …

»Am ersten Weihnachtstag gab es Fisch mit Zitronenscheiben garniert. Aus Spanien. Ich war ein wenig geschockt«, erkläre ich lachend. Wenn Paola das wüsste, hätte sie sicher angefangen zu beten und meine Familie zum Teufel gewünscht.

»Sag das nur noch meiner Großmutter«, warnt er mich ein wenig verzweifelt.

»Ich werde schweigen wie ein Grab«, antworte ich ihm und reiche ihm ein Stück Kuchen, doch er lehnt ab.

»Zugegeben, das waren vorher vier Stücke.« Luca lacht.

»Ach deswegen ist die Box so groß ...« Ich habe mich schon gewundert. Ich bin endlich wieder hier, wie ich Italien doch vermisst habe!

»Es ist angenehm, sich genauer die Gegend ansehen zu können, ohne auf den Verkehr zu achten.« Immerhin bin ich die Strecke nun selbst schon zwei Mal gefahren, aber jetzt kann ich mir alles ganz genau ansehen. Ich schreibe meiner Familie, dass ich gut gelandet bin, schicke ihnen ein Video aus dem Wagen und freue mich, als wir den Tunnel erreichen. Einmal durch die Milchberge und am Ende das Meer sehen, welches mich so herzlich in Empfang nahm, als ich hier zum ersten Mal allein ankam.

»Ich weiß noch, wie wir uns damals am Stand begegnet sind.« Ich gerate bei dem Genuss des Zitronenkuchens ins Schwärmen.

»Du hast mich also absichtlich fotografiert?« Was meint er? Doch dann erinnere ich mich an die Bilder, die Line damals entdeckte, auf denen Luca zu sehen war.

»Oh, nein ... das war Zufall, ehrlich.«

»Ach ja?« Luca amüsiert sich. »Du bist mir hinterhergelaufen, und ich glaube, einmal hast du es gezielt auf meinen Hintern abgesehen.« Ihm gefällt es wohl, mich so zu ärgern.

Ich werde etwas rot um die Nase und rede mich heraus: »Du bist mir da noch nicht aufgefallen, das war wirklich nur Zufall ...«

»Aber ich habe dich bemerkt. Die freche Fotografin, die alles um sich herum filmen musste. Ich dachte erst, du wärst eine Prominente oder es würde sich jemand in Positano aufhalten, den du stalkst.« Oh weh ...

»Und dennoch hast du mich angesprochen?« Kaum zu glauben, dass dies der Auslöser für seine Kontaktaufnahme war.

»Ich war neugierig. Und ich fand dich sehr hübsch. Als ich abends an den Strand ging und dich dort sah, fühlte es sich so perfekt an.«

»Sei ehrlich, du hast so etwas früher doch öfter getan?«

»Schon. Ein paar Mal. Als ich jünger war. Aber irgendwann war es nicht mehr das, was ich wollte.«

»Was wolltest du denn?« Mein Herz schlägt schneller.

»Das hier.« Kurz sieht er zu mir, lächelt und blickt wieder auf die Straße.

»Mit einer kuchenverschlingenden Blondine Autofahren?«, ist meine Frage.

»Mit der Frau meines Herzens zurück nach Hause fahren.«

Oh Mist. Jetzt werde ich doch rot. Und Luca sitzt da am Steuer, lächelt und wirkt überglücklich. Kurz überlege ich, ob ich mich nicht umdrehen und nach besagter Person auf dem Rücksitz suchen soll, um ihn ein wenig zu ärgern. Aber ich entscheide mich dagegen. Auch eine freche Antwort, bezüglich der drei verschollenen Kuchenstücke, die in seinem Bauch liegen, und dass er dies ja nur gesagt hat, weil er mir diese weggefuttert hat, spreche ich nicht aus.

»Du sagst ja nichts?« Luca wird etwas nervös, darum will ich ihn gerne erlösen.

»Ich liebe dich auch«, hauche ich und seufze wohlig dabei auf, was ihn zum Strahlen bringt.

Ja, lass uns nach Hause fahren. Gemeinsam.

Als wir Positano erreichen, fährt er behutsam durch die menschenleeren Straßen. Nur neun Grad sind es heute, es ist ungewöhnlich kühl für Anfang Januar. Aber das kann die Schönheit Positanos nicht trüben.

»Ich habe frische Muscheln gekauft. Was hältst du von *Spaghetti alle Vongole* zum Abendessen?«

»Solange du sie kochst, sehr gern.« Ich blicke aus dem Fenster und betrachte die vielen Häuser, die Blumentöpfe und bunten Fassaden. Es fühlt sich so beruhigend an, wieder hier zu sein. »Weißt du …«, beginne ich sehnsuchtsvoll und spreche dann weiter: »Mein ganzes Leben lang stand ich unter Stress. Ich wollte immer mehr erreichen, um mir immer mehr leisten zu können. Ich dachte, wenn ich meinen Job bei Mööve gut mache, dann werde ich vielleicht bald Abteilungsleiterin. Das hätte noch mehr Arbeit bedeutet. Eine größere Wohnung oder gar ein Haus am Hamburger Stadtrand wäre vielleicht möglich gewesen. Und dann, mit vielleicht 65 oder 70 Jahren, hätte ich in Rente gehen können. Dann wäre es endlich an der Zeit für ein gutes Buch, lange Schaumbäder, ausschlafen und Urlaub pur. Kochen. Genießen. Das Leben in vollen Zügen erleben.« Ich schüttele den Kopf. »Diese ständige Anspannung, weil ich dachte, dass ich nicht gut genug bin und dass ich besser werden muss, der permanente Konkurrenzkampf und die negativen Gedanken haben mich vergiftet. Aber seit ich hier bin, geht es mir viel besser.« Ich atme tief durch und gestehe ihm dann: »Wenn ich an meine Freundinnen, Schwestern und meine ehemaligen Kolleginnen denke, dann ist da immer dieser Stress. Diese Angst. Wenn man seinen Job verliert, bedeutet das auch, sein Zuhause zu verlieren. Schulden zu machen. Da nicht wieder rauszukommen. Man arbeitet und arbeitet und kommt vielleicht aus Versehen oder weil etwas Schlimmes passiert, wofür man gar nichts kann, in eine Situation, wo man viel Geld benötigt. Und dann zahlt man das ab. Jahr für Jahr. Und man vergisst zu leben. Spart, wo man nur kann. Und dann sind fünf oder zehn Jahre vorbei, in denen man vergessen hat, seine begrenzte Zeit hier auf Erden zu genießen.« Luca hält hinter dem Grosso und schaltet den Wagen aus. »Aber jetzt bin ich hier. Und ich kann mein Leben genießen. Das tun, was mir Spaß macht. Bei den Menschen sein, die mir guttun. Ohne Streit. Ohne

Ärger. Ich kann meine Leidenschaft leben und lerne viel Neues dazu. Na ja, und der Kerl, der mir den Kopf verdreht hat, der ist auch ganz okay.«

»Ach ja? Ganz okay?« Luca neigt sich zu mir, schnallt sich dabei ab und beugt sich ein Stück näher, um mir einen sanften Kuss zu schenken.

»Er wird von Tag zu Tag besser …«, scherze ich und lege eine Hand an seine Wange. »Ich habe dich so vermisst«, hauche ich und küsse ihn nun ebenso.

»Wir holen die Koffer gleich ab, vorher will ich dir etwas zeigen.« Er wirkt enthusiastisch und startet den Wagen wieder. Nur wenige Meter weiter entdecke ich daraufhin, was er meinte. Auf dem Stübchen befindet sich nun ein Gestell, welches zur Meerseite hin – also aus Sicht der Gäste – mit einer Mauer verdeckt wird. Aber von der Rückseite aus ist es ein Parkplatz. Vier Autos stehen bereits dort, für ein fünftes ist auch noch genug Raum übrig.

»Es ist ja schon fertig?«, stoße ich begeistert aus.

»Ja. Zwar ist es hier ganz schön eng, aber dank der Technik lassen sich die Stellplätze drehen, sodass jeder sein Fahrzeug leicht erreichen kann.« Luca wirkt erleichtert. »Jetzt ist wieder Platz im Grosso für meine Mitarbeiter, damit sie nicht so weit laufen müssen.«

»Und der Chef parkt hier. Sehr schön.« Ich schnalle mich ab, steige aus und bemerke, an welcher Stelle ich gerade stehe. »Hier war das Wohnzimmer. Seltsam, nicht wahr?« Ich ziehe die Strickjacke fester um meinen Körper, der Mantel liegt auf der Rückbank.

»Das ist aber noch nicht alles. Komm.« Luca streckt seine Hand nach mir aus, die ich gerne annehme. Er führt mich eine Eisentreppe hinunter, welche uns eine Etage tiefer bringt. Die ist auch neu …

»Dein Schild kam auch an und nicht nur das …« Tatsächlich! Direkt über dem Eingang steht nun *Lemon Love* geschrieben. Dazu die neue, moderne Tür und die restaurierte Fassade. Luca holt seinen Ersatzschlüssel hervor und reicht ihn mir, meinen hatte ich bei Paola gelassen, damit ich mir keine Sorgen wegen eines Verlustes in Deutschland machen muss. Ich kenne ja mein Glück. Vermutlich hätte ich ihn auf dem Wohnzimmertisch meiner Eltern liegen gelassen …

»Da bin ich ja mal gespannt.« Nervös nestele ich an seinem Schlüsselbund und schließe dann die Tür auf. Sofort gehen die Lichter an und der moderne Innenraum lacht mir entgegen. Die hellblauen Wände harmonieren herausragend zu den aufgebauten, weißen Regalen. Dazu der neue Verkaufstresen, der eigentlich erst in einer Woche kommen sollte, aber bereits fertig montiert ist. Natürlich auch der Fußboden, auf dem ich stehe, weißes PVC, das wie Holzdielen aussieht, aber leicht zu reinigen ist.

Staunend lasse ich meinen Blick durch den Raum schweifen – sogar das gewünschte Fenster, mit Blick auf den Ozean, wurde umgesetzt, das viel Licht in das Geschäft bringen wird. Auch die weißen Rahmen an den Wänden, in denen Fotos aus dem Video zu sehen sind, schmücken das Lemon Love.

Lucas Hand legt sich auf meine Schulter. Er gesellt sich genau neben mich und gesteht mir: »Ich bin froh, dass es nicht abgerissen wurde. Hier können wir neue Erinnerungen erleben und sie später einmal …« Kurz überlegt er und ergänzt dann: »Ich will viele Kinder. Mindestens zwei.«

»Ach so?« Ich lache ihm entgegen und schmiege mich an seinen Körper. »Spätestens in der Pubertät werden sie genervt sein, wenn wir ihnen immer und immer wieder das Video vorspielen und erzählen, wie wir uns am Strand kennengelernt haben.«

»Weil du mich heimlich fotografiert hast«, sagt er und räuspert sich auffällig.

»Und du Teufel Paola und mir das Leben schwer gemacht hast.«

»Okay, du hast gewonnen.«

»Gewöhn dich dran, ich habe IMMER recht.« Wir lachen beide und bleiben noch eine ganze Weile so stehen, bis Luca mich in die Backstube führt. Hand in Hand, als wenn er mich nicht mehr loslassen möchte.

»Die neuen Öfen sind noch nicht da, dafür wurde die Wand um zwei Meter nach vorne gerückt. Du hast also mehr Platz zum Arbeiten. Und da die Treppe nach oben fehlt, ist hier noch ein kleiner Stauraum. Sogar mit Tür.«

»Perfekt. Ein Wunder, dass der Architekt das alles so gut umsetzen konnte.« Das waren fiese Kritzeleien, die ich ihm gegeben habe.

»Und hier ist die neue Durchgangstür.« Eine Feuerschutztür in Weiß. Mit einer zweiten dahinter. Luca hat in seinem leeren Gang ein paar Meter Platz gemacht, damit das Hygieneamt zufrieden war. Jetzt ist alles so, wie es sein muss, damit ich mich voll und ganz aufs Backen und Kreieren konzentrieren kann. Na ja, in zwei Monaten erst. Dann eröffnet das Lemon Love wieder. Aber bis dahin kümmere ich mich um einen ausgeklügelten Plan, wann ich was backen möchte, wie viel und an wen ich die Backwaren verkaufen kann. Paola hat vieles instinktiv gemacht, aber ich will ein wenig mehr Struktur in die Sache bringen.

Nach einem heißen Bad überrascht Luca mich mit einem leckeren Abendessen. Morgen wird er Paola aus Sorrent abholen. Sie war dort für ein paar Tage und hat eine alte Freundin besucht, die sogar ein Jahr älter ist als sie.

Limoncello hält jung – hat sie mir einmal gesagt. Ganz so falsch scheint sie damit ja nicht zu liegen ...

Nackt und nur in eine Decke eingewickelt, liegen wir auf der Couch. Im Hintergrund läuft ein Film, von dem ich nur die ersten Minuten Handlung mitbekommen habe, dann war es vorbei mit dem gemütlichen Filmabend.

»Wir sollten den Film noch einmal von vorne sehen«, meine ich, werde allerdings kurz darauf von dem Ende überrascht, als der wahre Täter entlarvt wird.

»Wirklich?« Luca lacht und fährt mir mit seinen Fingerspitzen durch mein offenes Haar.

»Mh, hat sich erledigt.« Mist, ich wollte den schon lange schauen, weil die Story so gut klang. Aber jetzt weiß ich ja schon, wer der Mörder ist.

»Beim nächsten Mal lasse ich dich lieber den Film schauen, mh?« Da er leise lacht, ist mir natürlich klar, dass er dies nicht ganz ernst meint.

»Wehe dir …« Ich atme tief durch und genieße seine Körperwärme an meiner. Wenn es nach mir geht, kann es von nun an immer so bleiben. Jeden Tag. Bis zu meinem letzten Atemzug.

Am nächsten Morgen fährt Luca los, um Paola abzuholen. Da er sicher zwei, drei Stunden weg sein wird, wollte ich die Zeit nutzen, um ein paar Bilder im Geschäft zu machen, damit ich sie Freunden und meiner Familie schicken kann. Natürlich präsentiere ich auch einiges davon auf Social Media, damit es später schöne Vorher-Nachher-Bilder geben kann.

Heute will ich aber den Boden fegen und wischen, damit eine grobe Grundreinigung vorhanden ist. Durch die vielen Arbeiten wurde doch einiges an Schmutz in das Geschäft getragen.

Fleißig bei der Arbeit, rechne ich allerdings nicht damit, dass plötzlich eine Kundin in der geöffneten Tür steht, während ich noch am Fegen bin.

»Guten Morgen«, grüßt sie mich auf Italienisch. Mit Sonnenbrille, Mantel und stylishem Look, erinnert sie mich im ersten Moment an ein Model. Oder eine Prominente.

»Guten Morgen. Das *Lemon Love* ist leider noch nicht wieder eröffnet. Es geht erst Ende Februar wieder los«, sage ich und stelle den Besen beiseite. Normalerweise verirrt sich niemand hierher, aber ich könnte ihr einen Flyer in die Hände drücken. »Hier ist alles aufgeschrieben, bezüglich der Neueröffnung.«

Die Frau nimmt den Flyer entgegen, nimmt ihre Sonnenbrille ab und betrachtet mich neugierig.

»Ich bin nicht wegen des Ladens hier, sondern um dich kennenzulernen.« Ihr Lächeln wirkt freundlich, auch wenn sie einen kühlen Eindruck auf mich macht.

»Mich?« Vielleicht war sie eine Stammkundin von Paola? Oder ist sie von einer Immobilienfirma und will das Lemon Love kaufen? Luca und Paola haben mich davor schon gewarnt, dass solche Leute hier auftauchen und mir Angebote unterbreiten könnten. Positano ist begehrt. Es gibt einige Menschen, die bereit sind, viel Geld auszugeben, wenn sie hier ein Geschäft oder eine Wohnung haben könnten.

»Es ist lange her, seit zuletzt eine junge Dame meinem Sohn den Kopf verdreht hat.« Sie steckt ihre Sonnenbrille weg und fährt fort: »Ich bin Mariella, Lucas Mutter.« Ach du Schreck! Davor hat mich natürlich keiner gewarnt.

Ich starre sie kurz überrascht an und versuche, aus meiner Schockstarre zu entkommen. Sofort strecke ich meine zittrige Hand nach ihr aus, doch sie nimmt mich stattdessen einfach in den Arm. »Es freut mich sehr, dich kennenzulernen.« Oha. Luca hat nie viel über seine Mutter erzählt. Sie sehen sich nicht oft, mehr weiß ich eigentlich gar nicht. Aber mir war natürlich bewusst, dass ich sie früher oder später kennenlernen werde.

»Mariella, es freut mich …«, murmele ich etwas unsicher, als sie sich von mir löst.

»Dein Akzent ist süß, man hört heraus, dass du nicht aus Italien stammst, aber das gefällt mir. Du sprichst wirklich gut italienisch. Hast du es in Deutschland gelernt?« Sie weiß scheinbar mehr über mich als ich über sie.

»Früher kam meine Familie im Urlaub hierher, ich fand Gefallen an der italienischen Sprache. Über die Jahre habe ich dann ein paar Kurse belegt, Bücher auf Italienisch gelesen oder Filme in der Originalsprache angesehen. Seitdem ich hier bin, lerne ich aber deutlich schneller dazu.« Ich bin ein wenig verunsichert. Luca ist nicht da, ausgerechnet heute. Ob sie das gewusst hat? Oder wollte sie ihren Sohn besuchen?

»Ich war doch etwas überrascht, als Luca mir anfangs von dir erzählte und seine Meinung sich ein paar Wochen später drastisch geändert hat.« Sie umkreist mich mit ein paar langsamen Schritten. »Erst schenkt Paola dir das Geschäft und dann bist du die, die sein Herz erobert hat.« Oh weh, ich ahne Schlechtes. »Und jetzt wohnst du bei ihm im Grosso ...«

»Ich habe nicht vor, mir das Grosso unter den Nagel zu reißen«, sage ich sofort. Darauf möchte sie doch hinaus, nicht wahr?

»Mh?« Sie blinzelt mir überrascht entgegen und fängt an zu lachen. Da ist sie Luca sehr ähnlich, jetzt erkenne ich, von wem er dieses charmante, ansteckende Lachen hat. »Nein, so meinte ich das nicht. Ich war nur überrascht, dass eine Frau es geschafft hat, meinen kleinen Teufel zu bändigen.« Sie nennt ihn auch Teufel? Ich bin doch sehr überrascht. »Lucas Vater war ein Mistkerl. Ich dachte lange, Luca hätte viel von ihm vererbt bekommen, aber du scheinst in ihm etwas geweckt zu haben, was doch deutlich macht, dass er *mein* Sohn ist.« Kurz zögert Mariella, ehe sie mich fragt: »Soll ich dir beim Putzen helfen oder gehen wir etwas essen?«

Da fällt mir die Entscheidung natürlich leicht: »Luca ist bald zurück, er wird uns sicher etwas kochen. Aber vorher muss ich hier alles sauber machen.« Ob eine feine Dame wie sie sich wirklich die Hände schmutzig machen möchte?

Doch sie strahlt, nickt und zieht sich den Mantel aus, welchen sie über die Kasse wirft.

»Wenn du die Regale abstaubst und wischst, könnte ich mich weiter um den Boden kümmern«, schlage ich vor. Immerhin trägt sie Stiefel mit hohen Absätzen, da will ich sie nicht durch den Laden scheuchen. Außerdem würde es mir gefallen, mich gut mit ihr zu verstehen. Jetzt, da es ernst zwischen mir und Luca ist, werde ich irgendwann auch ein Teil ihrer Familie werden.

Mariella nimmt sich den Staubwischer und reinigt schnell und präzise die Regalflächen, wischt diese anschließend, sodass ich mich um den Boden kümmern kann, den ich anschließend noch mit warmem Wasser und Zitronenreiniger säubere. Mit welchem Duft auch sonst?

Ohne ein Wort der Aufforderung putzt sie sogar noch das Fenster. Streifenfrei.

»Ich würde sagen, wir sind ein gutes Team«, meint sie lachend und gießt das schmutzige Wasser in den Ausguss. Ich stelle meinen gesäuberten Eimer in die Ecke und reiche ihr die Seife, damit Mariella sich noch die Hände waschen kann.

»Du warst mir eine große Hilfe, vielen Dank.«

»Ich finde, Luca ist uns jetzt ein leckeres Mittagessen schuldig, meinst du nicht auch?«

»Allerdings ...« Wir lachen gemeinsam und verlassen das Geschäft. Ich schließe es ab und betrete mit ihr das Grosso. Nur noch Lilianne, die Empfangsdame, ist aktuell anwesend, da jetzt nur noch zwei Gäste vor Ort sind. Aber für die kommenden Tage haben sich neue angekündigt.

»Wie ruhig es doch hier ist«, spricht sie im sanften Ton zu mir und sieht sich neugierig um.

»Wann warst du zuletzt in Positano?«, frage ich sie und weiß nicht so recht, wo ich mit ihr hingehen soll. Wir könnten in der Lounge auf Luca und Paola warten. In die Küche kann ich sie sicher nicht mitnehmen, oder?

»Das ist schon vier Jahre her.« Eine Antwort, die mich doch sehr überrascht.

»Also hast du Luca all die Zeit über nicht gesehen?«, frage ich zögernd nach.

»Das schon, er kam mich manchmal in Rom besuchen, wenn es die Zeit zugelassen hat.« Mariella macht es sich in einem der Sessel im Eingangsbereich bequem.

»Ich werde uns einen Tee kochen. Welche Sorte möchtest du?«, frage ich höflich nach.

»Zitrone?« Sie lacht charmant.

»Ich bin gleich zurück.« Sofort gehe ich in die Küche und setze Wasser auf. Dann hole ich zwei hübsche Glas-Teetassen, stelle sie auf ein Tablett und schneide von einer Zitrone dünne Scheiben ab. Dazu wahlweise ein Glasschälchen mit Zucker, eines mit Zitronensaft und eines, in das ich ein paar Beutel lege, da ich nicht weiß, wie sie ihren Zitronentee am liebsten trinkt. Fröhlich verlasse ich die Küche wieder, nicke Lilianne freundlich zu und … Mariella ist weg.

Fragend drehe ich mich hin und her, doch Lucas Mutter ist verschwunden. Ihr Mantel fehlt ebenso, der zuvor noch über der Armlehne des Sessels hing. Zögernd stelle ich das Tablett ab und laufe nach draußen, doch auch dort sehe ich sie nicht. Ist sie vielleicht ins Restaurant gegangen oder kurz auf die Damentoilette?

Ich gehe wieder hinein und betrete das Restaurant, doch niemand ist da. Gut, dann werde ich vorne warten. Sie kommt sicher gleich zurück.

Oder auch nicht. Etwa 20 Minuten später kommen aber Luca und Paola zurück. Sofort erhebe ich mich und herze Paola glücklich. Es ist so schön, sie wiederzusehen. Sie lacht erfreut und klopft mir mit einer Hand auf den Rücken, da sie in der anderen eine Tasche hält.

»Ich hoffe, Luca ist nicht so schnell gefahren?«, frage ich etwas provokant nach, was sie nur lauter zum Lachen bringt.

»Wie der Teufel!« Das war klar.

Ich stupse Luca kurz an und nehme dann seine Hand.

Entweder ich habe vorhin einen Geist gesehen oder seine Mutter war tatsächlich hier.

»Es ist etwas Schräges passiert«, beginne ich, während Paola sich in einen der Sessel setzt. Sie stöhnt erschöpft auf und macht es sich bequem.

»Ach ja?«, fragt er mich und sieht sich kurz um. Vielleicht vermutet er einen Wasserschaden oder eine riesige Touristengruppe.

»Als ich im Lemon Love war, tauchte plötzlich eine Frau auf und stellte sich als Mariella vor. Deine Mutter.«

»Sie ist hier?« Luca wirkt vollkommen überrascht, im Gegensatz zu Paola.

»Ich habe mit ihr telefoniert, sie meinte, sie würde gerne herkommen, damit sie Katrin mal kennenlernen kann.« Als sie das sagt, bin ich im ersten Moment erleichtert, ganz im Gegensatz zu Luca, der zerknirscht wirkt. Doch als Paola ihn strafend ansieht, scheint er sich zusammenzureißen.

»Ich habe uns einen Tee gemacht, aber als ich aus der Küche zurück kam, war sie verschwunden.« Ich deute auf die Gläser, deren Inhalt längst kalt geworden ist.

»Möchtet ihr etwas essen? Lasagne?« Luca lenkt also vom Thema ab. Zumindest versucht er es.

»Sie hat mir geholfen, den Laden zu reinigen.« Ich hebe fragend die Brauen und hoffe, dass Luca noch etwas dazu sagen wird.

»Mit extra viel Käse? Kommt sofort.« Nein, er verlässt das Geschehen und geht Richtung Küche. Verstanden. Seine Mutter ist also ein sensibles Thema.

»Ich hatte gehofft, dass sie bleibt, aber sie ist wohl geflohen, als sie Gelegenheit dazu hatte«, äußert sich Paola und seufzt auf.

»Wenn du mir versprichst, nicht wegzulaufen, werde ich neues, heißes Wasser holen.« Auf ein Gespräch und Informationen über Lucas Mutter bin ich nämlich verdammt scharf.

»Ich bin 17 Stufen nach unten gegangen, ich bewege mich so

schnell nicht weg von hier«, sagt sie lachend und schließt daraufhin entspannt die Augen.

Alles klar. Ich lasse das meiste auf dem Tischchen stehen und kehre mit der Karaffe zurück in die Küche, wo Luca sich aufmacht und Hackfleisch aus dem Kühlschrank holt.

»Hey …« Ich gieße das lauwarme Wasser zurück in den Kocher, stelle ihn an und umarme Luca anschließend von hinten, während er damit zu tun hat, Zwiebeln zu schälen. Meine Hände streicheln über seinen Bauch, während ich meine Wange fest an seinen Rücken drücke. »Du bist mir immer ausgewichen, wenn es um deine Mutter ging. Wenn du mir gesagt hättest, dass ihr Streit habt, hätte ich sicher anders reagiert. Aber sie war wirklich sehr freundlich zu mir.«

»Ich habe sie seit vier Jahren nicht mehr gesehen«, ist seine knappe Antwort. »Als mein Vater vor über zwei Jahren starb, lebten sie bereits voneinander getrennt. Er hier in Positano. Sie in Neapel. Ich glaube, sie lebt jetzt in Rom, aber wer weiß das schon …«

»Sie kam nicht einmal zur Beerdigung?«, frage ich zögernd nach und drücke ihn etwas fester an mich, während Luca die Zwiebeln klein hackt und in die heiße Pfanne gibt. Das deftige Zischen erschreckt mich kurz. »Nein. Sie hatten immer viel Streit. Nach ihrer Trennung, als ich noch ein Kind war, kam sie mich nur selten besuchen. Oder ich war bei ihr. Es war sehr chaotisch, dieses ständige Hin und Her.« Verstehe.

»Vielleicht bereut sie ihr damaliges Verhalten und hat versucht, heute herzukommen, damit sie mit dir sprechen kann?« Ich kann nur mutmaßen.

»Sie darf es bereuen, aber es ist mir egal.« Luca hat längst eine große Mauer um dieses Thema errichtet. So schnell werde ich diese nicht zum Einsturz bringen können. »Sie hat mich sehr oft emotional verletzt. Immer und immer wieder. Ich gab ihr viele neue Chancen, aber sie hat es immer wieder ruiniert.« Mit einem Male rammt er das Messer in das Holzbrett, sodass ich zusammenschrecke und von ihm ablasse. »Es war nicht richtig, dass sie heute hier war und mit dir sprach. Ich weiß, dass meine Großmutter sich wünscht, dass wir wieder miteinander Kontakt haben, aber das kann sie vergessen.« Luca dreht sich zu mir herum und betrachtet mich eindringlich. »Ich möchte nicht, dass sie dich auch noch emotional verletzt. Das macht sie leider ständig mit Menschen. Ich gehe davon aus, dass sie es unabsichtlich tut, aber dennoch …« Luca seufzt leise auf und legt eine Hand an meine Wange, küsst mich und sagt daraufhin: »Dich zu beschützen ist meine oberste Priorität. Sollte sie hier noch einmal auftauchen, werde ich sie rauswerfen.«

»Okay. Ich stehe dir zur Seite. In diesem Fall. Du bist nämlich auch meine oberste Priorität.« Ich nehme den Pfannenwender und bewege die Zwiebeln etwas, damit sie nicht anbrennen. »Und diese Zwiebeln kommen gleich an zweiter Stelle.« Ich lache und Luca schließt sich mir gerne an. Sanft umarmt er mich von hinten und schmiegt sich an meinen Körper.

»Danke.« Er haucht mir einen Kuss in den Nacken, während ich auf die Zwiebeln achtgebe.

Nach ein paar Minuten kehre ich zurück zu Paola. Mit heißem Wasser und ein paar Gemüsesticks zum Knabbern. Ganz wohl ist mir gerade nicht, aber Luca bedeutet mir viel, weswegen ich dieses Gespräch unbedingt führen muss.

»Ich möchte dich um einen Gefallen bitten, Paola«, beginne ich und gieße ihr heißes Wasser ein.

»Natürlich.« Sie beugt sich ein Stück vor und gibt etwas Zitronensaft und eine hauchdünn geschnittene Scheibe ins Wasser, während ich einen dick gehäuften Teelöffel Zucker dazu benötige.

»Luca bedeutet mir viel und er ist nicht glücklich damit, dass Mariella heute hier war. Ich weiß … ich ahne, dass du die beiden wieder zusammenführen möchtest, aber …«

»Es war ein Versuch.« Paola unterbricht mich. Sie wirkt traurig und seufzt leise auf, als sie nach einem Gurkenstreifen greift und diesen probiert. »Als ich noch ein junges Mädchen war, gerade einmal 17 Jahre alt, da stritt ich schlimm mit meiner Mutter. Es war nur eine Nichtigkeit. So unwichtig, dass ich den Grund gar nicht mehr weiß. Sie lief mir hinterher und wurde von einem Auto angefahren. Ein Mann, der viel zu schnell unterwegs war. Ich bereue es zutiefst, im Streit davongelaufen zu sein, und ich würde alles dafür geben, noch einmal mit ihr sprechen zu dürfen. Das ist nun fast 80 Jahre her, aber ich erinnere mich daran, als sei es gestern gewesen.« Paola atmet tief durch und genießt einen Schluck Zitronentee. »Ich habe Sorge, dass Mariella etwas geschehen könnte und Luca bereut, sich nicht mehr mit ihr vertragen zu haben.«

Oh verdammt. Das ist hart. Das ist so hart, dass ich mich nicht mehr traue, etwas zu sagen. »Es tut mir leid«, hauche ich schuldbewusst.

»Du stehst für Luca ein, Katrin. Das imponiert mir sehr. Und ich bin froh, dass ihr euch gefunden habt. Aber ich muss sie immer wieder anrufen. Ihr sagen, wie es Luca geht. Ich würde das nicht aushalten, wenn ich ihr das nicht mehr sagen könnte.« Vor mir sitzt eine tieftraurige Frau. Was soll ich nur machen?

»Ich denke, das geht in Ordnung. Mariella machte auf mich den Eindruck, als wenn sie ehrlich an Lucas Glück interessiert ist. Und dass sie heute gegangen ist, ohne ihn zu begrüßen, zeigt auch, dass sie weiß, dass er sie nicht sehen möchte. Versuch nur bitte, bitte nicht, ihn zu überreden. Es ist seine Entscheidung. Jeder Mensch ist da anders.« Ich werde Paola von ihren Telefonaten mit Lucas Mutter nicht abhalten können, noch steht es mir zu, ihr das zu verbieten oder ihr ein Ultimatum zu stellen. Selbst wenn ich ihr das Telefon abnehmen würde, was absurd wäre, würde sie sicher Mittel und Wege finden, Mariella zu kontaktieren. In diesem Punkt bin ich auf Lucas Seite. Es ist seine Entscheidung, mit seiner Mutter zu brechen oder nicht. Auch wenn ich zwischen ihm und Paola vermitteln konnte, so wage ich es kein zweites Mal. Denn es hat sich eine Sache verändert: Damals mochte ich ihn nur ein klein wenig. Heute liebe ich ihn.

Die Wochen vergehen und der Winter verlässt Positano genauso schnell, wie er gekommen war. Als wäre er nur kurz zu Besuch gewesen und würde sich nun verabschieden. *Bis bald. Bis in etwa neun Monaten.*

Es wird endlich wieder wärmer und die Winterzitronen können geerntet werden. Dank der Temperaturen blühen die Bäume nämlich auch in den kalten Monaten – wer hätte das gedacht?

Ich habe ein gutes Konzept erarbeitet und weitere Produkte für das Geschäft bestellt. Auch die neuen Öfen, Kühlschränke und Transportboxen sind eingetroffen.

Begeistert begutachte ich die Öfen, stelle probeweise die Bleche in die einzelnen Kühlfächer, zähle die Schüsseln durch und prüfe, ob auch alles an seinem Platz ist. Irgendwann ... irgendwann einmal, werden diese Sachen meiner Nachfolgerin gehören. Ein paar von Paolas Backartikeln konnte ich behalten, es wäre zu schade, sie wegzuwerfen, und so haben sie eine zweite Chance, mir noch nützlich zu sein. Die wackeligen Tische aber mussten raus. Der Boden wurde neu gefliest, auch die Wände sind nun abwaschbar und entsprechen den neuesten Hygienestandards. Die alte Küche hatte ihren Charme, aber nun ist es Zeit für etwas mehr Modernes.

»Oh wow«, flüstert Paola, als sie in die Backstube kommt. Ihre Augen leuchten, so ist mir, und ihre Hände zittern aufgeregt. Dann faltet sie diese, lächelt und meint: »Wie hübsch es doch jetzt hier ist. Hell. Freundlich. Und mehr Platz.«

»Hast du es dir in etwa so vorgestellt?«, frage ich sie und öffne für sie eine der Ofenluken.

»Nicht so schön, das muss ich sagen.« Sie bewegt die Ofentür selbst und muss lachen: »Quietscht gar nicht mehr.«

»Ja, es hat sich viel verändert, aber der Zauber deiner Rezepte wird bleiben.« Ihr Rezeptbuch liegt in einem Safe, welchen ich habe in die Wand einarbeiten lassen. Nach und nach werde ich es digitalisieren, falls mal etwas geschieht oder jemand auf die Idee kommt, es zu stehlen, aber dieses Buch ist *Paolas Vermächtnis*. Ihre Gedanken. Ihre Ideen. Ihre Erfolge. Und ich werde es in Ehren halten, solange es mir möglich ist.

Zusammen gehen wir in den Verkaufsraum. In den letzten Wochen haben wir gemeinsam Seifen hergestellt und ein paar neue Kreationen ihrer Rezepte ausprobiert. Zum Beispiel dachte ich mir, den Zitronenkuchen auf einem Blech zu backen, diesen eckig auszustechen und dann mit frischer Zitronensahne zu schichten. Als kleinen Farbklecks gab es Blaubeeren, damit das herrliche Gelb der Zitronen hervorgehoben werden konnte, und ein frisches Pfefferminzblatt oben drauf. Das Ganze wurde in einer Glasschale serviert, ebenfalls eckig. Im Sommer möchte ich nämlich auch eine Außengastronomie anbieten und mich da ganz frech an das Grosso hängen. Die vielen Auflagen und Bestimmungen sind ganz schön kompliziert, aber Luca ist da voll und ganz Profi.

Besonders lecker ist auch die frische Zitronenrolle: ein saftiger, fluffig leichter Biskuitboden mit Zitronenpudding und karamellisierten Zitronenstücken gerollt, glasiert mit einer Puderzucker-Zitronensaftmischung und fein gehackten Pistazien und mit Pfefferminzblättern garniert. Es macht so viel Freude, sich diesbezüglich auszutoben und seiner Fantasie freien Lauf zu lassen.

Natürlich wurden auch ein paar Fotos für den Instagram-Account gefertigt. Mir geht es dabei gar nicht um die Likes, sondern eher um die Kommentare. Viele schreiben, dass sie gerne vorbeikommen werden, oder loben die Ideen, wollen es sogar selbst backen. Nachdem ich Paola erklärt habe, wie sie auf dem Tablet die Seite mit den Fotos und Kommentaren findet, ist sie wie besessen davon, diese zu lesen. Einmal war sie ganz aus dem Häuschen, da sich eine Frau aus Frankreich meldete und das Rezept lobte. Der Backwettstreit zwischen Italien und Frankreich ist wohl noch lange nicht vorbei …

Da ich ein kleiner Fuchs bin, stehen auch schon einige Postkarten in einem Ständer an der Kasse. Mit hübschen Bildern diverser Backkreationen natürlich. Selbst geschossen und am Computer bearbeitet.

Morgen ist der 1. März 2022, da wird das Lemon Love eröffnet. Mittlerweile tummeln sich schon mehr Touristen in Positano – welche natürlich alle mit einem dicken Rabatt am Eröffnungstag eingeladen sind. Es gibt einen Verkaufsständer vor dem Geschäft und ein paar Flyer liegen in anderen Läden aus. Ich hoffe, dass viele Menschen kommen werden …

Die Kekse sind alle gebacken und verpackt, auch neue Böden, Kuchen und Torten, die nur darauf warten, morgen hübsch angerichtet und in der Bedientheke ausgelegt zu werden. Diese ist nämlich neu und befindet sich neben der Kasse. Hier können frische Tortenstücke und andere Leckereien kühl gehalten und angeboten werden.

Jetzt fehlt nur noch einer, doch Luca ist nicht da, um mich zu beruhigen.

»Er kommt sicher gleich«, meint Paola, welche den Spuckschutz noch einmal mit einem Tuch poliert. Dabei glänzt er bereits wie neu. Na ja, ist er ja auch.

Allerdings fällt mir ein freches Schmunzeln auf, welches sie auf den Lippen trägt. Ob sie mir etwas verheimlicht? Ich verschränke die Arme vor der Brust und wende eine fiese Taktik an: »Ich weiß doch längst, was er vorhat.« Nein, weiß ich nicht, aber vielleicht lässt sie sich ja so übers Ohr hauen?

»Darauf falle ich nicht herein.« Paola lacht und bringt mich zum Grinsen. Ach, so ein Mist. Da spricht wohl die Lebenserfahrung aus ihr. Dagegen habe ich keine Chance.

»Will er mich mit etwas überraschen?« Jetzt bin ich natürlich angefixt. Ich scharwenzel um sie herum und sehe nur, wie sie fröhlich die Scheibe putzt. Gemein.

»Du bist viel zu neugierig.« Jetzt fängt sie auch noch an zu summen …

»Vielleicht ein paar frische Blumen? Oder ein kleiner Zitronenbaum?« Aber wo sollte man den einpflanzen können? Paola kichert und ich werde ganz schön nervös. Draußen tut sich nicht viel. Ein paar der Gäste aus dem Grosso bemerken den Aufsteller und ziehen dann weiter.

Ich gehe zur Mauer, im Schatten des Zitronenbaums, und blicke hinab auf das Meer. Vielleicht eine Bootstour? Aber warum ist er dann weggefahren? Er holt etwas ab, ganz sicher. Nur was? Blumen? Vielleicht ein Banner?

»Na, nun komm schon wieder rein. Besser, du putzt noch mal Staub, ehe morgen der Laden voll ist.« Paola hat mich gut im Griff, ich gehorche sofort. Wer will ihr auch schon widersprechen?

»Recht hast du.« Doch ihr fröhliches Grinsen lässt mir keine Ruhe. Sie weiß etwas, schweigt aber wie ein Stein. Da bleibt mir wohl nichts anderes übrig als abzuwarten und es Luca später heimzuzahlen, dass er mich so lange hat zappeln lassen.

Noch während ich meine Rachepläne schmiede, sehe ich, wie Paola aufhorcht und plötzlich ganz aufgekratzt wirkt. Sie klatscht freudig in die Hände und sieht Richtung Tür. Ich wollte eigentlich ein Regal abstauben, als ich ihrem Blick folge und Luca dort stehen sehe. Ohne Blumenstrauß. Ohne Banner. Ohne irgendetwas in seinen Händen. Er trägt nur ein Lächeln auf den Lippen.

Aber auch das genügt mir, denn er ist wohlbehalten zurückgekehrt. Bei mir.

»Da bist du ja wieder«, begrüße ich ihn und falle ihm in die Arme. *Kaum sind wir einen halben Tag voneinander getrennt, schon weint mein Herz vor Sehnsucht.*

»Es hat etwas länger gedauert, entschuldige bitte. Aber dafür fällt die Überraschung größer aus als gedacht …« Er hat also tatsächlich eine für mich? Ich löse mich von ihm und taste ihn aufgeregt ab. Na, wo hat er es versteckt?

»Da passen sie leider nicht rein«, sagt er lachend. Sie? Mehrzahl?

Plötzlich tauchen hinter ihm einige Menschen auf, und im ersten Augenblick realisiere ich gar nicht, welch bekannte Gesichter mich anlächeln.

»Katchen!« Es ist meine Mutter, die sich sofort aus der Menge hervortut und mir freudig in die Arme fällt. Was? WAS? Ich weiß gar nicht, wie mir geschieht, als sie mich umarmt, meine Wange küsst und ich ihr wohlduftendes Parfüm in meiner Nase habe. »Was habe ich dich vermisst!« *Mama*?

Erst auf dem zweiten Blick sehe ich meinen Vater, meine Schwestern und ihre beiden festen Freunde. Ach du meine Güte, sie sind alle hier?

»Das gibt es ja nicht!«, stoße ich geschockt und zugleich freudig aus. Eine große Traube entsteht um mich herum, während mein Dad Luca einfach mit sich zieht und wir uns alle herzlich in den Armen liegen. »Was macht ihr denn alle hier?« Mir kommen vor Freude ein paar Tränchen, während meine Schwestern mich fest drücken und mein Vater meine Stirn küsst. *Ich bin umgeben von so viel Liebe, mein Herz fühlt sich an wie ein leuchtendes Feuerwerk.*

»Das war die Idee von deinem *Freund*.« Da mein Papa das so seltsam betont, nehme ich an, dass meine ganze Familie längst weiß, was zwischen Luca und mir läuft. Eigentlich hatte ich ihnen nämlich noch nichts von Luca erzählt, was in eine romantische Richtung geht.

»Ah …«, murmele ich verlegen und sehe zu Luca, der sich zu meinem Vater gesellt.

»Ich dachte, es tut dir sicher gut, wenn deine Familie an deinem großen Tag dabei ist«, meint Luca, der es mir scheinbar nicht übel nimmt, unsere Beziehung noch vor meiner Familie geheim gehalten zu haben.

»Warum hast du denn nicht gesagt, dass du einen Freund hast?«, fragt Louisa mich erstaunt auf Deutsch und hakt sich bei ihrem Freund Frederick ein.

»Und dann noch so ein hübscher!« Marie kichert und erntet einen irritierten Blick seitens Jonas, der diesen kleinen Scherz mal unkommentiert lässt. Besser für ihn.

Ihre Italienischkenntnisse sind nicht die besten, von daher wird es mit der Kommunikation etwas schwierig werden. Aber das bekommen wir schon hin.

»Es war noch nicht der richtige Zeitpunkt«, erkläre ich auf Deutsch und geselle mich zu Luca, räuspere mich und stelle ihn nun endlich offiziell meiner superneugierigen und sehr spontanen Familie mit Anhang vor: »Luca Grosso. Mein Freund.« Emotionsgeladen und peinlich berührt, wie immer in solchen Situationen. Ich bekomme ganz heiße Wangen, während Luca anfängt zu lachen.

»Das haben wir im Auto schon geklärt, falls du ihnen gesagt hast, dass wir ein Paar sind.« Er legt eine Hand um meine Schultern und küsst vor aller Augen meine Wange. Zack! Knallrot. *Also wirklich, doch nicht vor meinen Eltern!*

Da will ich mal schnell die Situation retten: »Und nicht zu vergessen, die unfassbar wundervolle Paola Grosso! Backkönigin und das gute Herz in Positano!« Natürlich übersetze ich Paola kurz, was ich gesagt habe, die daraufhin verlegen lachen muss.

Meine Eltern, Schwestern und ihre Freunde begrüßen Paola, und ein heiteres Gespräch entsteht.

Da nun alle beschäftigt sind, kann ich kurz durchschnaufen und mich an Lucas Arm festhalten. »Danke, das ist das allerschönste Geschenk, das du mir machen konntest.«

»Wie gut, dass ich ein Hotel habe.« Wir müssen beide lachen.

Natürlich führe ich meine Familie durch das Lemon Love, präsentiere die neuen Öfen, großen Kühlschränke, die voller leckerer Böden, Cremes und vorbereiteten Torten sind. Dazu alle Auslagen, die Seifenmanufaktur – eine kleine Ecke, wo alles bereitsteht, inklusive super Stauraum, sodass diese Produkte von den Lebensmitteln getrennt sind. Dann natürlich auch die Tür, welche wir entdeckt haben und nun als Schleuse in die Küche des Grosso führt.

Gemeinsam machen wir uns im Restaurant breit und bekommen ein geplantes, köstliches Abendessen serviert. Mit Kerzenschein, Pasta, Vongole, weiteren Meeresfrüchten und einem frischen Zitronensorbet am Schluss. Wir stoßen mit Limoncello an und lassen den Abend mit lustigen Geschichten und Zukunftswünschen ausklingen. Ein Abend, den ich sicher nie vergessen werde und der mir die Sorge um die morgige Eröffnung auf jeden Fall nehmen konnte.

»Herzlich willkommen im Lemon Love!«, rufe ich begeistert und schneide ein rotes Band mit einer silbernen, polierten Schere durch, welche Paola mir gereicht hat. Luca war so freundlich, ein Band im Türrahmen anzubringen, sodass es wie eine offizielle Eröffnung aussieht. Das Band ist durchgeschnitten und fällt zur Seite – Applaus begleitet mein breites, erfreutes Grinsen.

Viele Gäste aus dem Grosso, ein paar Bewohner aus Positano selbst und einige Urlauber – inklusive Lucas Personal – sind erschienen. Viel mehr, als ich angenommen hatte!

»Seht euch gerne um, stöbert und probiert die leckeren und kostenfreien Stücke, die euch serviert werden. Bestellungen nehme ich jederzeit gerne entgegen!« Ein paar der Kellner sind heute extra gekommen und bieten den Gästen auf silbernen Tabletts einige Mini-Kreationen an, sodass alle auf den Geschmack kommen können. Begleitet von herrlichem Sonnenschein, einer angenehmen Frühlingsbrise und meinem kräftigen Herzschlag gehen wir nun hinein.

Es wird verköstigt, probiert, genascht und erkundet. Dazu mache ich viele Fotos und Videos, um meine Instagram-Seite zu füllen, und natürlich auch weitere, damit ich sie Line und anderen Freundinnen aus Hamburg senden kann. Sie sollen teilhaben an meiner Freude.

Es sind auch einige Gastronomen gekommen sowie Einkäufer anderer Geschäfte, die sich mit Paola unterhalten, sie beglückwünschen und sich die neuen Produkte erklären lassen.

»Ein gelungener Start, ich bin so stolz auf dich, Katchen«, sagt meine Mutter und nimmt mich fest in den Arm.

»Der Laden sieht wirklich toll aus und die Aussicht ist herrlich. Ich glaube, das könnte wirklich etwas werden.« Mehr Lob von meinem Vater hätte ich nicht erwarten können.

Meine Schwestern und ihre Freunde futtern sich derweil durch das Geschäft – eigentlich sollen die Stückchen ja für die Gäste sein, aber da sie so reinhauen, locken sie tatsächlich neugierige Besucher an, die danach ebenfalls probieren wollen. Also alles richtig gemacht.

»Ich habe noch ein Geschenk für dich«, sagt Luca plötzlich, als er mir einen kleinen Topf vor die Nase hält. Überrascht nehme ich diesen an und luge hinein. Erde. Angefeuchtet. Was soll ich damit? Fragend sehe ich zu ihm auf. »Darin ist nichts weiter als Erde.«

»Ähm, danke?« Ich muss kichern. So wie ich Luca kennengelernt habe, ist das sicher noch nicht alles.

»Und hier ist der Samen.« Er öffnet seine andere Hand, in der sich ein frischer Zitronensamen befindet. Verstehe. Mittels kleinem Löffel, den er mir reicht, pule ich ein Loch in die Mitte und begrabe den Samen sanft in etwas aufgewühlter Erde. Und jetzt? »Wenn er anfängt zu keimen, musst du gut auf ihn achtgeben. Ich werde ihn gießen, wann immer das Pflänzchen es benötigt.« Worauf möchte er bitte anspielen? Ich werde ein wenig nervös. »Und wenn der Zitronenbaum wächst, pflanzen wir ihn ein.«

»Und wo genau?«, frage ich irritiert, denn hier in Positano ist kein Platz, um noch einen Baum zu pflanzen. Jeder Zentimeter ist hier Gold wert …

»Ich habe vor ein paar Jahren ein altes Haus gekauft, mit großem Grundstück. Es liegt weiter oben und etwas abgelegen. Mir fehlte die Motivation, es zu renovieren. Aber dort wäre genügend Platz für einen Zitronenbaum und ein paar spielende Kinder …« *Oh Himmel, was kommt denn jetzt?*

Plötzlich nimmt mein Vater mir den Topf ab und Luca holt etwas aus seiner Hosentasche hervor. Um uns herum wird es ganz still, als wäre ich die einzige Unwissende hier im Raum.

»Katrin Engels«, beginnt Luca, während ich das Etwas in seiner Hand als schwarzes Schächtelchen identifiziere. *Ach du meine Güte!* Ich schnappe nach Luft. Die Welt um mich herum scheint stillzustehen. Für einen kurzen Moment des Glücks: *für Zitronen im Herzen.* »Du hast mein Leben bereichert, von dem Moment an, als du dich lauthals in Sachen eingemischt hast, die dich eigentlich gar nichts angingen.« Luca muss grinsen und sorgt dafür, dass ich lächelnd eine Träne vergieße. »Und danach bist du mir über eine lange Zeit nicht aus dem Kopf gegangen. Zuerst vor Begeisterung. Dann vor Wut. Und letztlich will ich mir ein Leben ohne dich nicht mehr vorstellen. Du bist mein Engel. Und ich will mein ganzes Leben mit dir verbringen. Jeden Tag, der mir auf Erden gewährt wird, soll ein guter Tag werden, solange du an meiner Seite bist.« *Rede nur weiter …*

Luca öffnet das kleine schwarze Schächtelchen, und ein silberner, funkelnder Ring kommt zum Vorschein. »Wenn du mich zum glücklichsten Mann auf Erden machen willst, dann wähle mich. Möchtest du meine Frau werden?« Luca geht auf die Knie und holt den Ring hervor, während ich kein einziges Wort hervorbringen kann, sondern ihm nur meine Hand entgegenstrecke. »Darf ich das als ein *Ja* deuten?« Luca schmunzelt. So ein Mist, ich war einfach nicht darauf vorbereitet.

»Ja. Tausendmal Ja«, sage ich mit breitem Lächeln, während er mir den Ring ansteckt, sich wieder erhebt und mich unter Applaus und Freude küsst.

Dieser Moment gehört uns.

Uns ganz allein.

Für immer.

14

EPILOG

Fünf Jahre später

Emilio lugt neugierig in die Wiege, wo unser kleines Mädchen liegt. Sie schläft friedlich und hat sicherlich einen wundervollen Traum.

»Und sie war in deinem Bauch?« Neugierig schaut er zu mir und dann wieder auf sein Schwesterchen.

»Genau. Da warst du vorher auch und dann wurdest du geboren, mein Schatz.« Ich streichele meinem kleinen Blondschopf sanft über seinen Kopf, während er lächelnd seine jüngere Schwester beobachtet.

Luca legt seinen Arm schützend auf meinen Rücken, sodass ich mich an ihn lehnen kann. »Sophia Paola Grosso.« Der Name hat uns beiden auf Anhieb gut gefallen. Ich blicke auf meine

Hand, an der mein silberner Ehering funkelt, und seufze wohlig auf. Vor zwei Wochen wurde Sophia geboren und seitdem dreht sich alles nur um die kleine Maus.

Das Lemon Love wurde vorübergehend geschlossen. Zwar sind wir mitten in der beginnenden Hauptsaison, aber das ist vollkommen egal. Familie geht vor. Immer.

»Wenn Sophia älter ist, werden wir ihr von Paola erzählen und dass sie stolz sein kann, so einen wunderschönen Namen zu haben«, sage ich und atme tief durch.

»Ja. Unsere Tochter wird sicherlich auch so ein Temperament haben wie sie ...« Luca seufzt leise auf.

»Wenn ihr so etwas sagt, klingt das ja beinahe so, als wäre ich schon unter der Erde!« Paola stupst Luca mit ihrem Gehstock an und drängt ihn so zur Seite.

»So war das nicht gemeint ...«, versucht Luca sich herauszureden, während Paola sich bis zur Wiege durchkämpft und einen erfreuten Blick auf ihre Urenkelin wirft.

»Ich kann mich gar nicht sattsehen, so ein hübsches Mädchen.« Dann tätschelt sie Emilio den Kopf und meint: »Und so ein braver Junge. Ganz anders als sein Vater.« Sie hebt eine Braue und wirft Luca einen skeptischen Blick zu.

»Also ...«, will Luca schon protestieren, doch Paola fängt an zu lachen.

»Nur ein Scherz, entspann dich.«

Solange wir Paola noch bei uns haben, wissen wir das Glück der Zitronen zu schätzen.

Auf ewig.

Ende

15

IMPRESSUM

BeWished Entertainment GmbH
Laura Sommer
Schmiedestraße 2a
24999 Wees
E-Mail: laura_sommer_autorin@yahoo.de
Oder: info@bewishedentertainment.de
Tel.: 01520 / 2748 212

Lektorat & Korrektorat:
Jürgen Müller

Korrektorat:
Rebecca und Christina

Illustrationen:
Anne Chihiro Howe Takogawa

Cover:
Sturmmöwen.at
Rebecca Wild